KB043521

정부

정부

情婦

하정우 장편소설

가하)

정부

지은이 하정우
펴낸이 이형기
펴낸곳 도서출판 가하

초판인쇄 2014년 4월 4일
초판발행 2014년 4월 9일
출판등록 2008년 10월 15일 제 318-2008-00100호

주소 서울 영등포구 양평로 67, 1209 (당산동5가, 한강포스빌)
전화 02-2631-2846 **팩스** 02-2631-1846

www.ixbook.co.kr

ISBN 979-11-5682-060-4 03810

값 9,000원

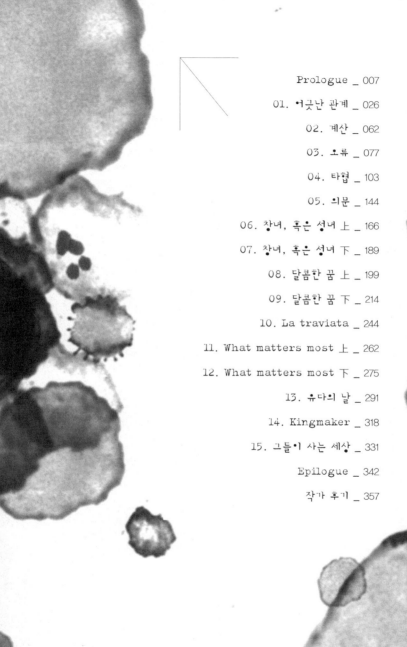

Prologue

매니저인 홍 마담이 문을 열었을 때 우현은 라탄 의자에 앉아 손을 모으고 있었다.

홍지희, 통상 홍 마담이라고 불리는 여자는 일찌감치 술꾼 아비에 의해 팔아넘겨진 몸이었다. 허나 머리가 좋고 기지가 발달해 있다 보니 험한 곳으로 빠질 뻔한 위기를 넘기고 넘겨 꽤 그럴싸한 룸살롱의 마담을 거쳐 여기까지 왔다.

물장사 업계에서는 거의 입지전적인 성공을 거두었다고 보아도 무방했다.

"오늘이야."

홍 마담의 말에 우현은 가만히 자리에서 일어섰다.

유난히도 조용한 아이였다. 정도의 차는 있어도 하나같이 화려한 아이들 틈에서 우현은 혼자 바람 불지 않는 호수처럼 잔잔한 아이였다.

　산전수전을 다 겪은 홍 마담은 사실 우현 같은 아이를 좋아했다.

　이 클럽에 들어오는 아이들은 머리에 헛바람이 든 경우가 많았다. 일반인은 꿈도 꾸지 못할 정재계의 요인들을 만난다는 것이 그들을 특별하게 만들어준다고 착각하는 아이들이었다. 특히 입고 먹고 마시는 것이 사치스럽고 교육 역시 수준급이기 때문에 그런 착각을 부채질당하는 일은 종종 있었다. 어디로 튈지 알 수가 없어 항상 신경을 곤두세워야 한다. 하지만 우현은 머리가 좋았다. 이런 곳에서 머리가 좋다는 말의 의미는 자신의 입장을 잘 알고 있다는 뜻이다.

　그래서였다. 우현을 최수혁에게 보내기로 한 것은.

　이 결정이 어떤 결과를 불러일으킬지는 알 수 없었다. 홍 마담이 보기에 최수혁은 아직 미지수인 남자였다. 어르신들도 지대한 관심을 가지고 있었다. 누구를 붙일까 결정하기까지 고민이 많았다. 섬세하게 취급해야 할 필요가 있었다.

　"네 이름은?"

　일어선 우현의 옷매무새를 바로 해주며 홍 마담이 마지막으로 확인했다.

　"지연이요."

　대답은 차분하고 흔들림이 없었다. 정돈되어 있는 목소리

정부

였다. 맞다. 정돈이다. 우현을 한 단어로 표현한다면 '정돈'일
것이다. 신뢰감을 주기 위해서는 정돈된 느낌이 필수다.

"나이는?"

"열아홉 살."

"그것 외에는."

"맞출게요."

매번 아이들을 보낼 때마다 반복하는 문답인데 오늘따라
기분이 묘했다. 이곳에서만 통용되는 이름을 만들고 그 외에
는 모두 남자에게 맞추겠다는 말은, 의례적인 다짐이 아니라
마치 모든 걸 내려놓은 양 처연하게 들렸다. 눈썹을 약간 치켜
올린 홍 마담이 우현의 얼굴을 찬찬히 살폈다.

"괜찮아?"

"예."

정말 괜찮다는 듯이 우현이 약간 웃었다.

우현은 미소가 예뻤다. 잘 웃진 않았지만 웃으면 마치 목
련꽃이 피는 것같이 아찔한 느낌이 있었다.

괜찮을 것이다.

어떤 짐승 같은 사내라도 이 아이 앞에서는 무장해제될 것
이다.

"가."

먹고살자고 하는 짓이지만 사람이다 보니 마음이 가는 아

이가 있다. 우현이 그런 아이였다. 홍 마담은 가만히 목례를 하고 돌아서는 우현의 모습이 복도 끝으로 사라지는 것을 끝까지 지켜보았다.

"사는 거 힘들지……."

홍 마담은 한숨을 쉬었다.

어떤 이들은 날 때부터 양손에 모든 것을 쥐고 태어나고, 어떤 이들은 날 때부터 등에 짐을 잔뜩 이고 태어난다. 누구의 탓도 아니다. 그 누가 탓할 수 있을까? 그냥 그렇게 정해져서 태어났는데.

그래도 저 아이는 이런 길로 안 빠졌으면 더 나았을 아이이다.

이 길을 걸어야만 하는 사람이 있느냐 따지면 할 말은 없지만, 홍 마담 자신은 이 길이 그냥 이번 생의 업이라 생각하면서 무슨 소리냐 따지면 또 할 말은 없지만, 그냥 저 아이는 타고난 성정(性情) 그대로 반듯하게 살았으면 좋았을 거란 생각이 자꾸만 든다.

안타깝다.

빌어먹을.

수혁은 거칠게 넥타이를 늦추며 침대에 걸터앉았다. 노친네들의 장단에 맞춰주는 것도 어느 정도였다. 할 만할 때도 있었고, 이건 미친 짓이다 싶을 때도 있었고, 뭐 이렇게 말짱해 싶을 때도 있었고, 다들 완전 돌아버렸다는 생각을 할 때도 있었지만…… 이것까지는 진짜 못하겠다는 생각이 치밀어 올랐다.

호방할지언정 호색은 아니었던 할아버지 대(代)부터 최씨 일가는 애처의 가계였다. 첩을 두는 것이 당연하게 여겨졌던 시대에도 도란도란 일부일처제를 고수했던 조상들의 피가 수혁에게도 그대로 흐르고 있었다. 생리상 이런 일은 맞지 않았다.

진득하게 달라붙은 피로감에 그는 눈두덩을 문질렀다.

'아냐. 참아야 해. 네가 원하는 게 겨우 여기서 끝이 아니잖아?'

어떻게 생각하면 이건 좋은 징조였다. 처음 시작할 때 이미 교수에게 경고받았었다. 견딜 수 없다고 생각하게 될 때, 이제는 한계라고 생각하는 그때가 마지막 고비일 거라고. 거의 다 왔다는 뜻이다.

"후……."

억지로 긍정적이려 노력하며 뜨거운 숨을 내쉰 수혁은 고개를 뒤로 젖혀 천장을 바라보았다. 오크나무를 지그재그로 엮어 모양을 낸 천장 한가운데에 몹시도 친환경적으로 보이는 등이 달려 있었다. 저런 등을 만드는 방법을 어느 잡지에선가

보았던 것 같다. 풍선을 불어 가는 나무를 얼기설기 엮는 거였던가? 어울리지 않게 한가한 느낌이다.

그러고 보니 방 안의 인테리어도 낮은 침대, 낮은 테이블, 낮은 장식장들……. 미색의 실크벽지에 보일 듯 말 듯 그려진 문양 외에는 제대로 된 장식 하나 없는 그런 방이었다. 흔히 '이런' 유의 일을 하는 곳에서 과시라도 하듯 발라대는 명품의 버거움은 하나도 느껴지지 않았다. 핏 하고 웃음을 흘리며 수혁이 벌렁 드러누웠다.

'그래, 노친네들이 미치긴 했어도 취향은 고급스럽지.'

하지만 역사는 잘 모르는 모양이다. 아니라면 클럽에 아방궁이라는 이름을 지어놨을 리가 없다. 진시황은 아방궁이 완성되기 전에 죽었지. 뭘 예감하고 지은 이름이려나?

24시간이 모자랄 정도로 바쁘게 몰아칠 때에는 아무 생각이 없지만 이런 식으로 가끔씩 시간이 뜰 때면 지금 뭐 하는 건가, 공허한 느낌이 들었다. 분명히 원하는 건 있는데, 해야 할 일은 있는데, 그 일을 하고 있는데 가는 길이 너무 험했다. 진창을 밟고 가시밭길을 뒹굴며 마침내 손에 넣은 것은 과연 가치가 있을까?

멍하니 천장에 시선을 두고 있던 수혁은 눈을 감았다. 온몸이 소용돌이 속으로 빨려들어가는 것처럼 저려왔다.

돈과 권력……, 인간이 가질 수 있는 모든 것을 손아귀에

쥐고 있으면 세상 무서울 게 없을 것 같지만 인간이란 것이 그렇지 않다. 여전히 사람들의 눈은 무섭고, 가까이 있는 가족들은 소중하다. 하지만 동시에 하고 싶은 대로, 가장 저열한 속내를 드러내고 난잡한 본성을 발휘하고 싶은 충동은 사그라지지 않는다. 그래서 이런 곳을 만드는 것이다. 모든 것을 내려놓을 수 있는 공간. 남자들의 놀이이다 보니 섹스는 빠질 수 없는 이야기일 테고.

확실히 효율적인 방법이긴 했다. 남자들에게 있어 섹스는 때로 섹스 그 이상의 의미를 가진다. 공범의식. 같은 죄를 공유한다는 것은 마치 서로의 생명줄을 붙잡고 있는 것과 같아 끈끈해진다. 그러니까 이런 비밀 클럽이 생기는 것이고, 그들의 안으로 들어오고 싶다면 같은 룰을 따라야만 했다. 그리고 그 룰의 존재 자체가 몹시도 섹시하게 사람들을 사로잡는다.

이 모든 관계가 반인륜적이라는 것은 말할 것도 없고, 그럼에도 불구하고 자극적이고 고급스러우며 폭력적이리만큼 파워를 적나라하게 드러낸다는 것도 부정할 수 없다. 자극적일수록, 고급스러울수록, 폭력적일수록, 반인륜적일수록 그것은 파워를 나타낸다. 힘이 있으니 용납된다. 그것이 통하는 것이 바로 이 클럽이다. 그리하여 이 클럽에 정부를 두고 있는 남자는 이 사회를 구성하는 핵심이다.

이해는 한다. 수혁도 남자였으니까. 그 충동과 그 열정, 그

실행력……, 그 조심스러운 신중함까지도 이해한다. 하지만 수컷의 본능을 변명으로 쓰는 행태에는 신물이 났다. 이 공간도, 이 공간에서 벌어지는 일도 제대로 된 것은 하나도 없다. 그 장한 능력을 다른 데 쓰면 좋으련만.

자꾸만 침잠하는 의식을 끌어올리며 피곤한 눈을 어루만지는데 달칵 하고 문이 열리는 소리가 들렸다. 상체를 세우자 몸에 잘 맞는 까만 저지 드레스를 입은 여자가 들어오고 있었다. 착 가라앉은 표정의 여자는 고개를 들다가 눈이 마주치자 멈칫 멈춰 섰다.

최수혁이라는 남자는 사진에서 보고 상상했던 그대로였다. 자료로 접한 그는 패기만만해 보였고, 자신감이 넘쳐흐르는 미소를 짓고 있었다. 젊은 피. 딱 그런 느낌이었다. 젊다는 형용사가 나타낼 수 있는 모든 느낌……, 힘, 풋풋함, 저돌성, 뜨거움을 자신의 것으로 간직한 듯한 사람이었다.

우현은 수혁을 가만히 바라보았다.

잘할 수 있을까? 이 남자의 마음에 들 수 있을까? 이 남자를 유혹하고 즐겁게 해주고 기댈 수 있는 어깨를 내어준 다음 그녀를 원하게 만들 수 있을까? 그것은 어려운 숙제처럼 느껴졌다. 한 사람이 한 사람의 마음에 들어야만 한다는 것.

이 남자 앞에서 '지연'이라는, 만들어진, 완벽한 그의 여자가 되어야 한다는 것.

우현은, 아니, 지연은 천천히 허리를 숙여 인사했다. 온몸을 훑는 서늘하고도 강한 시선에 소름이 오소소 돋아났다.

여자는 잘 봐줘도 스무 살이 넘은 것 같지 않았다. 비록 눈빛이 까맣게 죽어 아무것도 비추지 않고 있고, 산전수전 다 겪은 사람 같은 무감한 표정을 하고 있었지만 아마도 열여섯 살쯤, 많아봐야 열여덟 살……. 아직 통통한 볼살과 뽀얀 피부는 그녀가 확실히 10대라고 말하고 있었다.

"너, 몇 살이야?"

단정하게 허리를 숙여 인사한 여자가 다가와 그의 발치에 무릎을 꿇고 앉기까지 아무 말 없이 가만히 시선만 두고 있던 수혁이 느리게 물었다.

"열아홉 살이요."

그러나 가까이서 본 여자는 더 어려 보였다. 키가 큰 편이라 들어오는 순간에는 이렇게까지 앳된 느낌이 없었는데 눈앞에서 보니 정말 어려 보였다.

"확실해?"

"주민등록증 보여드릴까요?"

다소 차게 몰아붙였는데도 여자는 당황하지 않고 차분하게 대답했다. 하기야 이 정도는 되어야지. 흔한 룸살롱이 아닌 것이다. 여기는 상식을 넘어선 공간이다. 정재계 최고위 인사들만 드나든다고 해서 그 남자들이 다 신사라는 법은 없으니까, 아마 제대로 교육받았을 거다. 어떤 일이 일어나도 당황하는 티를 내거나 어쩔 줄 몰라 한 나머지 무례를 범하지 않도록.

"이름은 뭐야?"

"지연이요."

"본명."

잠깐 여자가 움찔했다. 날렵하게 아이라인이 그려진 눈매가 수그러들고, 눈동자가 아래로 비스듬히 내리꽂혔다. 말 안 하겠다는 의지가 아플 만큼 분명했다.

"말 안 해? 언젠가 말짱하게 살려고? 이렇게 몸 팔고 웃음 팔다가, 돈 벌 만큼 벌면 아무 일도 없었다는 듯 그렇게 살려고?"

그러려고 했던 건 아닌데 말이 못되게 나왔다. 어째서인지 알 수가 없었다. 보통 그는 상관없는 대상에게는 굳이 말을 길게 하지 않는 스타일이었다. 쏘아붙이고 나자 이 불쾌한 상황을 여자에게 쏟아 부은 것 같아서 수혁은 기분이 나빠졌다. 하지만 정작 여자는 덤덤했다. 지나치게, 나이를 생각한다면 거짓말 같을 정도로.

"네."

대놓고 이렇게 인정을 해버리면.

"그런데 말씀 안 드리는 건 그래서가 아니에요. 저는 지연이라는 이름으로, 원하시는 여자가 되어야 해서예요. 혹시 이름이 마음에 안 드시면 원하시는 이름을 말씀해주셔도 돼요."

황당하다는 얼굴을 하는 수혁의 얼굴을 보며 우현은 다시 한 번, 그가 생각했던 것과는 다르다고 여겼다.

인터넷이 발달하면서 고위층 인사들의 운신의 폭이 줄어들자 '비밀', '안전' 같은 단어들이 각광받기 시작했다. 그리하여 고위층 인사들 사이에서는 불특정 다수의 여자들을 안고 술을 마시는 대신 자신만의 정부를 두는 것이 유행하기 시작했다.

그의 취향에 맞춰 계약된 여자는 다른 남자와 자지 않고 술을 따르지도 않는다. 오직 그만을 기다리고 그에 맞춰 성교육을 받고 그에 맞춰 지적 수준을 정비한다. 그가 좋아하는 일은 무엇이든 한다. 돈 외에 아무것도 해주지 않아도 된다는 면에서 남자에게는 아내의 좋은 점만 뽑아낸 상대였다. 그것도 비교할 수 없이 손쉽고 편한 상대.

그것은 말하자면, 아방궁은 과거 중세 시대의 남색이 상류층의 고급 취미로 받아들여졌던 것과 같은 종류의 도락의 결집체였다. 동시에 비밀결사의 연판장 같은 역할을 하기도 했다.

여자 쪽에서도 나쁜 이야기는 아니었다. 대가로 운이 좋다면 평생을, 적어도 편의점에서 아르바이트를 하거나 과외를 하고, 혹은 대기업에 입사해 코피 터지게 야근해가며 하루하루를 꾸려나가는 것과는 비교도 할 수 없는 돈을 보장받는다. 들어오지 못해 안달인 여자는 많아도 냉담하게 거절할 수 있는 여자는 몇이나 될까?

한편 남자들에게는 드림 팰리스나 다름없었다. 나는 너만을 위한 것이다. 이름조차, 모든 것이 네 마음대로 된다고 말하는데 싫어하는 남자는 없다. 남자란 동물의 본능 같은 것이라고, 그렇게 배웠다. 종속시키고 소유하여 정복하는.

그런데 이 남자는 뭔가? 자신에게 맞춘다는 말이 마치 세상에서 가장 웃기는 유머라도 되는 것 같은 얼굴을 하고 있다.

"그렇게 말하라고 가르쳤어?"

"……."

"유혹이랍시고 그런 말을 한 거라면 넌 정말 서툴러."

"죄송합니다."

표정을 숨긴 채 사죄하는 여자의 이마가 시선에 들어왔다. 수혁은 자세를 바꿨다. 이거 만만치가 않았다. 여기서 마음이 흔들리면 안 되는데, 기대하고 있던 것과는 다른 반응에 머릿속이 확 흐트러진다. 암만 뜯어보아도 자극적인 구석 하나 없는 여자인데 뭔가 이상했다.

"자, 다시. 그래서 너는 여기서 적당히 나와 놀다가 돈 벌 만큼 벌면 다시 평범한 생활로 돌아가겠다? 뭔가 하고 싶은 거라도 있어?"

"그런 건 아니에요."

"그런데?"

"그냥. 그래도 노력은 해봐야 할 것 같아서요."

"그래서 그런 얼굴을 하고 있나?"

어떤? 하고 묻는 듯한 눈빛이 수혁에게로 향했다.

"표정 없는 거. 원래 그래?"

"발랄한 쪽이 좋으세요?"

묻는 기색도 담담하다.

"그렇다고 하면?"

"그럴 수 있어요."

순간 여자의 얼굴이 놀랍게 변모했다. 약간 웃었을 뿐인데, 눈이 휘어지며 빛이 나는 듯 밝아졌다. 방금 전까지의 여자와 아예 다른 인물 같다. 수혁의 눈이 가늘어졌다.

"뭐 하는 거지? 연기라도 하는 거야?"

여자는 대답하지 않았다. 아까보다 훨씬 밝아진 기색으로 그를 바라보고 있을 뿐이다.

"그만둬. 무섭다고."

자신의 색으로 칠할 수 있는 여자라……. 진짜 무얼 상상

해도 그 이상을 보여주는군.

악취미의 누군가는 좋아할지도 모르겠다. 수혁은 아니었다.

수혁이 저지하자마자 여자는 다시 천연덕스럽게 원래의 표정으로 돌아가 있었다. 수혁은 황당해서 헛웃음을 웃고 말았다. 이거야, 원. 수준은 있더라도 결국에는 적당히 몸을 붙여 오는 여자가 들어올 거라고 생각했는데 뒤통수를 한 대 맞은 느낌이다. 노친네들……, 진짜 만만한 상대는 아니다.

아니면 이 여자가 만만하지 않은 걸까?

"설마 가족의 빚 때문에 팔려 왔다, 이런 종류의 식상한 레퍼토리는 아니겠지?"

"제가 알기로 여기엔 그런 아이는 없어요. 저도 제 발로 왔고요. 문제가 생길 걱정은 안 하셔도 돼요."

수혁 역시 그럴 거란 생각은 안 해봤다. 빚 때문에 팔려 와 떠는 가여운 여자…… 같은 드라마 속의 이야기는 판타지다. 혹은 조직폭력배들이 개입해 있는 저질 클럽에서나 가능한 이야기다. 이곳은 강제성 같은 것 없이도 항상 화려하고 향기로울 테니 법적으로, 제도적으로는 아무 문제도 없는 아이일 것이다.

"내가 널 거절하면 어떻게 되지?"

"다른 아이가 올 거예요."

정부

"너는?"

"다른 분을 만날 때까지 대기하고 교육받겠죠."

수혁은 여자를 가만히 바라보았다. 눈빛이 까맣게 죽어 있다고 느낀 건 이런 성격 때문이었을까? 주춤거리지도 않고 한탄하지도 않는다. 아무리 여기가 고급 클럽이라고 해도, 상대하는 사람들이 신문과 방송에서나 볼 법한 사람들이라 해도, 기본적으로 몸을 파는 일이라는 점에서는 다를 바가 없다. 아무리 돈을 발라 고급스럽게 꾸며놓고 근사하게 인테리어를 하고, 책을 읽게 하고 음악을 가르쳐 꾸며놓아도 창녀다. 좋은 말로 해서 정부(情婦), 결혼하지는 않고 가까이 둔 채 정을 주고받는 사이라 해도 남자를 위해 다리를 벌리고 그들의 정욕을 풀어주는 상대에 지나지 않는다.

이 여자는 그 사실을 너무나 잘 알고 있었다. 몇몇 정신 못 차리는 여자들처럼 상류층을 상대한다는 자부심도 없고, 자신이 나락으로 떨어졌다며 울상을 짓지도 않았다. 그냥, 안다. 자기 자신이 하고 있는 일을. 아무런 판단도 하지 않고 그냥 안다.

이건 또……. 수혁은 턱을 쓸고는 그대로 팔을 괴고 여자를 뜯어보았다.

자그마한 여자아이였다. 키는 168센티미터 정도로 큰 편이지만 얼굴도 작고 어깨도 좁아 자그마하게 보였다. 얼굴은 예쁘다기보다 매력적으로 생겼다. 조그만 얼굴에는 과하게 커 보이는 눈, 조그마하게 동그란 코, 입꼬리가 살짝 올라간 입매……, 어떻게 보면 눈매가 짙은 색기 있는 얼굴이었다. 팔다리가 길고 가늘어 전반적으로 가냘픈 인상이었다.

"제가 싫으세요?"

뜯어보는 시간이 길었는지 여자가 덤덤한 얼굴로 물었다.

"열아홉이라는 게 좀 그렇군."

"그럼 더 어린 애를 불러올까요?"

"아니, 그런 뜻이 아니야."

다시 한 번 헛웃음을 지은 수혁의 눈빛이 깊어졌다.

'이 아이를 믿을 수 있을까?'

수혁은 여자의 까맣게 색이 없는 눈동자를 들여다보았다. 생각했던 것과는 아주 다른 아이라 해도, 언젠가는 이곳을 탈출해 말짱하게 아무 일도 없었던 것처럼 살아갈 소망을 품고 있다고 해도, 위험은 아직 남아 있다. 그 어떤 것도 그녀가 그를 배신하지 않을 거라는 증거는 되지 않았다. 그가 여기서 그녀를 건드리지 않았다는 사실이 밖에 알려지면 노친네들은 긴장할 테고 일을 망칠 수가 있었다. 어떻게 할까?

수혁은 잘 알 수 없을 때에는 언제나 그랬듯이, 정면돌파를 선택했다.

"일어나."

수혁의 말이 떨어지자 여자가 일어섰다. 오소소 옷감이 스치는 소리가 귀를 간지럽혔다. 신경이 바짝 일어섰다. 그가 셔츠의 단추를 풀기 시작하며 물었다.

"잘 몰라서 묻는 건데…… 내가 여기서 하는 말을 위에다 보고해야 하나?"

"1년까지는요."

"1년?"

"한 번만 찾고 다시는 안 찾는 분들도 있으시고, 오랫동안 관계를 맺는 분들도 있으세요. 1년이 지나면 어느 정도 관계가 안정되었다고 생각하기 때문에 터치하지 않아요. 그 전에는 보호 차원에서 보고하도록 되어 있어요."

역시.

"내가 널 믿어도 되나?"

수혁의 물음에 여자가 무슨 의미인지 모르겠다는 눈빛을 했다. 그는 부연설명을 하지 않았다. 무슨 의미인지 알아듣든, 못 알아듣든 그가 할 수 있는 건 여기까지였다. 어떤 꽃도 밟고 가고 싶지 않지만 밟아야 하는 순간이 온다면…… 밟는다.

"아니요."

이윽고 여자가 대답했다.

"저는 지금 아무도 책임질 수 없어요. 어떤 믿음에도 응답해드릴 자신이 없어요."

무슨 소리인지 알아들었다. 수혁은 약간 속이 쓰렸다. 이런 감정이 든다는 것이 좀 놀라웠다. 이중적인 심정이었다. 만약 여자가 믿어도 좋다고 했으면 수혁은 좀 더 머리가 복잡해졌을 것이다. 하지만 그녀는 믿지 말라고 말함으로써 수혁의 어깨에서 짐을 벗겨냈다.

적어도 하나는 확실해졌다. 이 여자는 자신을 믿지 말라고 말함으로써 수혁의 신뢰를 얻었다. 거짓말을 하는 여자는 아니었다. 방심해도 좋다는 건 아니지만 서로 선을 잘 지킨다면 꽤 좋은 관계가 될 수도 있다.

교수의 말을 다시 한 번 기억한다. 거의 다 온 거다. 이 산을 넘지 못하면 그동안의 모든 노력이 허사가 된다.

"이리 와."

잠깐 머뭇거리던 여자가 주춤거리며 다가오는 것을 한 손에 휘어잡아 침대에 눕힌 수혁이 그녀를 내려다보았다. 꼿꼿하게 굴려고 노력하고 있었지만 아무 빛도 반사하지 않을 듯한 죽은 눈동자 속에서 희미하게 동요가 일었다.

"처음이면 아플 거다."

경고한 수혁이 고개를 숙여 입을 맞췄다. 혀와 혀가 닿는 순간 희미한 풀 향이 느껴졌다. 짓이겨진 풀이 지르는 마지막 비명처럼 씁쓸하면서도 어딘지 달콤해 마음이 아린 그런 향이었다.

정부

어깨가 너무 작고 여위어 마음이 불편했다.

"하나만 말하지."

"네?"

눈을 감은 채 경직되어 있던 여자가 겨우겨우 눈을 떴다.

"나에게 너의 아픈 과거나 여기까지 흘러들어오게 된 사연 따위는 말하지 마. 관심 없으니까."

"네."

느린 대답이 돌아왔다.

"그리고 울지도 마. 징징대는 건 딱 질색이야."

수혁이 단호하게 입술을 눌렀다.

그제야 자신이 울고 있었다는 걸 알게 된 여자가 눈을 감았다. 눈꼬리에서 또르르 투명한 눈물이 흘러내렸다.

01. 어긋난 관계

6년 후.

화장을 하지 않은 우현은 어려 보였다. 아니, 이제 겨우 스
물여섯 살이니 어리기도 했다. 하지만 화장을 하지 않으면 눈
은 좀 더 순해지고 얼굴은 창백해져 나이보다도 어려 보였다.
문제는 그런 얼굴을 하고서 색기가 흐른다는 거다. 그런 얼굴
이 입술을 벌리고 '아' 하고 인상을 쓴다든지, 빨간 혀로 조그
마한 윗입술을 쓸 때면 수혁은 숨을 쉴 수도 없을 것 같았다.
정신이 들고 나면 그런 자신이 부끄러워지고 말지만.

"네가 좀 더 나이 들어 보이면 좋을 것 같아. 안을 때마다
죄를 짓는 느낌이야."

수혁이 투덜거리자 우현이 조그맣게 웃으며 목을 뒤로 젖

정부

혔다. 길고 가는 목이 드러나며 파란 정맥이 도드라졌다. 그는 그 푸른 물줄기를 들이마시려는 것처럼 입술로 피부를 핥아 내렸다.

"죄악감은 때로 가장 진한 쾌락의 향신료라더군요. 나이는 그냥 둬도 먹어요. 서두를 필요 없어요."

다리를 벌려 수혁이 움직이기 쉽게 도우며 우현이 말했다. 개인적인 이야기는 거의 하지 않지만, 그가 알기로 우현은 고등학교도 졸업하지 않았다. 하지만 가끔 하는 말이 무척이나 시적인지라 독서량이 많다는 건 알 수 있었다. 하기야 클럽에서 가르쳤을 테니 자기가 책을 안 좋아한다고 해도 강제적으로 교양 수준은 높아졌을 거다. 지금 인용한 것도, 잘 기억이 나지는 않지만 플라톤이거나 아니면 아리스토텔레스의……

"살이 빠진 것 같아."

수혁이 생각을 멈추고 상체를 들었다. 클럽이 공중분해된 지 석 달째, 그녀를 반포에 위치한 그의 아파트로 옮긴 지 두 달째, 나날이 우현은 마르고 있었다.

"아줌마가 밥 잘 안 챙겨줘?"

"아니에요. 잘 먹고 있어요."

클럽이 공중분해되고 난 후 일자리를 잃은 것은 여자들만은 아니었다. 간부급은 모두 구속되었지만 아무것도 모른 채 밥을 챙겨주던 아줌마들 역시 실업자가 되었다. 그중 우현과 가까웠던 아줌마를 데려와 붙여줬건만, 우현은 볼 때마다 여위었다. 날이 갈수록 통통하던 뺨은 홀쭉해지고 어깨의 뼈는 도드라졌다. 얼핏 생각하기에 매여 있다 이제는 자유로워졌으니 살도 붙고 더 많이 웃어야 할 것 같은데 그렇지 않았다.

잠깐 얼굴을 찡그리고 우현을 내려다보던 수혁이 허리를 굽혀 가슴 끝을 입술로 물었다. 그다지 크진 않지만 단단하고 탄력 있는 가슴이 그의 입 안에서 바르르 떨렸다. 단단한 유두를 혀끝으로 쓰다듬으며 그는 커다란 손으로 그녀의 허리를 붙잡았다. 한 줌도 안 되는 가는 허리가 손 안에서 들썩였다.

"좀 잘 챙겨 먹어."

입술을 배 아래로 내리며 수혁이 속삭였다.

"그럴게요."

담담한 대답이 돌아왔다.

몸을 섞은 지 6년, 격렬하고 정열적인 섹스보다는 이런 식으로 다정하게 스킨십을 나누고 서로를 어루만지기 시작한 지는 3년쯤 되었다. 온몸에 입을 맞추며 이야기를 하는 것도, 수혁의 성격과 어울리지는 않지만 그럭저럭 익숙해졌다.

"혹시 미연 언니……, 어떻게 되었는지 아직 못 알아보셨어요?"

"몰라. 일본으로 건너갔다는 이야기도 있긴 한데……, 송의원이 수감되었으니 뒤 봐줄 사람이 없었겠지."

정부

우현이 가볍게 한숨을 내쉬는 것이 느껴졌다.

"어차피 연락하고 지낼 것도 아니면서 왜 자꾸 사람들은 찾아?"

처음에는 친구들의 안부를 걱정하는 건 줄 알았다. 그래서 연락처를 알아다주었지만 우현은 연락하는 법은 없었다.

"그곳이 싫다고 생각했었는데…… 아니었나 봐요. 아니, 싫어했던 건 맞는 거 같은데……."

우현이 다시 한숨을 내쉬었다. 그것이 못마땅해 수혁의 움직임이 빨라졌다.

"아!"

수혁의 손이 잘 다듬어진 숲을 헤치고 갈라진 틈으로 파고들어가자 우현이 입술을 조금 벌렸다. 그녀는 언제나 클리토리스가 예민했다. 만져주면 어쩔 줄 몰라 하며 숨을 할딱였다.

"으응……."

수혁이 손가락을 아래로 움직여 흠뻑 젖은 애액을 묻히고 클리토리스를 위아래로 쓰다듬으며 자극하자 우현의 입술 사이로 기분 좋은 신음이 새어나왔다. 손을 계속 움직이며 그가 가슴을 덥석 물고 빨기 시작했다.

"하악!"

우현이 손을 뻗어 수혁의 등을 감싸며 허리를 들썩거렸다. 그녀가 움직일 때마다 손가락이 비벼져 한층 자극적으로 그녀를 매만진다. 결국 견디지 못하겠다는 듯이 그녀가 엉덩이를 움직여 그의 국부에 대고 자극한다. 그녀의 뜨거운 몸의 열기가 한껏 발기해 있는 그의 분신에 와 닿자 그도 신음을 참지 못하고 이를 악물었다.

"넣어줘요."

수혁의 검은 머리카락 사이로 손을 밀어 넣으며 우현이 유혹적으로 속삭였다. 길고 가는 다리를 들어 그의 허리를 감자 그와 그녀의 거리가 가까워졌다. 매니큐어가 발린 손가락이 그의 어깨를 감싸 쥐며 찔러왔다.

서로에게 딱 맞도록 길들여진 몸은 다른 작업이 필요 없이 허리를 밀어 넣는 것만으로 단단히 맞물렸다. 양팔로 우현의 몸 양쪽을 짚은 채 허리를 깊이 밀어 넣은 수혁이 깊은 한숨을 토했다. 흥건하게 젖어 있던 길을 따라 들어가자 기다렸다는 듯이 우현의 깊은 곳이 그를 조여왔다. 잠깐 그 감각을 만끽하던 수혁이 고개를 숙여 그녀의 입술에 입을 맞추고 목덜미로 입술을 옮겼다. 그러고 나서 가슴 끝……. 결합한 채로 가슴을 빨아들이자 그녀의 안이 움찔움찔 응답하는 것이 느껴졌다.

"아흑!"

부러 아프게 조금 세게 빨자 우현이 엉덩이를 들썩였다.

그것이 신호인 것처럼 그녀 안에 자신을 묻은 채 꼼짝도 않던 수혁이 허리를 움직이기 시작했다. 깊고 빠르게, 그녀를 가지는 그의 동작에 가녀린 몸이 마구 흔들렸다.

"아훗! 아훗! 아훗!"

이를 악물고 참다가 결국 고양이 같은 소리를 내며 몸을 비트는 우현을 보는 것이 수혁에게 있어서 가장 정복감을 느끼는 시점이었다. 언제나 잔잔한 물 같은 여자가 그의 손 아래 뜨거워지는 순간. 그는 만족스럽게 웃으며 그녀와 결합한 채로 그녀의 몸을 돌렸다. 깊숙이 들어와 있는 남자의 분신이 방향을 바꾸는 감각에 우현의 안쪽이 마구 수축했다.

"흑!"

예상치 못한 자극에 수혁이 이를 악물고 버렸다. 그녀의 등과 엉덩이 사이, 움푹 들어간 곳에 손을 짚은 채 그가 당장이라도 사정하고 싶은 욕구에 버티고 있는 동안 우현은 첫 번째 오르가슴을 맞았다. 물론 끝은 아니었다. 수혁과의 관계에서 그녀가 단 한 번만 오르가슴을 느끼고 끝난 적은 없었다.

"너무 빨라."

수혁이 이를 악물고 있다가 우현의 엉덩이를 잡아 당겼다. 팔로 침대를 짚은 채 그가 당기는 대로 엉덩이를 움직이며 우현이 숨을 할딱였다. 등 뒤를 돌아보니 그가 우람하게 서서 그녀의 엉덩이에 몸을 붙이고 있는 모습이 보였다. 말할 수 없이 색정적이라 절로 깊은 곳이 움찔거렸다. 땀이 흥건히 배어난 이마 위로 머리카락이 자꾸 엉겨 붙었다.

"상체를 낮춰."

수혁이 명령했다. 우현은 즉시 팔꿈치를 접어 몸을 고양이처럼 앞으로 낮췄다. 그러자 그녀의 안 깊숙이 박혀 있던 그가 좀 더 선명히 느껴졌다. 그는 아까부터 꿈쩍도 하지 않고 그녀의 안에 그를 묻고 있을 뿐이었지만 그녀가 움직일 때마다 온몸의 신경이 벌떡벌떡 날뛰고 있었다.

커다란 손이 양쪽 엉덩이를 쥐고 더욱 깊이 들어갈 수 있도록 벌렸다. 부끄러운 부분이 다 드러나는 감각에 우현이 입술을 깨물었다. 그의 시선이 가장 부끄러운 곳에 꽂히는 것이 느껴졌다. 그는 넘쳐흐른 애액 때문에 흥건히 젖어 있는 엉덩이를 손가락으로 쓸다가 볼일을 볼 때 외에는 사용할 일이 없는 곳을 향해 접근했다.

"아, 시, 싫어……, 싫어요."

우현은 몸을 틀려고 했지만 단단히 잡고 있는 수혁의 손 때문에 되지 않았다.

"좋아하잖아."

"아니…… 예…… 아흑…… 으응……."

사정을 봐주지 않고 커다랗고 단단한 손가락이 단단히 맞물려 있는 우현의 항문을 문질렀다. 더러운 곳인데…… 싫지만…… 이를 악문 채 우현은 숨을 멈췄다. 이상할 정도로 예민해지고 마는 것은 뭔지 모르겠다.

정부

수혁은 우현의 구석구석, 오픈하고 싶지 않은 곳까지 모두 알고 있었다. 파고들어와 쓰다듬고 어루만지며 소유권을 주장한다. 그가 모르는 그녀는 있을 수 없다는 듯이 노골적으로. 그럴 때마다 분명 더할 수 없이 수치스러운데도 이 느낌은 뭐란 말인가? 이 죄악감에 수반된 저릿할 정도로 깊은 쾌감, 생경한 감각이 온몸을 두드리고 감각을 일깨웠다. 몸속이 마구 꼬여드는 것 같았다. 손도, 발도, 온 피부와 털 한 올조차도 그녀의 것이 아닌 것만 같다.

"음……."

우현이 느끼고 있는 감각은 하나로 연결된 부위를 통해서 수혁에게 그대로 전달되고 있었다. 그가 허리를 뺐다가 부드럽게 도로 밀어 넣었다. 손가락을 움직이는 것을 멈추지 않은 채, 다른 손은 앞으로 돌려 예민할 대로 예민해진 클리토리스를 건드린다.

"하악! 하악!"

나른하게 긴장을 푼 채 감각을 만끽하고 있던 우현이 찔러오는 강렬한 쾌감에 상체를 벌떡 들었다. 그와 동시에 수혁이 깊숙이 그녀의 안으로 파고들었다. 묵직하고 두툼한 감각이 배 속 깊은 곳까지 차올라 둔탁하게 그녀를 갈라 두 조각을 내는 것 같았다.

"아아아앙!"

마구 수축되는 자신의 안쪽을 의식하며 우현이 엉덩이를 흔들었다. 뭔지 안다는 듯 수혁이 빠르게 허리를 움직였다. 배 속을 꽉 채우던 둔탁한 움직임이 걸쭉한 흐름이 된 것처럼 요동치기 시작했다. 녹은 아이스크림이 뜨거워져 소용돌이를 그리듯 그녀의 안쪽을 채워갔다. 숨이 막히는 감각이었다.

"아홋! 아홋! 아홋! 더…… 아…… 아홋!"

시트를 움켜쥐며 우현이 입술을 악물었다. 소리를 지르지 않겠다고 생각하는데 자꾸 입이 벌어지고, 벌어진 입술 사이로는 어김없이 비명 같은 신음이 새어나왔다. 이러다가 정말 미쳐버릴지도 모르겠다는 생각이 들 정도였다.

"아아아아악!"

허리를 활처럼 꺾으며 우현이 비명을 질렀다. 머릿속이 순식간에 텅 비더니 이내 온몸이 텅 빈 것 같은 감각이 덮쳤다. 그녀의 안쪽은 좁아지다 못해 이제 닫혀버린 것만 같았다. 움찔움찔 온몸의 혈관과 신경, 근육들이 경련했다.

몸을 뺀 수혁이 깊은 한숨을 내쉬며 시트에 뺨을 댄 채 눈을 감고 있는 그녀의 옆에 몸을 뉘었다. 뜨거운 숨을 뱉어내고 있지 않다면 죽은 것 같은 표정을 짓고 있는 그녀를 빤히 보던 그가 손가락으로 코끝을 슬쩍 튕긴다. 그제야 눈을 뜬 우현이 원망하는 표정으로 눈을 흘겼다.

"내가…… 하지 말라고 했잖아요."

"좋아하잖아."

"그런 건 문제가 아니에요."

"하지만 이렇게 완전히 가버리는데 어떻게 안 해?"

"내가 어떻게 느끼는지는 중요하지 않아요. 나는 이수혁 씨에게 봉사하기 위해 여기 있는 거니까."

수혁이 얼굴을 찌푸렸다. 그는 몸을 모로 세워 우현 쪽으로 누우며 그녀의 턱을 잡았다. 우현이 감고 있던 눈을 뜨자 읽기 어려운 푸른 어둠과 맞닥뜨렸다. 단단하여 스며들 수 없을 것 같은 눈이 묻는다.

"왜 그런 말을 하지?"

"무슨 말이요?"

"네가 나에게 봉사하기 위해 여기 있다는 이야기."

"사실이니까요."

"그렇지 않아."

"그러면요?"

"그건……."

순간 말문이 막혀 수혁이 머뭇거리자 우현이 새침한 표정으로 몸을 일으켰다.

"착각하거나 선을 넘는 건 딱 질색이에요. 이런 이야기 다신 안 나왔으면 좋겠어요."

옆에 벗어두었던 가운을 걸치고 끈을 여미는 우현은 여전히 아름다웠다. 처음 봤을 때의 그 느낌 그대로…… 어딘지 잡히지 않을 것만 같은 아득한 느낌도, 침잠해 있는 것 같은 묘하게 정적인 느낌도 그대로였다.

아니, 달라졌다. 달라지지 않았을 리가 없다. 6년이나 지난 것이다. 6년 전에는 갓 성인이 되어 아직 어린 티가 역력했던 몸이 이제는 완연한 여자가 되어 있었다. 곡선이 좀 더 선명해지고 우아해졌다. 긴 검은 머리카락과 대비되는 하얀 피부는 윤기가 자르르 흘러 한창인 여성미를 뽐내고 있었다. 무엇보다 수혁과 꼭 맞았다. 마치 그를 위해 빚어낸 도기인형처럼, 처음 '맞춘다'는 그 말을 증명이라도 하듯 머리부터 발끝까지 모든 굴곡과 온도와 움직임이 수혁을 위해 존재하는 것처럼 딱 맞는다. 그런데도 어째서인지 가끔은 낯선 기분이 들었다. 그러니까 오늘 같은 순간, 갑자기 냉랭해지며 선을 긋는다는 느낌이 들 때면 우현은 마치 그가 전혀 모르는 여자처럼 낯설었다. 그러고 보면 이런 이야기는 한 번도 하지 않았다.

"내가 너한테 그렇게 형편없는 남자였나?"

욕실로 들어가던 우현이 무슨 소리냐는 듯한 표정으로 수혁을 바라보았다.

"무슨 소리예요? 그렇다면 난 지금 여기에 있지도 않았어요. 희경이는 영감님이 따로 집 한 채 얻어주겠다고 했지만 거절했다면서요."

정부

"확실히 그랬지."

희경이 누군가 하면 클럽에서 전직 대통령을 모셨던 아이였다. 돈에는 탐욕스러워도 색은 안 밝힌다던 양반이 홀딱 빠져서 부인 몰래 참 애썼다는 이야기를 들었는데, 사달이 나서 이런저런 문제가 복잡한 와중에도 따로 살림 차려 앉히려고 했다는 걸 보면 정신줄 놓았다는 말이 영 허튼 소리는 아닌 듯했다.

하지만 충격은 다른 데서 왔다. 그러니까 그런 남자나 최수혁이 딱히 다를 게 없다는 거지? 따지고 보면 그러하기도 했다. 아니, 물론 우현의 입장에서는 다를 것도 없다. 그렇다고 해도…….

우현이 쌀쌀맞게 욕실로 들어가 문을 닫은 후 얼마 지나지 않아 물 떨어지는 소리가 들렸다. 쏴아아 시원한 소리인데도 수혁은 답답해져 침대 헤드에 등을 기대고 담뱃불을 붙였다.

그래, 다를 것도 없었다. 어떤 이유든 최수혁이 지난 6년간 돈을 내고 이우현을 샀다는 데에는, 그리고 지금도 그러고 있다는 데에는 변명이 있을 수가 없었다. 처음에는 잠입 때문이었고, 그 이후에는 그가 버리면 안타까워질 우현의 인생이 안쓰러워서였고 그 다음에는…… 그러니까…….

"젠장."

머리가 아파 수혁은 머리카락을 헝클었다. 갑자기 이 머리

좋은 여자가 한 말 하나하나가 의심스러워지기 시작했다. 아까 죄악감이 가장 좋은 쾌락의 향신료라고 했나? 그는 그냥 그 말을 너무 어려 보이는 그녀 때문에 느끼는 죄책감이라고 생각했는데 이우현은…… 다른 뜻으로 말했을 수도 있단 말인가?

담배를 깊이 빨자 씁쓸한 니코틴이 혀끝에 감돌았다. 그와 함께 이우현의 공간에 들어서면서부터 비웠던 머리가 제 속도를 되찾기 시작했다. 언제까지나 이런 식일 수는 없다는 것을, 그러니까 이우현이 하는 말이 뭔지 그도 아예 모르지는 않는다는 이야기다.

하지만 남자란 어찌나 단순한 존재인지.

냉정한 언론인이자, 거대 외국계 자본을 등에 업은 미디어 재벌, 그리고 정치계에 얽히고설킨 이권관계의 배후조종자라는 다중적인 자아를 효과적으로 유지하고 있는 최수혁도 이우현 앞에 서면 제대로 생각을 할 수가 없었다. 그녀는 그가 지은 죄였다. 하지만 어느새 깊숙이 빠져 그 죄의 냄새를 맡지 못할 정도로 중독되어버린 죄.

안다. 이율배반이다.

"담배, 끊어야 하는데……."

수혁이 담배 연기를 후 하고 길게 내뱉었다.

대한민국 정재계에 한바탕 폭풍이 일어난 것은 2개월 전이었다. 8년간 승승장구 정재계의 고위층 인사를 주무르며 막후정치, 막후교섭의 상징과도 같았던 한 클럽의 와해에서부터 일어난 사단이었다. 외국계 언론과 인터넷 방송의 폭로로 클럽이 공중분해되면서, 관련 인사 100여 명 중 60여 명은 사법처리 되었고 30여 명은 실명이 밝혀졌다. 말 그대로 대한민국의 주춧돌이 서까래 위로 올라왔다고 할 수 있을 큰 사건이었다.

　　절대로 밝혀낼 수 없을 것 같았던 몇몇 고위층의 은닉재산이 밝혀졌고, 미납 추징금의 60퍼센트가 국고로 환수되었다. 무엇보다 큰 성과는 소문으로만 은밀히 떠돌던 친일자금과 그 명단이 노출되어 역사 청산의 방향타가 바로 세워졌다는 것이다.

　　있는지도 모르는 사람이 더 많았던 대한민국의 빅브라더라 불렸던 집단의 몰락이 백일하에 드러났다. 영화 같다며 순진무구하게 감탄하는 사람도 있었고, 괜스레 흙탕물을 들쑤셔 나라를 어지럽게 했다고 비난하는 사람도 있었다. 하지만 누구든 한 가지 면에서는 동의했다. 누군가가 집요하고 계획적으로 습한 날의 곰팡이처럼 번지던 나라의 부패를 긁어내어 햇볕 아래 널었다는 것…… 외국계 언론과 인터넷의 힘을 빌긴 했지만 결국에 국민들은 자신이 발 디디고 살던 나라가 어떤 나라인지 그 적나라하게 밝혀진 실체를 마주할 수 있었다는 것······.

아직도 대한민국은 소용돌이의 한복판이었다. 붕괴한 클럽에서 나왔다는 X 파일의 존재에 대해 사람들이 끊임없이 쑥덕이고 있었다. 그것은 마치 불발탄과도 같아 언제 터질지 모르는 두려움으로 괴담처럼 번져나갔다. 이미 여당, 야당, 무소속 할 것 없이 대다수의 국회의원들이 연루되었다고 알려짐에 따라 국회 폭탄테러 협박이 이어졌으며 정부 부처 인사들의 이유 없는 사직서 제출이 잇따르고 있는데 더는 갈 필요 없지 않느냐는 견해도 많았다. 국정 공백을 걱정해야만 할 수준이라는 거다.

이쯤 되자 사람들은 궁금해하기 시작했다. 도대체 누가 이런 일을 만들어낸 걸까? 왜?

많은 기자들이 움직였고, 시민들이 그에 동조했으며, 국회, 정부 부처, 공사와 대기업 등 수많은 기관들에 협력자가 있다고 알려졌지만 그들이 누구인지는 비밀에 부쳐졌다. 마치 가장 정밀한 점조직처럼 한 사람 한 사람이 영웅이었지만 그림자 속의 영웅인 셈이었다.

하지만 점조직이라고 해도 리더는 있어야 했다. 누군가 위험을 무릅쓰고 이 모든 일을 이끈 사람. 사주를 받은 황색여론의 공격이 집중된 것도 이 보이지 않는 한 사람을 향해서였다.

영웅놀이라며 비꼬아대고 자극적인 추측들이 난무했다. 하지만 역사상 처음으로 대중들은 이러한 눈 돌리기 식의 기사에 싸늘한 태도를 취했다. 결국 머뭇거리던 언론들 모두 본연의 임무에 충실하기 시작했다. 다시는 없을 거라고 여겨질 정도로 완벽한 민주주의의 승리였다.

다들 기대하고 있을 뿐이었다. '그'가 앞으로는 어떻게 이 나라를 바꿀지, 아무도 하지 못하던 일을 해낸 '그'가 지금부터 보여줄 것은 누구인지. 하지만 정작 '그'는 그 모든 일이 일어났던 밤, 클럽에 있었다.

아무도 없어야만 하는 클럽을 찾은 그는 긴 복도를 성큼성큼 가로질렀다. 불이 모두 꺼져 있는 복도에서는 천장 바로 아래의 예비등만이 희미하게 호박색으로 빛나고 있어 그가 움직일 때마다 아련한 그림자가 벽 위로 흔들렸다.

그렇게 단 한 번의 머뭇거림도 없이 다다른 복도의 끝, 지난 6년간 수없이 드나들었던 그 문 안쪽에는 여자가 앉아 있었다. 꼭 그러리라 생각했던 그 모습 그대로, 한 치의 흐트러짐도 없이. 아무것도 모르는 것처럼 여자는 여느 때와 다름없는 낮고 담담한 목소리로 그를 맞았다.

「오셨어요?」

수혁은 물끄러미 여자를 바라보았다.

우현은 인사에도 답하지 않은 채 우두커니 문간에 서서 날카롭게 그녀를 내려다보고 있는 수혁을 올려다보았다. 허리가 잘록하게 들어간 몸에 잘 맞는 스트라이프 슈트를 입은 그는 머리부터 발끝까지 말끔해 보였다. 지난 6년 내내 봐온 모습이 새삼 낯설어 우현은 고개를 갸웃했다.

'언제 이렇게 이 남자가 커졌을까?'

만났을 때에도 이미 어른이었던 남자이니 키가 컸을 리는 없지만, 무언가 달라졌다. 딱딱해 보이는 표정도, 남자다운 윤곽도 여전한데 무언가 성숙하게 여문 느낌이 났다. 시간이 그의 안에 쌓여 있었다. 다소 성마르기도 했던 불같은 성품의 남자가 이제는 그 불을 안으로 수렴하여 품은 채 차가운 눈으로 그녀를 마주본다.

「넌 왜 여기에 있지?」

수혁이 뚜벅뚜벅 발소리를 내며 들어와 우현과의 거리를 좁혔다. 우현은 침대에 오도카니 앉아 있었기 때문에 그가 다가오자 고개를 꺾어야만 했다. 무릎 위에서 맞잡은 두 손에 힘이 들어갔다.

「여긴 끝났어.」

「알아요.」

「여기 소속 애들은 모두 자유야.」

「알아요.」

그러나 그건 진실이 아니었다. 빛이 있으면 그림자가 있듯, 클럽이 공중분해되면서 여기에 있던 여자들은 모두 길거리로 나앉았다. 빛이 있는 여자도 있었고, 빚은 없더라도 받아야 할 돈을 받지 못한 여자도 많았다. 이 모든 것은 클럽이 사라진다고 해결되는 일이 아니었다. 당장 먹고살 일이 막막해지는 것이다. 몇몇은 편의점이나 커피숍 알바를 하거나 도우미가 되겠지만, 생활 수준은 비교도 안 되게 달라질 테니 몇 명이나 그것을 받아들일지는 미지수다. 교육으로 인해 높은 지적 및 문화적 수준을 유지하고 있지만 실제로 학벌도, 스펙도, 경력도……, 아무것도 없는 기형적인 여자들이 갈 곳은 결국 한 군데뿐이다.

빛과 어둠.

「너, 갈 곳이 없어?」

무겁게 물어오는 수혁에게 우현은 대답하지 않았다. 알 수 없는 눈빛으로 빤히 쳐다볼 뿐이다. 그런 우현을 가만히 내려다보고 있던 수혁이 느리게 머리카락을 쓸어 올렸다. 그 사이로 조금쯤 한숨이 지나간 것도 같았다.

「내 부모님은.」

우현의 옆에 나란히 앉으며 수혁이 혼잣말하듯 중얼거렸다.

「굉장히 평범한 분들이셨어. 그냥 선하기만 하고, 아무것도 모르는.」

수혁의 시선은 앞을 향해 고정되어 있었다. 지난 6년간 그들이 서로에 대해 아무것도 묻지 않고, 아무 말도 하지 않고 몸만 섞었던 그 화려한 공간의 어디쯤에서.

「나는 미국에서 나서 자랐는데, 두 분 모두 그곳에서 성공한 언론인이셨고, 특히 아버지는 사업적으로 대단한 성공을 거두셨지. 우리 집에는 아무 문제도 없는 줄 알았어. 한국의 역사 같은 건 학교에서 배우는 소설 같은 느낌이었어. 하지만 아니더군. 내 집의 일이더군. 내 할아버지는 독립운동을 하셨다고 해. 삼형제였다셨는데 당시 집안 재산을 싹 다 정리해 만주로 건너가셨다고. 남아 있던 증조부와 증조모 역시 계속 독립운동을 후원하셨고, 결국 삼형제는 모두 독립운동을 하다 돌아가셨지.」

나라가 광복을 맞이했을 때, 수혁의 집안은 참담했다. 남자들은 모두 전사한 채였고 믿을 것은 배 속에 수혁의 부친을 품고 있던 할머니뿐이었다. 다행히도 아들이 태어났으나 나라의 광복에 모든 걸 다 바친 집안에 남아 있는 건 없었다. 주변의 사정도 다르지 않았다. 한때의 동지였던 수많은 독립유공자들과 그들의 자녀들은 생계와 싸워야 했다.

「여기까지만 했어도 그러려니 했을 거야. 어쨌든 광복은 찾아왔고, 할아버지는 뜻을 이룬 거였으니까. 그런데 할머니는 한국으로 돌아오지 못하셨어. 그렇게 바라셨는데 광복된 조국에는 발을 딛지 못하셨지. 할아버지가 빨갱이였다고 누군가가 낙인을 씌웠기 때문이야. 누군지도 몰라. 당시 친일파들은 자신들의 잘못을 가리기 위한 방패로 빨갱이를 내세웠거든. 자신들의 잘못을 알고 있는 사람들을 다 빨갱이로 몰아붙였거든. 결국 할머니는 미국으로 건너가셨어. 그리고 그곳에서 아버지를 낳으셨지. ……할머니는 끝까지 나라를 원망하지 않으셨지만, 아버지도, 어머니도 그럴 수 있다고 하셨지만 나는 달랐어. 이건 옳지 않아.」

조사를 하면 할수록 가관이었다. 대한민국의 요직은 대부분 친일파와 그의 후손들이 장악하고 있었다. 구린 것이 있으니 하는 일이 제대로 될 리가 없었다.

참을 수 없었다. 몽땅 다 뜯어 고치겠다 맹세했다. 그러기 위해서는 못할 일이 없을 거라고 생각했다.

「하루아침에 달라지진 않을 거예요.」

차분하게, 절반도 이야기하지 않았는데도 마치 다 안다는 듯 우현이 대답했다.

「기대하지 않아. 그냥 나는 앞으로도 이렇게 살 거라는 걸 말한 거야.」

이번에 우현은 대답하지 않았다.

「여기 아방궁을 끝낸 건 시작에 불과해. 언제 끝날지 몰라. 위험할 수도 있어. 그래도 좋다면, 너…… 내 옆에 있을래?」

우현이 서늘한 시선을 올려 수혁을 바라보았다. 잠깐 알 수 없는 표정을 담고 있던 그녀의 눈이 휘어졌다.

「아방궁……이라고요?」

알 수 없어 수혁은 잠자코 그녀의 다음 말을 기다렸다.

「정말 관심이 없었군요. 그건 우리끼리 부르는 이름이었어요. 여기 이름은 휴(休)였어요.」

아아, 그런가.

수혁은 재미있다는 듯 웃는 우현의 얼굴을 신기하게 바라보았다. 그에게 오라는 제의를 한 마당에 이런 문제로 웃을 줄은 몰랐다. 그녀가 절박할 거라고 생각했다. 하지만 의외로, 그녀는 마치 자신의 거취에는 크게 관심이 없다는 듯 행동하고 있었다.

정말 알 수가 없었다.

세상 사람들은 이 사단을 낸 것이 누군지 몰랐지만 우현은 알았다. 이번에 안 것이 아니라 진즉 알고 있었다. 수혁은 우현에게 개인적인 이야기는 한 마디도 하지 않았지만 그가 잠든 사이 몰래 그의 지갑을 뒤지고 서류를 훔쳐본 우현은 그가 하려는 일을 알고 있었다. 수혁은 우현이 보았다는 것을 알고 있었다. 하지만 위에서 시켜 뒤져보고도 왜 모든 것을 위에 보고하지 않았는지는 몰랐다.

최수혁. 인터넷 방송국의 소유주이자 외국계 언론의 대주주, 우리나라 핵심 인물들의 가장 가까이까지 접근해서 모든 것을 뒤엎어버린 사람.

수혁의 시선을 의식한 우현이 천천히 웃음을 그쳤다. 그러고는 어울리지 않는 진지한 목소리로 물었다.

「이제 절 개인적으로 고용하겠다는 말씀이세요?」

「뭐라도 좋아. 널 내가 책임지고 싶어.」

「좋아요…….」

짧게 한숨을 내쉰 우현이 일어서며 옆에 벗어놓았던 숄을 어깨에 둘렀다.

「나는 돈이 필요해요. 여기서 받던 만큼…… 줄 수 있어요?」

「……좋아.」

「고마워요.」

우현은 입꼬리만 조금 올려 웃었다. 그래서 수혁은 점점 더 알 수가 없어졌다.

이 여자는 무슨 생각을 하는 걸까? 어디까지 알고 있는 걸까? 정말 알기는 하는 걸까?

모든 일이 끝난 것이 분명한 클럽에 수혁이 온 이유는 간단했다. 이 여자가 마음에 걸렸다. 이 여자가 신경이 쓰였다.

하지만 다시 한 번 혼란스러워진다. 돈이 필요하다고 하는 말. 여기서 받던 만큼 줄 수 있냐는 말. 그리고 마치 아무것도 상관없다는 듯 별것 아닌 이야기로 웃는 얼굴.

「이제 네 이름을 알려줄 수 있어?」

　6년간 한 번도 묻지 않았던 것을 물었을 때 우현은 돌아보지 않고 대답했다.

「우현. 이우현이에요.」

　2개월 전, 집으로 오라는 수혁의 말에 묘한 표정으로 웃던 그 먼 눈을 떠올리며 담배 연기를 내뱉었을 때 욕실 문을 열고 우현이 나왔다. 그와 눈이 마주치자 그녀는 잠시 머뭇거리더니 희미하게 웃었다. 마치 두껍게 해를 가리고 있는 구름의 가장자리로 너무 아련해 거의 보이지도 않을 듯한 햇빛처럼, 그렇게.

"우현아."

"네."

　그 전에는 이름을 부른 적이 없다.

"우현아."

"네."

"우현아."

"……네."

대답을 한 우현이 빙그레 웃었다. 그러더니 화장대에 앉았다. 왜 부르는지 이유 같은 건 궁금하지 않다는 투였다. 실제로 부른 이유 같은 것도 없으므로 그녀가 옳았다.

"……갈게."

알 수 없는 허기를 느끼며 일어서는데 우현이 고개를 돌렸다.

"아, 잠깐만요."

그리고 전혀 예상하지 못했던 말이 날아왔다.

"나 돈이 필요해요."

"뭐?"

수혁이 고개를 비스듬히 기울였다가 팔짱을 꼈다.

"골드카드 준 거 알아요. 하지만 현금이 필요해요."

변명하는 기색 없이, 부끄러운 기색 없이 우현이 부연설명을 했다.

"가게에서는 나 현금 받았어요. 그때에도 쓰라고 카드를 주긴 했지만 거의 안 썼고, 나는 현금이……."

"그 카드 한도 없어."

"알아요. 그런데 카드로 살 수 없는 게 필요해요."

"그게 뭔데?"

"그런 이야기까지 하고 싶지는 않아요."

수혁과 우현의 시선이 날카롭게 부딪쳤다. 아니다. 날카로운 것은 수혁의 시선뿐, 우현은 언제나 그랬듯이 너무 담담해서 도리어 부아를 돋우는 그런 눈을 하고 있다.

"언젠가 신분 세탁하고 살 때에 대비해 금고에라도 넣어두는 거야?"

"좋을 대로 생각해요."

비로소 수혁은 우현과의 관계가 얼마나 비정상적인 것인지를 실감했다. 그녀는 그에게 있어서 죄책감이었고, 그럼에도 불구하고 눈을 뗄 수 없는 여자일 뿐이었지만…… 그녀는……. 애당초 그녀가 그에게 안긴 이유는 선명했다. 그리고 지금도…….

순간 가당치 않게도 화가 났다. 여기서 누가 가해자고 누가 피해자인지는 명확한데, 그래도 화가 난다.

'최수혁, 너도 어쩔 수 없는 남자로구나.'

"알았어. 얼마나 필요해?"

"가능한 한 많이요."

수혁이 팔짱을 꼈다.

"나 돈 많아. 그걸 전부 너에게 줄 수는 없잖아? 그러니까 명확히 액수를 말해."

"가게에서는 한 달에 삼천 받았어요. 하지만 지금은……."

"알았어. 한 달에 오천. 현금으로 넣어주지. 카드는 그대로 써도 좋아."

정부

"그렇게 많이는 필요 없어요."

"됐어. 상관없어."

"고마워요……."

울컥 무언가 치솟아 올랐지만 수혁은 눌러 참았다. 어쩐지 저 말간 얼굴을 보고 있노라면 자꾸만 화가 났다. 그녀가 차라리 화를 내거나 졸라댔다면 달라졌을까?

단 하나만 생각해야 했다. 그는 화낼 자격이 없는 사람이다. 적어도 이우현 앞에서는.

"그렇지 않아요."

마치 수혁이 무슨 생각을 하고 있는지 아는 것처럼 우현이 불쑥 내뱉었다.

"뭐?"

"지금 당신이 생각하는 거…… 그게 뭐든 아니에요."

수혁은 잠시 우현을 쳐다보았다. 가끔 그녀는 마치 그를 속속들이 아는 것처럼, 그의 마음속 깊이 그 자신조차 모르는 무언가를 아는 것처럼 그렇게 말한다.

"저는 지금, 아주 좋아요. 항상 고맙게 생각하고 있어요. 당신이 상상하는 거 이상으로요."

정말이지, 꼭 아는 것처럼.

"간다."

무뚝뚝한 인사에 우현이 조용히 일어나 그를 배웅했다. 입술에 살짝 미소를 띠고 인사하는 얼굴은 평소와 너무 똑같아서, 수혁은 돌아서기가 무척이나 힘이 들었다.

인터넷 방송국은 뚜렷한 사무실이 없이 부평초처럼 떠돌며 전파를 쏘는 것이 원칙이다. 특히 위험한 방송이 주를 이룰 경우는 더욱 그렇다. 다만 산재해 있는 인터넷 방송국의 집결지 같은 역할을 하는 곳은 있기 마련인데, 현재 대한민국에서는 수혁의 'The 인터넷'이 가장 큰 서버였다.

사무실은 젊은 분위기 그대로 모던했다. 엘리베이터 문이 열리면 20여 명의 직원들이 자유롭게 일할 수 있는 테이블과 의자가 있고 한쪽에 에스프레소 머신, 냉장고, 온장고, 정수기와 간단한 라면 등의 인스턴트식품을 보관하는 선반이 있는 카페테리아, 다른 쪽에는 작지만 책과 자료들로 꽉꽉 들어찬 도서관 역할을 하고 있는 사무실, 또 다른 쪽에는 물까지 졸졸 흐르는 실내 정원을 꾸며놓은 휴게실, 그러고 나서 복도 끝에 있는 것이 CEO인 수혁의 방이었다. 자재는 모두 고급스러웠고 분위기는 밝았지만 대한민국 헌정 역사상 최고의 사건이라는 비밀 클럽의 독점 기사로 인해 주가로 치면 천억 원이 넘은 거대 상장기업치고는 소박하다고 할 수 있었다.

가장 특색 있는 것은, 모든 사무실이 말짱해 보였지만 필요한 순간에는 순식간에 셔터를 내리고 모든 서류와 자료를

폐기한 후 순식간에 이사할 수 있도록 정교하게 짜 맞춰져 있다는 것이었다. 평범한 사람들은 못 알아보겠지만, 흔한 사무실에서 보이는 나태함 따위는 공기 중에 1밀리그램도 포함되어 있지 않았다.

수혁의 방도 그랬다. 특히 매일 출근하진 않아도, 한 번 출근할 때마다 무서운 기세로 일을 해치우고 사라지는 그의 방은 단단하고 안정감이 느껴졌지만 필요하다면 가장 먼저 폭파되어야 하는 방이었다. 방 안에 꽂힌 책 한 권, 서류 한 장, 파일 하나 중요하지 않은 것이 없었다.

"사장님, 걱정 있으세요?"

기사와 방송 체크를 끝내고 개인적인 투자 건까지 보고를 마친 윤 비서가 나가려다 말고 돌아서서 물은 것은 그 중요한 파일 중 하나를 서랍에 넣었을 때였다. 수혁은 시선을 그에게 둔 채로 서랍 문을 탁 소리가 나게 닫았다. 까치집 같은 짧은 머리카락 아래로 반짝이는 눈동자가 그를 바라보고 있었다.

윤지훈. 수혁의 대학교 후배로 그가 처음 외국에 나가 투자자를 모집하고 회사를 설립할 때부터 그를 도운 일등공신이었다. 지금 회사에서 챙겨 가는 연봉만도 어지간한 대기업 임원급이지만, 아직도 부모님께 물려받은 구형 소나타를 끌고 다니는 진국 중의 진국이었다. 그만큼 야망이 크다고 볼 수도 있었다. 세속적인 어떤 것보다도 갖고 싶은 게 있다는 거니까.

야망이 있다는 사실을 수혁은 조금도 나쁘게 보지 않았다. 어차피 이런 일에서 야망이란 불가결의 요소였다. 그렇기에 본디 무소의 뿔처럼 밀어붙이는 성향이라 남의 말을 귀담아듣지 않는 수혁도 지훈은 인정해주는 편이었다. 취향이 비슷하기도 했다. 고급스럽지만 실용적이고, 보수적이지만 정의로운.

"걱정은……. 왜 그런 걸 물어?"

시트 깊숙이 몸을 묻으며 책상 위에서 서류를 집어 들며 수혁이 물었다.

"심란해 보여서요. ……공연 후 증후군인가?"

"공연 후 증후군?"

"큰일 치렀잖아요. 사실 형이나 나 평생에 걸려서 할 수 있을까 말까 했던 일인데…… 의외로 너무 싱겁게 격파되어버려서 나도 어안이 벙벙하긴 해요."

"쉬웠던 건 아니지. 그리고 완전 격파도 아니고. 뿌리 깊었던 부정은 당장 양분을 끊고 뜨거운 태양 아래 뿌리를 드러냈다 해도 그 끝까지 말라 죽은 건 아니니까."

"그렇긴 하지만…… 그 정도면 대단한 일이에요. 대한민국 헌정사상 없었던 일이잖아요."

"낯 뜨거운 소리 하지 마."

'형'이라고 풀어진 호칭을 사용하는 걸로 보아 공연 후 증후군을 겪고 있는 것은 지훈일지도 모르겠다. 하기야 일단 입소문을 타기 시작한 진실의 힘에 수혁도 놀랐으니 그보다 세상 경험이 적은 지훈은 말할 것도 없다. 신이 나 들떠 있다는 것이 날이 갈수록 티가 났다. 조심시켜야지, 하면서도 수혁은 말을 아끼고 있었다. 어리면 어릴수록 과격한 부분이 있다. 그것은 치명적이기도 하고 힘으로 작용하기도 했다. 어디까지 제어하고 어디까지 풀어놓을 것인지를 결정하는 것은 쉽지 않다.

"허점을 잘 노리고 들어간 것뿐이야. 아무도 경계하지 않았던, 아니, 대비가 완벽했다고 생각했던 곳을 찌르고 들어가서……."

"그럼요. 형이 그런 일까지 했는데요."

'그런'이라고 말하며 지훈은 혐오감을 숨기지 않았다.

수혁은 인상을 쓰는 지훈의 얼굴을 가만히 바라보았다. 큰 키에 홀쭉한 몸, 부러 딱딱해 보이는 안경을 써서 지금은 깐깐해 보이지만, 수혁은 저 안경을 벗었을 때 나오는 순정파 남자를 알고 있었다. 그리고 그 남자가 어째서 클럽을 질색하는지, 수혁이 잠시나마 그곳에 몸담았다는 사실에 왜 몸서리를 치는지도 잘 알고 있었다.

수혁이 처음 미국으로 지훈을 데려가려고 했을 때쯤, 지훈은 만신창이였다. 윤지훈이라는 남자가 품고 있는 격정은 장점이기도 하고 단점이기도 한데, 당시 그것은 단점 중의 단점으로 지훈을 파먹고 있었다. 지훈 같은 남자가 술집 여자에게 빠질 줄 누가 알았으랴? 하지만 동시에 모두가 예상할 수 있는 것도 있었다. 윤지훈 같은 남자가 일단 순정을 주어버렸을 때 어디까지 파괴적일 수 있을지…… 같은 것.

그렇게 따지면 적잖은 돈을 벌어들이는 지금도 검소하다 할 수 있는 생활을 하는 것도 그래서일지 모른다. 철없던 시절 나쁜 형들과 어울리다 간 룸살롱에서 여자에게 잘못 순정을 주어 부모님의 재산까지 모두 날릴 뻔한 지훈이다 보니 돈 쓰는 일에도, 여자 문제에도 결벽증에 가까운 반응을 보였다.

그런 그가 수혁은 안쓰럽기도 하고 걱정스럽기도 했다. 특히 요 근래 윤지훈의 격정은 오롯이 수혁에 대한 동경과 존경심으로 뭉치고 있었으므로 더욱 그랬다. 뭐든 과하면 안 좋은데……. 하지만 수혁은 다시 한 번 입을 다문다. 이런 유의 일들은 설명과 설득으로 해결할 수 있는 것이 아니다.

"그렇게 말하지 마."

"왜요? 형이 대단하다는 건 사실이잖아요. 아무도 못했던 일을 형만 해냈어요."

"그건 내가 거짓말을 잘한다는 것 외에는 아무것도 아냐."

"지금 무슨 말을 하는 거예요?"

클럽을 노렸던 것은 수혁만은 아니었다. 그곳이 비밀과 권력, 특종의 온상이라는 것은 공공연한 비밀이었다. 접근이 어려울 뿐 일단 '그들 중 하나'가 되면 이후는 일사천리일 것이라는 것도. 그러니 많은 기자들과 정계의 루키들은 어떻게든 클럽의 일원이 되고 싶어 했다.

하지만 클럽은 만만한 곳이 아니었다. 손님으로 가지 못하니 직원으로라도 어떻게 비벼보려던 수많은 기자들과 연줄에 연줄을 잡고 노친네들과 어울려보려던 야심가들은 이내 걸러지고 배척당했다. 이유는 한둘이 아니었다. 격이 떨어져서, 수상해서, 뒷배가 부족해서, 능력이 별로라서……, 그리고 클럽 자체가 거대한 CCTV나 마찬가지였으므로. 너를 위해 어떤 여자라도 되겠던 그 여자들이 웃고 있는 가면 같은 얼굴로 그들을 바라보았었다는 것을 바보 같은 남자들이 어떻게 알 수 있었을까?

무엇 하나라도 미심쩍으면 즉시 클럽의 문은 닫혔다. 그곳의 모든 것이 권력의 눈이었다. 아무도 클럽이 무너질 거라고 생각하지 않았을 거다.

"형은 정말 대단해요."

다른 말을 하는 것은 용납하지 않겠다는 듯이 단호한 얼굴로 지훈이 수혁을 쳐다보았다.

또 하나, 클럽이 난공불락이었던 다른 이유 중 하나는 클럽 그 자체의 매력이었다. 권력을 무너뜨리기 위해 권력의 핵심으로 파고들려 했던 사람도 막상 그 자리에 서면 권력의 향기에 취해 변절하곤 했다. 인간이니 어쩔 수 없는 일이었다. 수혁은 변절하지도 않았고, 내쳐지지도 않았다. 모든 것을 손에 쥘 수도 있었던 그 자리에서 모든 것을 놓아버린 것이다.

하지만 그것은…… 우현 때문이다. 처음 그녀는 자신을 믿지 말라고 했고, 수혁은 그녀를 믿지 않았다. 그랬기에 어느 날, 사람이라 어쩔 수 없이 긴장을 놓았던 날, 서류는 흐트러져 있었고 지갑에도 손댄 흔적이 있었을 때에는 분노했다. 이제는 끝이라며 와르르 공든 탑이 무너지는 것을 느꼈다. 하지만 아무 일도 일어나지 않았다. 우현은 끝끝내 모르는 척 읽기 힘든 표정을 유지했다.

아마도 그때부터였던 것 같다. 이우현이 최수혁에게 특별해지기 시작한 것. 기울어진 경사를 흘러가는 것처럼 마음이 쏟아졌다. 우현이 수혁의 모든 것을 알고도 침묵했던 그 순간 수혁은 내쳐지지 않을 수 있었다. 그것 때문에 우현은 수혁에게 특별해졌고, 우현이 수혁에게 특별해진 그 순간, 수혁은 변절할 수 없게 되어버렸다. 변절하면 그는 그저 그렇고 그런 사내가 되어버리는 것이었으므로. 우현은 아무 의미 없이 완전히 짓밟히는 것이었으므로.

이우현. 가장 아무것도 아니면서, 모든 것인 여자.

"아직 끝나지 않았다니까 그러네."

수혁은 머리를 헝클어 진득하게 감아오는 우현의 향기를 떨쳐냈다.

"넌 그치들의 끈끈한 유대를 못 봐서 그래. 긴장 풀지 마."

"몰라요. 난 통쾌했으니까 됐어요. 진짜 평생 자기들 세상 안 무너질 줄 알았을 거야. 그죠?"

경고도 아랑곳 않고 껄껄 웃는 지훈을 보면서 수혁은 설핏 위기감을 느꼈다. 지훈은 쉽게 들뜨는 성격이 아닌데도 이렇게 마음을 놓는데, 그럼 보통 사람들은 어떻다는 걸까? 아직 갈 길이 먼데 정말 괜찮을까?

이것은 이율배반적인 문제였다. 그들은 어떻게 그렇게 견고할 수 있는가? 바로 그들의 울타리 안에 들어간 사람들이 그 울타리 안의 특권에 만족하기 때문이었다. 울타리 밖에서는 그들을 욕했지만 일단 '그들 중 하나'가 되고 나면 달라진다.

이번 일이 가능했던 것은 '그들 중 하나'였던 수혁이 모든 것을 폭로했기 때문이었다. 쉬쉬하고는 있으나 그들은 이미 배신자를 알아냈을 터, 언제 어떻게 반격해 올지는 아무도 알 수 없었다. 말 그대로 수혁은 '하나'일 뿐이었다. 적은 거대하고 단단히 결집되어 있었다. 불의의 일격으로 와해되긴 했지만 아직 끝나지 않았다는 것은 확실했다.

"너야말로 좀 머리를 식히고 와야겠다."

일어서서 지훈의 뒷덜미를 손으로 슬쩍 어루만지며 수혁이 주의를 주었다.

"미안해요. 들뜨지 않으려고 하는데도 자꾸…… 너무 고소해서."

지훈이 머리를 긁적였다.

"알아. 하지만 들뜨면 마음이 급해지고, 마음이 급해지면 판단력이 흐려져. 조심해."

"넵! 그럼 아무 일도 없는 거죠?"

"그래."

수혁이 빙그레 웃었다.

"하긴 그래도 요즘에는 옛날 같진 않아요. 좀 컨디션 메롱인 것처럼 보일 때도, 옛날처럼 무섭진 않거든요."

"무서워?"

지훈이 어깨를 으쓱했다.

"그게…… 언제부터인지는 모르겠는데 안정되어 보인다고 해야 하나. 아니, 안정이라기보다……, 음, 전에는 종종 허무해 보일 때가 있었거든요. 보고 있는 제 입장에서는 뭐가 잘못되고 있나 불안하게 말이죠. 그런 일 전혀 없다고, 다 잘되고 있다고 할 때에도 그냥 형 눈이 그랬어요. 그런데 요즘은 그렇지 않은 것 같아요."

그러고 보면…… 언제나 몸을 옭아매고 있던 것 같던 고질적인 허무함과 허전함을 느낀 것이 오래되었다. 하루 종일 정신없이 뛰다가도 잠깐 틈이 나면 멍하니 시간이 멈춰버린 것 같던 그 느낌을 언제 맛봤는지 기억이 없다.

"좋은 것 같아요. 일 잘하는 능력 있는 남자가 문득 바쁜 걸음을 멈추고 뒤를 돌아봤을 때 아무도 없다고 느끼는 그런 외로움은…… 없는 게 낫잖아요. 요즘은 누군가 기댈 데가 있고 쉴 데가 있는 사람 같은 얼굴이라서."

수혁은 피식 웃었다.

"아무도 없다고 느끼는 외로운 얼굴은 뭐고, 기댈 데가 있고 쉴 데가 있는 사람 얼굴은 또 뭐야?"

"아무도 없어서 외로운 수컷의 얼굴은 지금 보고 있는 제 얼굴이고요, 기댈 데 있는 사람의 얼굴은……."

지훈은 수혁의 팔을 잡아 사무실 한편에 걸려 있는 거울 앞에 세웠다. 다소 까칠하고 피곤해 보이는, 하지만 남자다운 단단함이 보이는 얼굴이 거울에 비쳤다.

"이런 얼굴이고요."

거울을 빤히 쳐다보던 수혁이 손을 날렸다. 빡 하고 무척이나 아플 것 같은 소리가 지훈의 뒤통수에서 울렸다.

02. 계산

　창 밖으로는 잘 가꾼 정원이 보이고 등 뒤로 쳐진 병풍의
그림은 고아한 한식집이었다. 단 두 사람이 마주 앉아 있을 뿐
이지만 상 위에는 상다리가 부러질 것같이 많은 음식이 차려
져 있었다. 그러나 화려하달 수 있는 상 앞에 앉은 두 사람의
얼굴에는 표정이 없었다. 두 사람 모두 좋은 것도, 싫은 것도
아닌 표정으로 손을 움직일 뿐이었다.

　"아무리 졸라대도 안 되는 건 안 되는 겁니다."

　단정한 젓가락질로 오징어젓갈을 집어 입 안에 넣으며 성
의원이 말했다. 3선 의원이었던 그는 지난번 총선 때 당과의
의견 차이로 출마하지 않았고, 얼마 후 정계 은퇴 선언을 했
다. 그가 무소속으로 나왔다면 상당히 야당 표를 갉아먹었을
것이라 했고, 어떤 서베이에서는 그의 승을 점치기도 했지만

정부

그는 자신이 몸담았던 당을 배신하는 일은 하지 않았다. 그뿐만이 아니었다. 정계 은퇴를 한 많은 의원들이 여전히 뒤에서 영향력을 행사하고 각종 이권단체에 몸을 담아 활동을 이어가는 데 반해 그는 아내와 함께 독서와 산책으로 소일했다. 그것이 수혁이 그를 찾아온 이유였다.

아직 56세, 성 의원은 이대로 은퇴하기에는 너무 젊은 나이였다. 대쪽 같은 성품에 은퇴하겠다는 결심을 바꾸기 쉽지 않을 것은 알았지만 수혁은 그가 필요했다.

"타당한 이유를 말씀해주시면 저도 포기하겠습니다. 하지만 그런 것도 아니시잖습니까."

역시 표정을 내보이지 않은 채, 단정하게 식사하며 수혁이 말했다. 두 사람은 눈도 잘 마주치지 않았다. 눈이 마주치면 서로 마음이 들킬 것을 저어하는 것처럼, 마치 같은 방에 있지 않은 사람들처럼 식사를 하고 음식을 넘겼다. 하지만 오가는 말은 날카로웠다.

"나는 최수혁 씨가 마음에 들지 않습니다."

"제가 아니라 나라를 위해서라고 생각해주시면 안 됩니까?"

수혁의 물음에 처음으로 성 의원이 젓가락을 놓았다. 탁, 하고 거의 들리지 않을 정도로 작은 소리에 수혁도 젓가락을 놓고 허리를 세웠다. 비로소 두 사람의 시선이 똑바로 마주쳤다.

"보통은 왜냐고 묻지 않나요?"

성 의원의 질문에 수혁은 대답하지 않았다.

"내가 왜 최수혁 씨를 마음에 들지 않는다고 하는지 궁금하지 않아요?"

"알 것 같습니다."

성 의원의 시선이 날카로워졌다.

"안다?"

"예."

"그럼 나도 아는 일, 모르는 사람이 없을 것도 알겠네요?"

"모르는 사람이 없진 않고, 알아야 하거나 알고 싶어 한 사람들은 다 알 거라고 생각하고 있습니다."

"그러니까…… 최수혁 씨가 요 근래 사달의 원흉이다 인정한다는 뜻입니까."

"원흉이라는 건 모르겠고, 제가 꾸민 일이냐고 물으신다면 맞습니다."

"클럽의 일원이라고 들었는데?"

"성 의원님은 일원이 아니셨지요."

"처음부터 뜻은 달랐다 해도, 제가 몸담았던 곳을 배반한 자는 믿을 수 없습니다. 이유가 있었다 해도 부도덕한 일을 했던 사람을 따를 수는 없습니다."

정부

"저를 믿지 마시고, 저를 따르지 마시고, 나라를 위해 일해 주십시오."

"그 말은 언젠가 내가 최수혁 씨를 반하는 일이 있어도 좋단 말입니까."

"물론입니다."

성 의원은 곰곰이 생각에 잠긴 표정으로 수혁을 뜯어보았다. 머리부터 발끝까지 천천히 성 의원의 눈이 수혁을 해부하는 동안, 수혁 본인은 마치 그것을 모른다는 듯이 여상한 표정을 짓고 있었다. 다만 눈동자만은 조금도 흔들리지 않은 채 성 의원을 바라보고 있었다.

성 의원은 이상한 기분을 느꼈다. 정치가란 다 거기서 거기, 똑같은 인간들이다. 탐욕과 욕망 없이 정치를 한다는 것은 어불성설이기에 모두 비슷한 표정과 비슷한 분위기를 가지고 있기 마련이다. 그런데 이 남자는 왜 이렇게 다를까? 왜 이렇게 다른 느낌일까? 왜, 라고 묻고 싶은 것은 어느새 성 의원 쪽이 되어 있었다.

"왜죠?"

"일할 사람이 없으니까요."

"나라는 잘 돌아가고 있어요."

"말을 바꾸죠. 일할 사람이 없는 건 아닌데 일을 '잘'할 사람은 없습니다. 네, 나라도 돌아가고 있죠. '잘'은 아닙니다."

성 의원의 표정이 심란해졌다.

"나는 이런 방식도 마음에 들지 않아요. 국정은 최수혁 씨가 쥐락펴락 할 수 있는 게 아니에요. 민주주의는 어디까지나 국민이⋯⋯."

"어른들을 상대로 다섯 살짜리 어린아이들을 모아놓고 민주주의라며 선택을 맡기는 것은 정의가 아니라 비겁한 겁니다. 어린아이들에게 책임을 미루는 거죠. 적어도 민주주의라는 것이 뭔지는 가르쳐놓고, 배울 수 있는 환경을 만들어놓고, 그러고 나서 시작해야 하는 겁니다. 우리나라는 그런 과정이 없었죠. 그래놓고 국민 탓을 합니다. 잘못은 어른들이 하고, 일이 틀어지면 다섯 살짜리 어린아이들이 모자라서 이렇게 된 거라 한단 말입니다. 옳지 않습니다. 적어도 저는 한 번쯤은 제대로 된 사람들이 정답을 보여주고 그걸 지킬 수 있도록 해야 한다고 믿습니다."

"나는⋯⋯."

입술을 달싹이던 성 의원이 끙 하고 앓는 소리를 냈다.

"최수혁 씨가 그 일을 할 사람이란 말입니까?"

"누구라도 상관없습니다. 성 의원님이라도 상관없습니다. 중요한 건 정말로 나라를 위해서 일을 할 사람입니다. 자기 배 부르려고 궤변을 갖다 붙이고 견강부회하는 사람이 아니라요."

정부

말없이 착잡한 얼굴로 성 의원이 술잔을 들어 입술을 축였다. 그렇게 한참 동안 침묵하던 성 의원은 잠시 후 수혁이 전혀 예상치 못했던 질문을 날렸다.

"결혼했습니까?"

정말 예상외라 수혁은 아무 대책 없이 곧이곧대로 대답했다.

"아닙니다."

"적어도 아내를 배신한 건 아니라는 거군요."

성 의원이 희미하게 웃었다. 그제야 수혁은 아아, 하고 실소했다. 성 의원 같은 성품의 남자는 클럽이 정말 싫은 것이다. 설혹 수혁이 와해를 목적으로 잠입했다 해도 한때 그 클럽의 일원이었다는 사실이 못내 걸리는 것이 분명했다. 아마 그의 할아버지나 아버지도 같은 입장이었으면 딱 성 의원처럼 말했으리라.

수혁이 소리 없이 웃고 있는데 진지한 질문이 날아왔다.

"왜 결혼 안 했습니까."

"일만 하다 보니까 시간이 갔습니다."

수혁은 문득 성 의원이 알아주는 애처가라는 사실을 기억해냈다. 그의 아내는 대학교 CC였다던가 하는 오랜 연인으로 몹시도 평범한 여자라 정치가들의 부인이 흔히 그렇듯 로비한 번 하는 일도, 받는 일도 없었다고 했다. 두 사람 다 소소하고 소박해서 욕심 없기가 찍어낸 듯한 짝이라고 했다. 그것도 마음에 들었다.

"그래도 남자는 아내가 있어야 안정이 되지요."

"절 걱정하시는 겁니까."

"큰일을 하겠다고 결심했다면 하는 말입니다. 아내가 없으니 클럽 같은 곳도 가고 그런 거 아닙니까."

클럽은 즐기러 간 게 아니라고 토를 달려다가 말았다. 성의원이 몰라서 그런다는 생각은 조금도 안 들었다. 이유를 불문하고 싫은 거다. 그리고 수혁은 그런 그의 융통성 없는 강직함도 마음에 들었다. 지금 대한민국에 필요한 건 그런 고집이었다.

"남자들은 사실 어리석죠. 여자가 지탱하는 게 절반이 넘어서, 나는 결혼하지 않은 남자나 자기 가정을 제대로 못 꾸리는 남자는 믿지 않아요."

"저도 그렇게 생각합니다."

"결혼하세요. 남자는 아내가 있어야 하는 법이에요."

"제가 결혼하면, 돌아와주시겠습니까?"

성 의원은 무겁게 한숨을 쉬었다. 자기 고집이 더 세면서 그는 수혁을 세상에서 가장 고집이 센 사람이라도 보듯이 쳐다보았다.

"어떻게 되었어요?"

기다리고 있던 지훈이 수혁이 차에 올라타자마자 물었다.

"대답은 안 줬어. 고집이 센 양반이야."

"아, 진짜……."

실망스러워하며 지훈이 시동을 걸었다.

"돌아올 거야. 지금 자신이 필요하다는 걸 아니까. 저런 타입들은 할 일이 있으면 돌아와."

"그럴까요?"

"다만……."

시트에 머리를 기대며 수혁이 낮게 중얼거렸다.

"결혼하라더군, 나한테."

룸미러를 통해 지훈이 수혁을 힐끗 쳐다보았다. 눈을 감은 채 고개를 뒤로 젖히고 있는 수혁의 어깨는 반듯했다. 꽤 긴 술자리였지만 옷차림도 전혀 흐트러지지 않았다.

"민우당에서도 저번에 비슷한 이야기를 했잖아요?"

"그랬지."

"결혼이 중요해요?"

"아마."

"왜요?"

"밖으로 보이는 게 중요하니까. 남자는 아내가 없으면 안정감이 없다고 생각하거든."

"왜요?"

"모른다는 듯 말하지만 너도 그래. 사람은 다 그래."

"난 안 그럴 거예요."

"그렇게 사는 게 더 쉬울걸?"

"안 그럴 거라니까요, 절대. 여자들은 싫어요. 믿지 못할 종자들이에요."

"그래, 노력은 해봐."

넥타이를 약간 늦추면서 수혁은 웃고 말았다. 창 밖으로 시선을 돌리자 어느새 어둠이 내려앉은 거리가 빠른 속도로 뒤로 달아나고 있었다. 옆 차선의 차량은 무척이나 가깝게 느껴졌다. 울렁이는 밤거리에 경미한 두통을 느껴 수혁은 눈을 감았다. 또…… 우현을 생각했다.

성 의원이 결혼 이야기를 했을 때, 절대로 다른 생각을 해서는 안 되었던 그 순간에 머릿속에 우현이 떠올랐다. 그래서 밀어붙이지 못했다. 집요하게 물고 놓지 않았어야 했는데, 성 의원은 그의 그림에 반드시 필요한 사람인데 순간 집중력이 흐트러지며 다음을 기약하고 말았다. 한시가 급한데.

"반포로 가자."

"예?"

지훈이 못마땅한 기색을 숨기지 않고 되물었다.

"피곤하실 텐데요."

"내가 운전해서 갈까?"

정부

창 밖에 시선을 둔 수혁이 웃지도 않고 되물었다.

"……아니에요."

불만 가득한 지훈의 목소리를 수혁은 못 들은 척했다. 하기야 우현이 우현이 아니었다면 수혁 역시 똑같이 반응했을지도 모르는 일이니까. 야(野)의 전형적인 결벽증이랄까? 아니면…… 이게 바로 남이 하면 불륜, 내가 하면 로맨스라는 걸까?

모두가, 심지어 우현 자신조차 그녀는 정부에 지나지 않는다고 하는데 수혁만은 그런 감각이 아예 없었다. 그저 우현은 우현이었고, 피곤할 때면 더욱 수혁은 그녀에게 가고 싶었으며, 요 근래는 특히 더 많이 생각난다.

우현의 작은 몸을 끌어안으며 입을 맞추자 가는 팔이 수혁의 어깨를 감싸 안아왔다. 헐렁하게 입은 하얀 셔츠의 깃을 잡아 벌리며 드러난 쇄골에 입술을 누르자 따뜻한 기운이 입술을 통해 온몸으로 번졌다. 수혁이 몸을 기울인 만큼 우현이 몸을 젖혔다.

"성 의원 만난 건 어떻게 되었어요?"

가슴을 깨물고 핥는 수혁의 검은 머리카락을 쓸어주며 우현이 차분하게 물었다.

"잘 안 됐어."

"정말요?"

옷을 벗겨내는 수혁의 손이 움직이기 편하도록 몸을 틀어주면서 우현이 의외라는 듯 눈썹을 치켜 올렸다.

"나라고 항상 성공하는 건 아니야."

우현을 벌거벗겨 침대에 눕히고 자신의 옷을 벗으며 수혁이 말했다. 침대에 팔을 짚은 채 약간 몸을 뒤로 빼고 그런 수혁을 빤히 쳐다보던 우현이 조용히 웃었다.

"잘될 것 같군요?"

수를 읽혀버린 기분이 되어 수혁이 일부러 얼굴을 굳혔지만 오래는 아니었다. 나신인 채로 하얀 시트 위에 앉아 있는 우현은 마치 여신처럼 우아했다. 긴 다리를 세워 부끄러운 부분이 수혁에게 정면으로 드러나지 않도록 가리고, 부드러운 곡선을 그리고 있는 가슴이 돋보이도록 어깨를 살짝 젖힌 채 웃고 있는 우현은 말 그대로 고혹적이었다. 이런 여자를 앞에 놓고 끝까지 얼굴을 굳힐 수 있는 남자는 없었다. 특히 그 여자가 자신의 여자일 때에는.

"몰라."

"거짓말쟁이."

우현이 낮게 웃으며 그녀의 위로 몸을 포개는 수혁을 감싸 안았다. 따뜻한 다리가 수혁의 허리를 감았다. 쇄골부터 긴 목선을 따라 핥아 올라가면서 수혁은 우현의 진한 살 내음을 맡았다. 회의, 강연, 인터뷰……. 몰아치는 스케줄이 머릿속에서 녹아내렸다.

물기가 튀어오를 것 같이 탱탱한 가슴을, 그 가슴에서부터 부드러운 선으로 이어진 허리와 뼈가 도드라진 골반을, 동그 랗게 사랑스러운 엉덩이를 손으로 더듬으며 수혁은 우현에게 키스를 퍼부었다. 평소보다 몇 배나 열정적이었기 때문에 우 현이 눈을 동그랗게 뜨고 쳐다봤을 정도였다.

"처음에는 점잖은 사람인 줄 알았는데."

가슴을 잘근잘근 이와 입술로 희롱하자 우현이 키득거리며 마치 아기를 다루듯 머리카락을 헤집어놓았다.

"지금도 점잖아."

"천만에요."

절대 아니라는 듯 우현이 수혁의 머리통을 끌어안고 검은 머리카락 사이에 입을 맞췄다. 그것이 좋으면서도 어쩐지 지 는 듯한 느낌이 들어 수혁이 우현의 엉덩이를 세게 쥐어 몸에 붙었다. 이미 뜨겁게 달아올라 있는 수혁의 남성을 젖어 있는 우현의 여성에 가져다 대고 문지르자 우현이 약간 오른 눈을 찡그리며 아, 하고 조그맣게 소리를 냈다. 자연스럽게 왼쪽 다 리가 수혁의 엉덩이를 감아 당겼다. 수혁의 입술이 판판한 배 로, 배꼽으로, 그리고 단전을 핥은 후 검은 숲으로 진입했다.

"싫어요."

우현이 상체를 세우며 몸을 틀었다. 도망가려는 듯 다리를 치우려 했지만 이내 그 시도는 수혁의 손 아래 제압되었다. 가는 허벅지를 단단히 잡아 양쪽에 고정시킨 수혁의 입술이 젖어 있는 우현의 클리토리스를 빨아들였다.

"흡!"

우현이 허리를 들썩이려 했지만 수혁은 그러지 못하게 붙잡았다. 그리고 혀로 마치 사탕을 핥듯 이미 단단하게 뭉쳐 있는 작은 살점을 집요하게 공략했다.

"학! 아, 안 돼!"

이번에는 우현이 좀 더 몸부림을 쳤기 때문에 수혁은 그녀의 허벅지와 엉덩이를 좀 더 세게 잡아야만 했다. 꽤 힘이 들어갔는데도 우현은 아프지도 않은지 다리로 열심히 수혁의 어깨를 밀어내려 하고 있었다.

"가만히 있어."

수혁이 혀를 미끄러뜨려 꽃잎 깊숙이를 핥아 내렸다. 손가락과도, 남성과도 다른 축축하고 까실한 감각에 우현이 바르르 떨며 뜨거운 숨을 뱉어냈다. 세심하게 움직이는 남자의 입술과 혀의 감각에 온몸의 신경이 한 점으로 집중되는 것만 같았다.

"아흥…… 싫…… 아아……."

이제 더 이상 우현은 수혁을 밀어내려고 하지 않았다. 허공에서 하얀 손이 그의 머리를 잡아당겨야 하는 건지, 밀어내야 하는 건지 모르겠다는 듯 맴돌고 있었다. 혀로 다시 한 번 클리토리스를 감아 빨면서 수혁이 손가락을 우현의 안으로 진입시켰다.

"학!"

손가락 하나를 넣었을 뿐인데도 우현이 크게 반응했다. 이미 예민해질 대로 예민해져 있던 우현의 내부가 수혁의 손을 꽉 물어뜯었다. 바짝 긴장한 것이 가엾다는 듯 수혁이 다시 한 번 부드럽게 우현의 클리토리스를 핥았다. 달래듯 상냥한 움직임에 우현의 몸이 조금 긴장을 늦췄다. 수혁이 손가락을 하나 더 진입시킬 때까지.

"아!"

내부를 섬세하게 매만지는 수혁의 손가락의 감각과, 숨결 하나에도 바르르 떨리는 클리토리스를 핥는 입술에 우현이 도리질을 쳤다. 꼭 감은 눈꼬리에는 눈물이 맺혀 있었다.

"아직도 싫어?"

부드럽게 우현을 맛보며 수혁이 물었다. 짓궂은 물음에 우현이 뜨거운 숨을 내뱉었다.

"대답해줘."

"못됐…… 어요."

숨도 제대로 못 쉬고 우현이 수혁을 노려보았다. 만족스럽게 웃은 수혁이 다시 입술로 우현의 예민한 부위를 눌렀다. 동시에 삽입된 채 움직이지 않던 손가락이 내벽을 긁었다.

"아흑!"

우현의 몸이 강하게 튕기며 발가락 끝이 쫙 펴졌다.

"아직 멀었어."

흥건하게 젖은 손가락을 맛보며 몸을 일으킨 수혁이 나른하게 선언하고는 힘이 바짝 들어간 다리를 붙잡아 벌리게 하고 허리를 밀어 넣었다. 뜨겁고 커다란 남성이, 수축되어 좁아진 통로로 밀고 들어오는 순간 우현이 입을 커다랗게 벌렸다. 수혁이 밀어붙이는 힘에 작은 몸이 흔들렸다. 36.5도, 두 사람의 체온이 닿는 부위마다 참을 수 없는 열기가 일어났다.

이런 뜨거움의 끝은 어디일까……. 우현은 숨을 멈춘 채 온몸을 뒤흔드는 감각에 몸을 맡겼다.

아무것도 생각할 수가 없었다.

정부

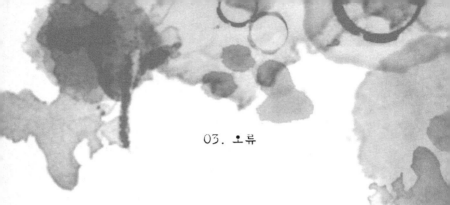

03. 오류

눈을 떴을 때에는 옆이 텅 비어 있었다. 수혁은 잠깐 하얗게 비어 있는 옆자리를 보다가 머리를 쓸었다. 몸이 개운했다. 반포로 와서 자는 날이면, 그러니까 우현의 곁에서 잠든 날이면 언제나 그랬다. 기분 좋게 기지개를 펴고 상체를 일으켰다. 창밖이 어느새 훤해져 있었다. 밖에서는 아무 소리도 나지 않았다. 마치 아무도 없는 것처럼 사방이 조용했다.

거실로 나오던 수혁은 걸음을 멈췄다. 우현은 거실에 있었다.

햇살이 잘 드는 소파 위에 두 발을 모으고, 팔걸이에 몸을 기댄 채 책을 보고 있는 우현은 한 줌도 안 되어 보였다. 팔걸이에 괸 팔에 머리를 가볍게 기대고 책을 읽다가 다 읽으면 페이지를 넘기고, 거짓말처럼 다시 같은 자세로 돌아갔다. 꽤 흥미로운 부분인지 수혁이 지켜보는데도 전혀 모르고 열중해 있었다.

뭘 보나 했더니 또 '태백산맥'이었다. 우현은 그랬다. '태백산맥'을 보고, 또 보고, 또 봤다. 재미있냐고 물었더니 재미있다는 대답이 돌아왔다. 소설류는 거의 보지 않는 수혁인데다 '태백산맥'의 장대한 스케일에 질려 그냥 그런가 보다 했는데 어느 날 그랬다. 역사 공부를 따로 하는 건 너무 힘든데, '태백산맥'을 보면 수혁이 옳은 일을 하고 있다는 생각이 든다고. 먹고 자고……, 당면한 생활이 너무 버거워서 옳고 그른 것은 생각하기 힘들 때가 많은데 '태백산맥'을 읽다 보면 수혁이 분노하는 포인트를 이해할 수 있을 것 같다고. 그것이 기특하고 사랑스러웠다.

"또 태백산맥이야?"

다가가 우현의 머리를 쓰다듬고는 옆에 붙어 앉자 귀찮아하는 기색이 역력했다. 책을 읽고 있는 중인데 건드리는 게 싫다는 거다. 책을 읽으면 수혁이 하는 일을 더 잘 이해할 수 있어 좋다고 해놓고 주객전도도 이런 주객전도가 없다. 그래서 부러 옆에서 지분거려보고 뺨에 입도 맞춰봤지만, 몸은 열어주면서도 눈은 여전히 책에 있다. 결국 수혁은 고개를 설레설레 저으며 일어섰다. 계획대로 씻기나 해야 할 것 같았다.

수혁이 긴 샤워를 마치고 나왔을 때 우현은 상을 차리고 있었다. 거실의 테이블 위에 엎어놓은 '태백산맥'의 표지는 얼마나 읽은 건지 나긋하게 닳아 있었다.

젖은 머리를 타월로 털며 소파로 가 앉은 수혁은 책을 집어 들었다. 우리나라 근현대사의 굵직굵직한 사건들을 배경으로 쓴 소설이라 언젠가 한번 읽어봐야지 하고서도 수혁이 읽는 건 인문학이나 정치학 관련 전공 서적이 전부였다. 독서량으로 따지자면 우현에게 밀릴 수도 있었다.

책장을 휘리릭 넘겨 본 수혁은 다시 책을 덮어놓고 주방에서 움직이는 우현에게 시선을 주었다. 그가 바라보는 것을 모르는 듯 움직이고 있는 우현은 편해 보였다. 클럽에서와는 확실히 달랐다. 관리를 받지 않아서인지 처음에는 마르는 것 같더니 요 근래는 몸무게도 안정되고 표정도 좋아졌다. 여전히 표정이 다채롭지는 않지만 똑같은 표정 아래에 미묘하게 방만함이라고 해야 하나……, 여유가 도는 것이 느껴졌다. 까맣게 죽어 있던 토양에 희미하게 온기가 어리고 파랗게 연약한 싹이 트는 것처럼.

"밥 먹어요."

찌개 맛을 본 우현이 만족스러운지 살짝 웃고 고개를 돌려 수혁을 불렀다.

"……뭘 보고 있어요? 밥 먹으라니까요."

꼼짝도 않고 소파에 팔을 기댄 채 시선을 고정하고 있는 수혁이 이상한지 우현이 눈썹을 설핏 올렸다.

"수혁 씨?"

"그래."

수혁이 대답하며 느리게 몸을 일으켰다.

"밥 먹고 나가자."

"어딜요?"

"있어."

의자를 빼고 앉아 숟가락을 드는 수혁을 우현이 빤히 쳐다 보았다.

"갈 데가 여기예요?"

문을 열어주는 백화점의 발레파킹 담당원에게 차 키를 넘기고 차 앞으로 돌아 나올 때까지도 우현은 조수석에서 내릴 생각을 하지 않았다. 차 문을 열자 우현이 떨떠름한 표정으로 그를 올려다보았다. 그런 그녀의 팔을 붙잡아 차에서 내리게 하면서 수혁이 짧게 대답했다.

"그래."

"여긴 뭐 하러요?"

"쇼핑."

우현의 시선이 불안하게 주변을 훑었다. 둘이 있는 걸 누가 보기라도 하면 안 되는 사람 같은 얼굴이었다.

"사람 많은 곳은 난 좀 그래요. 불편해요."

"자의식 과잉이야. 여기서 너나 나 알아볼 사람 하나도 없어."

"하지만…… 갑자기 왜요?"

"쇼핑하는 데 언제부터 이유가 필요해졌어?"

"살 게 없는걸요."

말끝을 흐리면서도 우현은 순순히 수혁을 따라 움직였다. 조그맣게 한숨을 쉬는 양이 마치 투정을 부리는 어린아이를 받아주는 것 같아 수혁은 어이가 없었다. 그러는 게 귀엽기도 하고 황당하기도 하고……. 나이도 어린 애가 왜 이렇게 산전수전 다 겪은 할머니처럼 구는 걸까?

"집 안도 어느 정도 정리됐잖아요. 살 게 없어서 그래요. 그것뿐이에요."

황당해하는 수혁의 마음을 알아차린 것처럼 얼른 얼굴 표정을 고친 우현이 수혁의 양복 자락을 살짝 잡았다. 그러는 건 또 어린아이처럼 마냥 사랑스러워서 수혁은 알 수 없어졌다.

"왜요?"

빤히 바라다보는 수혁의 시선이 멋쩍다는 듯 우현이 배시시 웃었다. 그런 그녀의 양뺨을 손으로 감싼 수혁이 눈을 똑바로 마주쳤다.

"뭐, 뭐 하는 거예요?"

아무도 없을 때에는 그렇게 대담하면서, 사람들이 많은 거리에서는 마주보는 것만으로도 곤란하다는 듯 우현이 얼굴을 붉혔다.

"쇼핑하자는데 너처럼 말 많은 여자는 처음이야."

"하지만 얼마 전에 한살림을 차렸잖아요."

불만을 갖는 입술은 지나치게 살림에 천착하는 여자답지 않게 요염했다. 맞는 말이긴 한 것이, 클럽에서 맨몸으로 나왔기 때문에 우현이 수혁의 아파트로 들어왔을 때에는 제대로 입을 옷 한 벌 없었다. 거기다 내내 비워두었던 아파트였기 때문에 살림살이도 없어 그야말로 한바탕 쇼핑 폭풍이 몰아쳤다.

침대를 사고, 붙박이장을 설치하고, 소파와 식탁, TV, DVD, 냉장고, 세탁기, 에어컨, 청소기……, 사야 할 것은 끝도 없었다. 거기에 여자들에게 필요한 건 오죽 많은지, 화장품, 속옷, 옷, 구두, 운동화……. 간단히 이야기하자면 이렇지만 그 안으로 파고들어가자면 놀랄 노자가 따로 없었다.

하지만 내내 우현은 소박하고 검소했다. 사방이 번쩍번쩍 가장 최신의, 가장 고급의, 라는 모토로 돈을 바른 세상에서 튀어나온 사람답지 않게 그녀는 꼼꼼하게 고르고 필요한 것만 샀다. 넘겨준 골드카드가 무색할 정도였다.

"오늘은 사치품을 사러 온 거야. 너 귀고리 하나 없잖아."

수혁의 말에 우현이 묘한 표정을 지었다.

"그런 건…… 필요 없어요."

"내가 보고 싶어. 네 귀에 걸린 귀고리."

우현의 손을 붙잡은 수혁이 성큼성큼 백화점 안으로 들어갔다. 하지만 커다란 유리문을 밀고 들어갔을 때 우현은 그의 손을 뿌리쳤다.

"싫어요."

"왜?"

"필요 없는 것까지 받고 싶지 않아요."

우현의 말에 수혁이 얼굴을 찡그렸다.

"왜?"

"그냥요."

버티는 우현을 수혁이 가만히 바라보았다. 또다. 또 열불이 나게 만든다. 요 근래 이런 일이 많았다. 유별나게 많았다. 오히려 클럽에서 만났을 때에는 이러지 않았는데, 요즘 이우현은 선을 긋지 못해 안달을 하는 여자 같다.

끓어오르는 화를 간신히 억누르고 수혁이 냉랭한 얼굴로 내뱉었다.

"언젠가는 관계를 정리하고 나가서 아무 일 없다는 듯 말짱히 살 거라서? 그러기엔 너 이미 나한테 받은 게 너무 많지 않아?"

우현이 수혁을 노려보았다.

"왜요, 당신이 만나는 다른 여자는 쇼핑하자고 하면 신나서 이것저것 골랐어요?"

이번에는 수혁이 우현을 노려보았다. 우현의 등 뒤에서 회전문이 윙윙 소리를 내며 돌아갔다. 두 사람이 우뚝 서 있었기 때문에 정체현상이 일어나고 있었다.

"아니에요. 미안해요."

항상 그렇듯 먼저 사과를 한 것은 우현이었다. 그녀는 수혁의 팔을 잡아 한쪽으로 비키게 한 다음 애교스럽게 그의 손가락을 매만졌다.

"아니라는 거 아는데 그냥…… 아까 당신이 한 말이 마음에 걸려서. 그런데 나 진짜 아무것도 필요 없어요. 지금도 충분히 많은 걸 받았어요. 그냥 하는 말 아니고 진짜 그래요."

"내가 싫어. 내 옆에 있는 동안에는 내가 보기 좋게 꾸미고 있어. 그게 네가 하는 일이라며?"

못된 성질을 거르지 않고 말하고 나서 수혁은 어금니를 깨물었다. 우현이 한 걸음 물러났으니 어루만져줄 만도 하건만, 어째서인지 우현에게만은 그렇게 안 되었다. 어째서일까? 왜 마음은 그렇지 않은데 이렇게 혀는 다른 말을 할까?

우현의 미간에 주름이 잡혔다. 그녀가 보이는 불만의 표시였다. 생각해보면, 자아가 형성되기 전에 그녀는 순종하는 법

부터 배웠다. 별것 아닌 반항에도 금방 놀라 사과하고, 불만이
있어도 제대로 표현하는 법을 잊었다. 상대가 어떤 변태라 해
도, 어떤 무뢰한이라 해도 그들을 즐겁게 해주는 것이 그녀의
일이었으므로.

"뭐가 문제야?"

수혁이 팔짱을 끼며 따졌다.

"그냥 당신은……."

우현이 답답하리만치 머뭇거렸다.

"당신은 이런 일 하면 안 되는 사람 아니에요? 사치하고
그러면…… 사람들이 안 좋게 보지 않을까요?"

전혀 예상치 않은 말에 얼떨떨해져서 수혁이 우현의 얼굴
을 들여다보았다. 무슨 이야기인지 언뜻 감이 잡히지 않았다.

"당신은 나쁜 사람들 때려잡는 사람이잖아요. 나는 이미
나 자체로 당신의 오점인데, 더 얼룩을 남기고 싶지 않아요."

"이우현……."

이해할 수가 없어 수혁이 얼굴을 찌푸렸다.

"뭐가 더 얼룩을 남기는 일인데?"

"비싼 거 사고 그러는 거요."

"그게 뭐?"

"하지만……."

"나 부자야."

"알아요."

"부자가 돈을 안 쓰는 건 경제에 하등 도움이 안 돼. 부정한 방법으로, 지들 사리사욕을 채우기 위해서 쓰는 게 문제인 거지, 필요한 순간에는 써야 하고 심지어 필요하지 않더라도 난 내가 쓰고 싶으면 쓸 거야."

"하지만……."

"넌 내가 간디인 줄 아나 본데 난 그런 사람 아니야. 난 벌써 나라를 위해 집안을 다 말아먹는 걸 봤어. 옳은 일을 하겠지만 바보가 되진 않을 거야. 내가 지켜야 하는 사람은 확실히 지켜. 넌 내가 지켜야 하는 사람이야."

"귀고리 안 한다고 날 지켜주지 않는 건 아니잖아요."

한숨이 절로 나왔다. 도대체 무슨 고집이…….

"내가 백화점에서 돈을 안 쓰면 백화점은 문을 닫아. 그러면 백화점 사장이 망할 거 같지? 아니야. 백화점에 고용된 수천 명의 사람들이 망해. 백화점 사장은 다른 곳에서 백화점을 열겠지. 경제는 네 생각처럼 단순한 게 아니야."

알 듯 모를 듯한 얼굴로 우현은 수혁을 올려다보았다. 결국 수혁은 두 손 두 발 다 들 수밖에 없었다.

"알았어. 네가 원한다면 재래시장도 한 바퀴 쓸자. 하지만 오늘은 사치품을 사는 날이야."

"네……."

겨우 수긍하는 우현을 보면서 수혁은 혀를 찼다. 뭐 이렇게 어렵단 말인가? 이런 성격인 주제에 잘도 말간 얼굴로 한 달에 오천씩 달라고 했겠다. 도무지 알 수가 없는 여자 아닌가.

"잘 어울리세요."

단정한 검은 유니폼 차림의 직원이 조명을 받아 반짝반짝 빛나는 목걸이를 목에 걸어주며 상냥하게 웃었다. 화려한 은 문양의 거울을 들여다보며 우현이 약간 몸을 비틀었다. 가슴 바로 위쪽에 매달려 있는 펜던트가 옆에서 보면 어떤 모습인지 확인하는 것이다.

"예뻐."

그런 우현의 어깨를 잡고 수혁이 살짝 귀에 속삭였다. 우현이 은은하게 미소 지었다. 그렇게 망설여놓고 일단 티파니에 풀어놓자 그녀의 입술에서는 시종일관 미소가 떨어지지 않았다. 역시 여자는 여자라며 수혁은 뿌듯해졌다. 성 의원이 남자의 명예는 자신의 여자를 웃게 만드는 거라고 했을 때에는 별 시답잖은 명예가 다 있다 했는데……. 그 사람이 난 사람은 난 사람인 듯했다. 틀린 말은 하지 않는다. 어떻게든 다시 현역으로 불러와야겠다는 의지가 샘솟았다.

"목이 길고 목선이 아름다우셔서 정말 뭘 걸치셔도 예술이에요."

평소라면 아부라고 들릴 말도 진짜인 것만 같아 수혁은 미
소 지었다. 목걸이를 좀 더 돋보이게 하기 위해 머리를 틀어올
려 쥐고 있어 드러난 목은 우아하니 길어 사슴같이 가녀렸다.

"이거하고, 이거와 한 세트인 귀고리……, 그리고 아까 봤
던 반지는……."

수혁이 우현을 돌아보았다.

"끼고 갈래?"

"그럴게요."

우현이 수줍게 미소 지었다.

우현이 뭔가 이상하다는 눈빛을 보낸 것은 루이 비통과 샤
넬을 거쳐 에르메스 매장으로 들어섰을 때였다. 대기하고 있
던 직원들 때문은 아니었다. 어디서든 VVIP의 등장은 공유되
기 마련이었고 그것을 모르기에는 그녀는 너무 오래 화려한
생활을 했다. 문제는 예약을 걸어놓아도 1년 내에 상품을 만져
볼 수 있을지 말지 알 수 없다는 에르메스 버킨백이 색깔별로
전시되어 있었다는 것이었다.

"왜?"

수혁이 겸연쩍은 표정으로 웃었다.

물론 에르메스 측에서는 난색을 표했다. 하지만 대한민국

에 안 되는 게 어디 있는가? 특히 수혁은 신흥재벌로 슬슬 이름이 팔리는 중이었다. 그 배경이 베일에 싸여 있기에 더더욱 인기가 많은 요 근래 가장 핫한 셀러브리티 중 하나다.

"쓸데없는 짓을 했군요."

우현이 눈을 흘겼다.

"네가 웃는 걸 보고 싶었다고 생각해줘."

"이런 게 문제가 아니에요."

"알아. 하지만 할 수 있는 일을 하는 게 맞지 않아?"

"손쉽게 하는 일로 생색내려고 하지 마요."

"말본새 하고는……. 그래서 안 고를 거야?"

"골라요."

우현은 선망의 눈초리를 한 몸에 받으며 백 두 개를 골랐다. 조용하고 차분하게. 그녀의 출신을 모르는 사람이 본다면 잘 교육받은 양가집 규수가 따로 없을 지경이었다.

그렇게 수혁은 우현과의 시간을 보냈다. 색다른 곳에서. 색다른 모습으로.

"오늘 왜 이래요? 무슨 일 있어요?"

집에 돌아와 옷을 벗는 우현의 뒤로 가 목걸이를 빼주며 목덜미에 입을 맞추자 우현이 의아하다는 목소리로 물었다. 말없이 발칙한 허리를 당겨 안으며 입술을 깊이 파묻자 그녀가 몸을 돌려 가는 손을 그의 어깨에 올리고 매달렸다. 그런 그녀의 등 뒤로 손을 올려 지퍼를 내리며 수혁은 우현을 내려다보았다. 우아하게 세팅된 머리카락이 어깨 근처에서 몽글거리고 있었고, 짙지 않은 화장……, 가는 눈썹의 날렵한 선과 자연스럽게 곡선을 드리우고 있는 속눈썹, 그 아래로 언제 봐도 읽기 힘든 짙은 눈빛, 작은 코, 붉은 입술은 언제 보아도 흐트러짐 하나 없이 완벽했다.

"왜?"

"몰라요. 왠지 평소와 조금 다른 것 같아요."

"네가 뭘 안다고 그래?"

우현이 웃었다.

"알지요. 이수혁 씨에 대해서라면 나만큼 아는 사람도 없을 걸요."

7년……. 생각해보지 않았는데 이 여자와 7년째에 접어드는 거였다. 짧은 시간이 아니었다.

수혁은 말 그대로 남자였다. XY염색체의 소유자라든지, 이런 뜻이 아니라 흔히 '남자답다'고 말할 때의 특성을 모두 가진 사람이라는 뜻이다. 키도 컸고 몸매도 다부졌다. 운동을 어지간히 하기도 하지만 타고나길 강골로 타고났다. 뼈대도 크고 근육도 잘 붙었다. 늘 입고 다니는 아르마니의 슈트도 그의 야성적인 본능을 완전히 가려주진 못했다. 길들여지지 않는

야수처럼 그는 항상 위험한 남자였다. 외모뿐 아니라 성격도 그랬다. 따지고 보면 다정하다고 주장하고 싶은 부분이 한두 군데가 아닌데도 그것은 오롯하게 최수혁의 의견일 뿐 여자의 마음을 몰랐다. 그 복잡하고 미묘한 걸 어떻게 맞추냐며 밀쳐 두었더니 좋다며 스스로 다가왔던 여자들이 우는 일이 허다했다. 그래서 가까이 오는 것조차 막았다.

결국 여자는 이우현뿐이었다. 그녀는…… 어쩌면 자발적인 것은 아니겠지만, 그를 감싸주고 다독여주었다. 그의 앞에서 울지 않았다.

"나 목욕할 거예요."

이마에 입술을 누르고 관자놀이로, 귓불로……, 슬슬 시동을 거는 수혁을 밀어내며 우현이 말했다.

"그래."

수혁이 별다른 내색 없이 안고 있던 우현의 허리를 놓았다. 팔랑 하고 나비처럼 멀어지는 우현에게서 희미한 향수 냄새가 났다. 무얼까……. 분명 익숙한 향인데 선뜻 머릿속에 떠오르지 않았다.

"당신도 같이 할래요?"

돌아서서 욕실 쪽으로 가던 우현이 어느새 걸음을 멈추고 고개만 돌려 수혁을 바라보고 있었다. 머리를 쓸어 올리고 있던 수혁이 고개를 들었다. 우현이 유혹적으로 눈꼬리를 길게 늘여 웃고 욕실로 들어갔다. 수혁의 입가에 미소가 감돌았다.

아파트를 옮기면서 다른 곳을 그대로 두었지만, 안방의 부부욕실은 새로 정비했다. 다른 게 아니라 욕조를 대리석 월풀 욕조로 바꾼 것이다. 물에 몸을 담그는 것을 좋아하는 두 사람 모두의 취향을 반영한 것이다.

"클럽이 그립다는 건 아니지만……."

다리 사이에 앉힌 우현의 목덜미에 이를 박고, 수증기를 머금어 한층 더 향기로워진 살 내음을 만끽하며 수혁이 속삭였다.

"가끔 그 자쿠지는 생각나."

"아아, 꽃 때문에요?"

미용소금을 살살 흩뿌리고 있던 우현이 고개를 끄덕였다. 클럽의 야외정원에는 자쿠지가 있었는데, 몸을 물에 담근 채 하늘을 볼 수 있어 두 사람 모두 좋아했었다. 4월이면 지척의 벚꽃 잎이 휘날려 현실을 잊게 해주었다.

"집 탓을 할 필요는 없죠. 언제나 사람이 문제지……. 그 집이 좋은 집이었다는 것까지 부정할 필요는 없어요."

"그런가?"

수혁의 사고방식으로는 그렇지 않았다. 그곳의 모든 것이 부정했다. 개인 감정으로 따지면야 그가 고발한 노친네들 모두 악의 축은 아니었다. 그중 몇몇은 존경할 만한 면모를 지니고 있기도 했다. 살아온 세월이 다르니 배울 지혜도 있었고, 자기 사람에게는 너그러운 면모가 있어 수혁에게 자상하게 대하기도 했었다. 높은 곳에 올라간 사람들이니만큼 학식도 대단했고, 머리 좋은 사람들이 흔히 그렇듯 유머 감각도 보통 수준을 넘어섰다. 같이 있기 즐거울 때도 있었다. 돈 많고 힘 있고…… 거칠 것이 없는 남자의 세계 아니던가.

정의를 꿈꾸는 사람들이 없어서 세상이 이 모양인 건 아니었다. 알고 보면 모두 좋은 면이 있는 사람이라 마지막에는 마음이 약해지는 것뿐……. 세상에 절대악이 없다는 것이야말로 악이 척결되지 않는 이유라고 수혁은 믿었다. 그런 수혁조차도, 우현을 데리고 나왔다는 것은 이율배반적인 일이지만…….

어쩌면 세상은 온통 이율배반으로 가득 차 있는 건지도 몰랐다. 수혁을 모르는 대중들은 'the 인터넷'에 열광하고 수혁을 지지했지만, 그를 알고 있는 정재계의 고위급 인사들은 그의 배반에 이를 갈고 있을 것이다.

"고민 있어요?"

무심코 우현의 어깨에 한숨을 토해내자 그녀가 자세를 돌려 앉으며 그의 어깨를 살살 주물렀다. 작은 손이지만 악력은 범상치 않아 단단하게 굳어 있던 어깨가 사르르 풀렸다.

"아니."

우현의 허리를 바투 당겨 안으며 수혁이 입을 맞췄다. 코끝이 스치고, 입술과 입술이 마주 닿고, 혀가 혀를 어루만지자 하복부에 불끈 힘이 들어갔다. 다소 온도가 높은 물 때문인지 호흡이 금세 가빠졌다. 이러면 안 그래도 이우현만 보면 멈추는 사고가 더 작동하지 않는데, 아무래도 우현과 함께 있을 때에는 생각 따위를 할 염두를 내지 말아야 할 듯했다.

수혁의 커다란 손이 우현의 가는 허리 뒤로 돌아갔다. 잡아봤자 한 줌도 안 되는 허리를 끌어당겨 몸에 붙이며 있는 힘을 다해 끌어안는다. 마치 으스러뜨리기라도 하려는 듯한 몸짓이었다. 작은 몸이 그의 품 안에 가득 담기는 느낌이 좋았다. 항상 차가워 선을 긋는 것 같은 그녀가 그의 손 아래에서 얕은 숨을 헐떡이면 안심이 되었다.

호흡을 모두 삼켜버릴 것같이 깊게 키스하고 입술을 떼자 우현이 푸…… 하고 눌린 소리를 냈다. 그러고는 밉지 않게 그에게 눈을 흘겼다.

"질식하는 줄 알…… 앗!"

그런 우현이 너무 예뻐 살짝 몸을 들었다가 이미 발기해 있는 그의 위에 주저앉혔다. 단숨에 그녀를 가르고 들어간 강한 남성의 감각에 우현이 흡 하며 고개를 뒤로 젖혔다. 그대로 입가로 온 가슴을 덥석 물고 오물대자 으응 하고 신음 소리를 내면서도 그녀는 성급한 그를 나무라듯 찰싹 맨살 등을 때렸다. 그래놓고도 당연하다는 듯 허리를 돌리는 것이야말로 이우현의 요사스러운 부분이었다.

아주 조심스럽게, 그의 어깨를 끌어안은 채 우현이 살살 허리와 엉덩이를 돌렸다. 단단하게 맞물린 부위가 비틀리며 그녀의 안을 휘젓는 감각이 뚜렷해진다.

물이 찰랑거리면서 밖에서 할 때와는 다른 감각이 두 사람을 사로잡았다.

"으음!"

안 그래도 그녀 안에 깊숙이 파고들어가면서 위기를 맞았던 수혁은 그녀를 안은 손에 힘을 주었다. 그를 품은 채 천천히 허리를 돌릴 때마다 그의 분신이 그녀의 안을 헤집는 감각은 독특했다. 특히 뜨거운 물속이라 그런지 평상시와는 다르게 그녀의 안이 더욱 뜨거워 감각은 두 배로 예민해졌다.

"아훗……."

움직이면서 본인도 느끼는지 우현의 입술이 벌어졌다. 뱅글뱅글 맷돌을 돌리듯 허리를 움직이던 그녀가 살짝 앞뒤로 몸을 꺾었다. 보다 더 직격탄이었다. 남성이 강하게 조여지는 감각에 수혁도 신음을 내지를 뻔했지만, 바짝 조여지는 안쪽을 가득 채운 남성 때문에 우현의 눈동자 역시 커다랗게 확장되었다.

잠깐 그대로 두 사람은 서로를 꼭 끌어안았다. 숨만 쉬어도 오르가슴이 올 것 같아 숨도 쉬지 않은 채였다. 둘 중 한 사람이 느끼면 반드시 다른 사람도 느낀다. 그럴 때가 있다. 지금이 바로 그럴 때였다.

찰랑찰랑 임계점을 넘을 것 같은 감각이 안정점 아래로 가라앉았을 때에야 우현은 수혁을 안고 있던 손을 놓았다. 어찌나 힘을 주었던지 근육이 다 뻣뻣해진 느낌이었다. 그것은 우현만의 감각은 아니었다. 수혁 역시 팽팽하게 당겨진 허벅지와 팔 근육이 뻐근하게 아팠다. 하지만 그의 경우에는 우현과 조금 달랐다. 좀 더 폭발하고 싶어서…… 그녀의 안으로 더 파고들어가 그녀를 완전히 함락시키고 싶어서 그런 거다.

"앗!"

수혁이 우현을 안고 벌떡 일어났다. 물론 결합한 채다. 물이 우르르 소리를 내며 욕조 밖으로 넘쳤다. 그가 단단히 안고 있긴 했지만 중력 때문에 다시 그녀의 안이 움찔거리기 시작했다. 그가 너무 깊이 박혀 있어 내장을 다 찌르는 느낌이었다.

"아흑!"

우현이 엉덩이를 움찔거리며 다리를 수혁의 등 뒤로 감았다. 단단히 그를 끌어안자 폭발할 것 같은 심장이 그녀의 오른 가슴을 두드렸다. 긴장되어 있는 어깨가 손가락 끝을 긁고 지나간다. 물을 뚝뚝 떨어뜨리며 수혁이 타월을 낚아채 우현의 등을 감쌌다. 그리고 그대로 침대에 눕힌 다음 키스를 퍼붓기 시작했다. 우현 역시 그의 머리카락에 손을 찔러 넣으며 반응했다.

"젠장."

가끔 수혁은 미친 듯이 흥분했을 때면 젠장, 이라고 중얼거렸다. 평소에는 욕 비스무리한 것도 입에 담지 않는 사람이라 그가 젠장이라고 말할 때면 우현은 묘한 쾌감을 느꼈다. 그렇게까지 그를 몰고 간 것이 그녀라는 사실에 대하여…… 우습지만 자부심을 느끼는 것이다.

우현은 손을 뻗어 젖으면 곱슬이 되는 그의 머리카락을 어루만졌다. 잘생긴 남자였다. 아마도 그의 부모님은 그를 자랑스러워했을 거다. 자신의 이야기는 잘하지 않는 사람이지만 언젠가 딱 한 번 부모님은 무척이나 순진하고 평범한 분들이라고 말한 적이 있었다. 나라에 그렇게 당하고도 길에서 한국 사람을 보면 반가워하고, 올림픽 때에는 한국을 응원하고, 그가 한국 국적을 택한 것을 자랑스러워하신다고. 그가 무슨 생각으로 한국 국적을 택했는지 아신다면, 사회를 뒤집어놓은 줄 아신다면 기겁하실 거라고……. 분명 좋은 분들임에 틀림없다. 수혁을 보고 있으면 그런 느낌이 들었다. 이렇게 당당하고 자랑스러운 남자를 키워낼 수 있다는 것만으로도 대단한 거다. 문득 그분들을 만나고 싶다고 생각했다. 그리고 이내, 절대로 만나는 일 따윈 없을 거라고 생각했다.

수혁의 손이 머리카락을 장난처럼 꼬는 우현의 손을 붙잡았다. 장난은 금물이라는 듯 엄한 눈빛이었지만, 언제나 단단해 보이는 평소의 인상과 달리 흔들리고 있는 것이 보여 무섭지는 않았다.

우현은 상체를 일으켜 자신을 붙잡은 손에 키스하고는 수혁을 당겨 눕혔다. 다리는 침대 밖으로 빼고 등은 침대 매트리스에 대게 한 후 그의 위로 올라타 도발적인 눈빛을 보낸다.

조급해진 수혁이 뻗어온 손을 쳐낸 우현은 뒤로 몸을 뺐다. 그러면서 그의 탄탄한 가슴에 입을 맞췄다. 조그마한 유두를 혀끝으로 공굴리자 그가 얼굴을 찡그리는 것이 느껴졌다. 수혁은 능동적인 남자였다. 애무를 당하는 것을 좋아하지 않았다. 섹스조차도 처음부터 끝까지 자기가 주도해야 직성이 풀리는 그런 남자였다. 그 정도쯤 되니 온 세상을 뒤집어엎을 생각을 했을 거다.

가끔은 수혁이 무서웠다. 대개는 그저 남자일 뿐이라고, 그녀에게는 제법 다정하기도 한 그런 좋은 남자일 뿐이라고 생각했지만 아주 가끔 우현은 수혁이 무서웠다. 우현이 그에게 마음을 주지 않는다면, 아마도 그래서일지도 몰랐다. 몸은 이미 주었지만, 마음까지 주어버리면 그 다음에는 돌이킬 수 없을 것 같은 느낌……. 그를 좋아하지만 거기까지였다.

천천히 입술을 아래로 내린 우현은 근육이 잘 잡혀 있는 그의 배에서 한참을 소요했다. 단단하게 근육이 잡힌 사이로 나 있는 길을 혀로 쓰다듬고, 손으로는 발기해 맑은 액체를 흘리고 있는 그의 남성을 어루만졌다. 불끈 솟아 있는 남성은 뜨겁게 성이 나 있어 그녀의 손이 닿자 몸집을 더 부풀렸다.

그런 남성을 달래듯 매만지고 손가락을 조심스레 귀두의 동그랗고 여린 살점에 올려 문지르자 수혁의 허벅지에 바짝 힘이 들어갔다. 그가 필사의 자제력으로 소리를 내지 않는다는 것을 눈치 채고 우현이 웃음을 삼켰다.

왼손으로는 튼실한 허벅지를 어루만져 내려가 말캉하게 늘어져 있는 주머니를 조심스레 쓰다듬었다. 아주 예민한 부위라 조심조심 만지자 살짝 반응이 왔다. 흥분해 벌게진 얼굴로 수혁이 상체를 세우고 그녀를 내려다본 것이다. 그런 그와 살짝 눈을 마주친 우현은 한 입에 그의 남성을 삼켰다.

"헉!"

수혁이 등 뒤로 고개를 젖혔다.

그의 남성은 굵고 길어 목구멍에 닿을 정도로 넣었는데도 모두 다 삼킬 수 없어 우현은 양손으로 남은 부위를 잡고 주물러야만 했다. 그러면서 힘껏 빨듯 입술을 움직이고 혀로는 핏줄이 울컥 돋아나 있는 남성을 달래듯 쓰다듬었다. 부드럽게

나선을 그리듯 올라갔다가 내려가고, 혀끝으로 맑은 액체를
흘리는 귀두를 쓰다듬자 수혁이 이를 악물었다. 남자다운 턱
이 악물려 딱딱하게 힘이 들어가는 것이 보였다.

"그만."

수혁이 손을 뻗어 우현의 머리를 잡았다. 그러고는 그녀를
일으켜 뒤로 누우며 입을 맞췄다. 그의 힘에 그의 몸 위로 엎
어진 그녀는 이내 몸을 굴린 그의 아래에 깔린 신세가 되고 말
았다. 순식간에 전세 역전이라……. 우현은 그를 즐겁게 해주
느라 차오른 숨을 깊게 들이마셨다.

"넌 정말……."

수혁이 무릎으로 우현의 다리를 벌리고 들어와 자세를 잡
으며 이마로 콩 그녀의 이마를 쥐어박았다. 흥분할 대로 흥분
한 그의 남성이 그녀의 입구에 닿았을 때에는 이미 그녀도 흠
뻑 젖어 있었다. 그를 애무하면서 흥분하기 시작한 것이 언제
부터인지는 기억나지 않았다. 하지만 그를 어루만지는 매 순
간, 그에게 키스를 하고, 그를 흥분시키고, 절정 직전까지 몰
아가는 매 순간 그녀는 흥분했다.

"각오해."

수혁이 그녀의 깊숙이 파고들며 한숨처럼 말했다. 질컥,
하고 물기 어린 소리가 그가 온전히 자신을 묻는 순간 들렸다.
두 사람 다 머리끝까지 흥분해 있었다. 뜨거운 목욕의 온도가

정부

아직 사라지지 않아 두 사람의 체온 모두 높았다.

수혁의 이마 위에서 뚝 하고 떨어진 땀이 우현의 쇄골을 따라 흘러 옴폭 들어간 부위에 고였다. 잠깐 그것을 지켜보듯 시선을 두고 있던 수혁이 기지개를 펴듯 허리를 꺾으며 엉덩이를 뺐다가 밀어 넣었다. 질컥, 질컥, 질컥……, 습기 어린 결합 소리가 음란하게 퍼졌다.

미칠 것 같아 우현은 팔을 뻗어 수혁을 마구 끌어안으며 키스를 퍼부었다.

안고 있는데도 너무나…… 너무나 보고 싶었다. 원했다. 그리웠다. 무슨 단어를 사용하는 걸까, 이런 감정에는……. 이렇게 안고 있고 더 이상 가까울 수 없을 정도로 몸을 붙이고 있는데도 부족하기만 한 이런 순간…….

온몸이 텅 비어버린 것 같은 공허가 채워지는 것과 동시에 아무것도 머릿속에 떠오르지 않는다는 이율배반적인 순간이 두 사람을 사로잡았다. 두 사람 모두 서로에게 파고들어가고, 서로를 끌어안는 것 외에는 아무 생각도 하지 않고 달렸다. 뚝뚝 땀이 떨어지고 숨이 막혔다. 놀랍게도 수혁은 우현이 그를 만나고 나서 그 어느 때보다도 빠르게 파정했다. 오늘따라 유난히 이상하다고는 생각했지만, 우현은 놀랐다. 언제나 그녀를 한계까지 몰아붙이던 사람인데…….

짐승의 울음소리 같은 기묘한 신음 소리와 함께 그녀의 안

쪽 깊숙이 몸을 묻고 파정한 수혁은 몸을 빼지 않고 그대로 그
녀의 위에 무너졌다. 더운 숨이 땀으로 얼룩진 피부 위에 화아
하고 번졌다. 우현이 손을 올려 그의 등을 어루만지다가 솟은
견갑골을 쓰다듬었다.

"결혼하자."

불쑥 생각난 것처럼 날아온 수혁의 목소리에 우현의 몸이
굳었다.

"결혼…… 하자."

수혁이 살짝 몸을 세우고 우현과 눈을 마주쳤다. 그 눈빛
속에서 우현은 오늘의 쇼핑이 무슨 의미였는지 깨달았다. 은
근히 다정한 남자이긴 했지만 이 정도는 아니었다. 자잘한 일
에는 전혀 관심이 없는, 말 그대로 상남자로, 클럽에 있을 때
에는 말할 것도 없었고, 이 집도 우현 혼자 꾸몄다. 우현이 뭘
사든 좋다, 좋다……, 진짜 좋고 싫은 게 있긴 한가 의심스러
울 정도였다. 둘이 함께 쇼핑을 나선 것은 처음이었다.

진득하게 몸 안에 달라붙어 있던 절정의 감각이 얼어붙기
라도 한 듯 사라졌다.

이를 악문 우현이 수혁의 어깨를 밀어냈다. 하지만 그가
꿈쩍도 않고 버텼으므로, 우현은 그의 품에 안긴 채 그의 심장
소리를 들으면서 이렇게 말할 수밖에 없었다.

"미쳤군요."

04. 타협

"더 얘기할 건 없어요."

가운을 낚아채 팔을 꿰면서 우현이 냉랭하게 말했다. 얼굴이 단박에 파라니 핏기가 싹 사라진 그녀는 화가 난 것처럼 보이기까지 했다. 그런 그녀를 이해할 수 없어 수혁이 양팔을 벌렸다.

"왜?"

"나는 당신의……."

적당한 표현을 찾지 못해 우현이 이를 악물었다가 시선을 돌렸다.

"내가 당신과 연애하는 줄 착각해요? 생각보다 단순한 사람이네요. 당황스러울 정도로."

"아닐 건 또 뭐야?"

"이봐요."

어이없다는 듯이 우현이 허리를 손으로 짚었다.

"똑똑한 사람인 줄 알았는데 허당이네."

"허당인 이유를 육하원칙에 맞춰 설명해봐."

짜증스럽게 대꾸한 수혁이 손을 뻗어 사이드테이블의 서랍을 열었다. 그러는 양을 가만히 보고 있던 우현이 다른 쪽의 사이드테이블 서랍을 열어 담배와 라이터를 꺼내 수혁에게 내밀었다. 서랍 속에 담배가 없자 얼굴을 찡그렸던 수혁이 그녀의 얼굴을 물끄러미 쳐다보다 담배를 받자 이번에는 재떨이도 챙겨 사이드테이블 위에 올려놓는다.

"이런 거예요, 물정 모르는 허당 씨."

"뭐?"

딸깍 하고 지포 라이터를 켜자 매캐한 기름 냄새가 났다. 그러고 보니 수혁이 들고 다니는 라이터는 언제나 1회용인데 우현은 담배도 피우지 않으면서 지포 라이터를 준비해두었다. 그것도 잘 손질되어 언제든지 쓸 수 있도록.

"나는 당신이 편하도록 길들여진 사람이에요. 당신은 모르겠지만, 만나기 전부터 당신에 대해 공부했죠."

"뭐?"

"그럼 클럽이 그 돈을 허투루 받아먹었겠어요?"

대수롭지 않게 말하며 우현이 침대에 걸터앉았다. 그러고는 흐트러진 수혁의 머리카락을 쓸어 넘겨주었다. 그러는 손을 쳐낸 수혁이 그녀를 노려보았다.

"바보 같은 생각 하지 말아요. 우리는 여기까지예요. 당신은 좋은 사람이지만, 난 당신 사랑하지 않아요. 그냥…… 우리는 계약 관계예요."

"그래?"

수혁이 담배를 깊이 빨았다.

"난 그러니까…… 정부인 거죠."

씁쓸하게 우현이 웃었다. 그러는 모양새도, 교육되었든 뭐든 지독하게 우아해 수혁의 속을 뒤집어놓았다.

"좋은 의도였지만 나는 당신에게 돈을 받고 몸을 팔았어요. 그 사실은 죽을 때까지 변하지 않아요."

"하지만 지금은 달라졌잖아. 그걸로 안 돼?"

"그러면 당신은 당신이 고발한 그 많은 사람들……, 그들이 반성하고 달라진다고 하면 용서해줄래요?"

수혁의 손이 우뚝 멈췄다.

"죄를 지었다고 해서 세상을 살 가치도 없는 건 아니라는 거…… 나도 알아요. 하지만 용서받는 건 다른 문제라고 생각해요. 친일파였던 사람들이 반성한다며 말짱히 사는 꼴, 당신 못 보잖아요? 부정부패에 서민들 등골을 뽑아 성공한 사람들이 사회 인사입네 행세하는 꼴 못 보잖아요? 나를 용서하면

이중 잣대가 돼요."

"그렇게 따지면 나도 널 돈 주고 산 거야."

"아니에요. 당신은 다른 큰 일을 위해 잠깐 잘못된 길로 들어선 것뿐이에요. 진창길을 지나지 않으면 할 수 없는 일을 하기 위해 들어선 것과 스스로 진창길에 들어선 건 이야기가 달라요."

수혁의 눈빛이 어두워졌다.

"당신은 해야 할 일이 많고, 나설 일도 많을 거예요. 나는 그럴 수 없어요. 당장 당신 결혼한다고 하면 날 어디서 만났냐고 물어볼 텐데 뭐라고 대답할래요?"

"그게 그렇게 중요해? 남들의 눈이?"

"네."

우현이 미소 지었다.

"알잖아요. 아무리 진실이라도, 진실처럼 들려야 사람들은 믿어줘요. 날 아내로 들인다면 아무도 당신을 믿지 않을 거예요. 당신…… 가뜩이나 적이 많은 사람이잖아요. 나 당신의 약점이 되고 싶지 않아요."

"그런 건 네가 신경 쓸 문제가 아니야."

우현이 흔들리지 않는 수혁의 눈을 빤히 쳐다보다가 조그맣게 한숨을 내쉬었다.

"그럼 이렇게 말할까요? 왜 나와 결혼하고 싶은데요?"

"그건……."

수혁이 미간을 찡그렸다.

"날 책임져야 할 것 같으니까. 이대로 있는 건 불편한 거죠. 당신은 그럴 거라고 생각했어요. 미안하지만 난 그런 이유로 결혼하고 싶지 않아요. 이럴까 봐 당신을 따라오고 싶지 않았는데……."

"말도 안 되는 소리 하지 마."

"말했잖아요. 나는 당신을 생각보다 더 많이 알고 있어요. 그러니까 내 말 들어요."

우현의 눈동자가 오랜만에 까맣게 가라앉았다. 아무것도 담지 않은 것처럼 텅 비거나 아니면 너무나 많은 것을 담고 있어 빛도 삼키거나.

"그래서 이렇게 살겠다고?"

"네. 이렇게 살다가 언젠가 적당한 때에……."

우현은 더듬지도 않고 차분히 이야기했다. 마치 굉장히 오랫동안 연습한 것 같은 자연스러움이었다.

"당신을 떠나 신분 세탁을 하고 아무도 모르는 곳에서 나는 조용히 살 거예요. 가끔 신문이나 인터넷을 통해 당신을 보면 자랑스러워하면서."

"난 모르겠다."

수혁이 재가 길어진 담배를 재떨이에 비벼 껐다. 소담하게 담겨 있는 커피가루 때문에 짓이겨진 담배에서는 거의 냄새가 피어오르지 않았다.

"왜 그래야 해?"

잠깐 사이를 두고 날아온 수혁의 질문에 우현이 대답했다.

"당신은 왜 내가 당신과 당연히 결혼할 거라고 생각했죠?"

잠깐 시선이 차갑게 마주쳤다. 질문한 사람도, 그 질문에 질문으로 응한 사람도 눈동자가 흔들리는 법 없이 곧장 서로를 향하고 있었다.

"좋아. 무슨 말인지 알았어."

나지막하게 중얼거린 수혁이 벌떡 일어서자 우현이 준비한 것처럼 몸을 비켰다. 마치 언젠가 그가 놓아주면 그런 식으로 사라지겠다고 말하는 것처럼, 그녀는 그의 길을 막지 않고 물러섰다. 선 채로 잠시 그런 그녀를 어이없다는 듯 내려다보던 수혁이 성큼성큼 걸어 욕실로 들어갔다. 그리고 이내 쏴아아 물 떨어지는 소리가 났다. 그 소리가 마치 머나먼 바다의 파도 소리라도 되는 듯이 눈을 감은 우현이 깊이 숨을 들이마셨다.

대청을 크게 뽑은 신식 한옥이었다. 날렵한 처마 선이나 서까래의 사용법은 전통적인 방식을 고수했지만 현대의 미를 살린 한옥은 아직 늦봄이라 쌀쌀한데도 모든 창과 문을 열어 놓은 채였다.

제멋대로 드나드는 바람 속에서도 바둑판을 사이에 놓은 채 마주 앉은 두 사람의 자세는 한 치 흐트러짐도 없었다. 정년퇴임 3년째인 허 교수는 67세였지만 여전히 활발한 강연 활동을 멈추지 않는 정력가였다. 10만 팔로워를 자랑하는 SNS를 통해 이 시대의 가장 강한 오피니언 리더로 꼽히는 그의 트레이드마크는 하얀 머리카락과 대비되는, 생생하게 짙은 검은 눈동자였다. 누군가는 그의 눈동자를 일컬어 와신상담하는 호랑이 같다고도 했고, 누군가는 불꽃을 숨기고 있는 야심가라고도 했다.

단언컨대, 두 추측 모두 맞다고 허 교수는 스스로 인정했다. 그의 가슴 깊은 곳에서 타고 있는 불길은 자칫 실수했다가는 그 자신조차 잡아먹을 정도로 강렬했다. 그는 때를 기다리고 있는 잠룡이었다.

"얼굴이 좋지 않군."

딱 소리와 함께 허 교수의 손에서 하얀 돌이 바둑판 위로 옮겨졌다.

"피곤한 건가?"

"아닙니다."

무던한 대답과 함께 검은 돌이 허 교수의 길을 막았다.

"영 판도 못 읽고 있고……."

허 교수가 하얀 돌로 수혁의 대마를 공격하며 말했다.

판세는 백의 완승이었다. 따로 떨어져 있던 흑 세 점은 결집하지 못하고 각개격파를 당할 판이었고, 백의 공격을 막아내던 수비도 제대로 연결되지 못해 백의 대마에 삼켜지기 일보직전이었다.

"……."

언제나 바로 맞받아치던 손이 움직이지 않아 허 교수는 수혁을 바라보았다.

항상 단정하게 빗어 넘긴 머리카락, 어떻게 이럴까 싶을 정도로 반듯한 이마, 힘 있는 눈과 시원스레 뻗어 있는 콧날까지……, 언제나와 같은 얼굴이지만 표정이 달랐다. 눈동자 깊숙이 쉽게 보이지 않는 흔들림이 느껴졌다.

드문 일이었다.

"무슨 일일까……."

달그락거리던 하얀 돌을 내려놓고 허 교수가 허리를 폈다.

"민우당에서 접촉해 온다더니 그 때문일까? 슬슬 널 표면에 내세우고 표 몰이를 할 거라는 건 알고 있었을 텐데?"

"아니요. 그것 때문이 아닙니다."

감정을 읽을 수 없는 대답과 함께 검은 돌이 놓였다. 영 엉뚱한 자리였다. 오늘은 처음부터 이랬다. 허 교수가 가르친 바둑이지만 이내 수혁은 자기 자신만의 기보를 완성했다. 정석은 아니었다. 돌 하나 놓는 것부터 배우기 시작한 사람은 상상도 못할 방법으로 덤비곤 했다. 아는 사람이 보면 야매라고 기겁할 만한 수였다. 기상천외했지만 강했다. 처음에는 허 교수의 완승이었던 승부가 9대1, 8대2……, 점점 알 수 없어지더니 어느 날부터인가 이기는 날이 지는 날보다 더 많아지던 참이었다.

허 교수는 최수혁이 타고난 승부사라고 생각했다. 타협을 모르고 불도저처럼 밀고 나가는 힘은 압도적이었고, 맺고 끊음이 분명한 두뇌회전은 때로 무서울 정도였다. 이 두 가지를 겸비하기란 쉬운 일이 아니었다. 그런데다 최수혁에게는 가장 드문 미덕, 비뚤어지지 않은 강직함이 존재했다. 그런 그가 흔들리고 있었다. 수혁을 알게 된 후 단 한 번도 이렇게 뿌리 깊이 흔들리는 모습을 본 적이 없었다. 최수혁도 사람이니 지칠 때도 있었고, 예민해질 때도 있었다. 하지만 지금은 그런 것과는 달랐다. 뭔가 좀 더 감정적인 어떤 것……, 최수혁을 흔들고 있는 것은 허 교수에게는 낯선 것이었다.

"그럼 뭘까?"

허 교수가 무심코 마음을 흐트러뜨리며 하얀 돌을 놓았을 때였다.

"이런 상황에서 교수님은 어떻게 하시겠습니까?"

마치 몰아치듯 수혁이 다음 돌을 놓았다. 허 교수의 미간이 좁아졌다. 판이…… 달라져 있었다. 바둑의 묘미는 보는 방향에 따라 딱 두 가지 색의 돌들이 상상치도 못한 세상을 그려 낸다는 데 있다. 잡아먹히려던 흑의 대마가 사실은 꼬리를 물고 백의 대마를 삼키려고 하는 일은 흔히 일어나는 일이다. 하지만 딱 한 수로 자리를 잡지 못하고 있어 버리는 게 분명해보였던 돌들까지도 살리는 일은 흔히 할 수 있는 일이 아니었다. 어느새 바둑판 위에서 하얀 돌의 승기는 사라지고, 앞으로 나가자니 대마가 잡아먹히고 뒤로 물러서자니 우측 후방이 무너지는, 말 그대로 진퇴양난의 상황이었다.

"이런 상황에서 어떻게 할 거냐……."

허 교수가 턱을 쓸며 혀를 찼다. 손끝에 까실하게 수염이 걸렸다. 이상한 이야기지만 머리를 쓰면 수염이 더 빨리 난다. 최수혁과 바둑을 둘 때면 그 어느 때보다도 더 수염이 까칠하게 빨리 돋아나는 느낌이었다.

"고연 놈……, 내가 너 때문에 늙는다."

되도 않는 투정을 부리고는 허 교수가 허허 웃었다.

"앞으로 나갈 수도 없고 뒤로 물러날 수도 없다, 그러면 기다려야지."

"기다린다고요?"

"너는 지금까지 앞으로 나가는 것만 알았지, 단 한 번도 발이 걸려본 적 없이 내달리기만 했으니 모를 게다. 산다는 건 분명히 어느 순간 앞으로 나갈 수도 없고 뒤로 물러날 수도 없는 때가 와. 그때는 기다려야 하는 게야."

수혁의 눈빛이 복잡한 심정을 반영하듯 흐려졌다.

"그래봤자 계속 교착상태일 텐데요."

허 교수가 흥 하고 코웃음을 쳤다.

"그건 알 수 없는 일이다. 결코 물러나지 않겠다고 이 악물고 버티는 그런 일이 있더라도, 절대 양보할 수 없을 것 같은 첨예한 사안이더라도…… 기다리고 또 기다리다 보면 반드시 돌파구가 생기는 법."

허 교수가 딱 소리를 내며 하얀 돌을 놓았다. 얼핏 판세에 전혀 영향을 주지 않는 듯한 돌이었다.

"그렇지 않으면요? 돌파구가 생기지 않으면 어떻게 합니까."

"그땐…… 타협을 해야지."

바둑판을 가만히 내려다보던 수혁은 가볍게 한숨을 들이마시고 돌을 놓았다. 하얀 돌의 허리를 끊는, 인정사정없는 한수였다.

그 밤, 허 교수의 집을 나서는 수혁을 바람이 감아 돌았다. 희미하게 느껴지는 도시의 소음과 어디선가 묻어온 그리운 향기에서 그는 우현을 생각했다. 생각보다 더 깊이 빠져 있었다. 거절당했다고 해서 이렇게까지 흔들릴 이유는 없는데, 그 거절이 거절이 아니라는 것은 머리로 알고 있는데……. 이우현, 생각보다 더 최수혁에게 영향을 미치고 있는 거다.

바람을 맞으며 걸음을 옮기던 수혁은 우현에게서 희미하게 났던 향수의 이름을 기억해냈다. 지키(Jicky). 최초의 모던 향수라고 할 수 있는, 겔랑이 첫사랑을 그리워하며 만들었다는 그리움의 정수 같은 향. 투박하고 덤덤한 첫 향과 달리 시간이 갈수록 점점 더 아득하게 침잠해오는.

수혁이 오지 않는다.

그렇게 가버렸을 때 어쩌면 이게 끝일까 생각하지 않은 것은 아니었지만, 수혁이 오지 않자 우현은 어찌할 바를 모르게 되어버렸다. 하루, 이틀, 사흘, 일주일, 한 달……, 시간은 채 각대며 흘러갔다. 그리고 그 시간 동안 우현의 영혼은 마르기 시작했다.

어떻게 해야 할까? 이 집을 나가야 할까?

"대표님이 많이 바쁘신가 보네요."

여주댁이 슬금슬금 우현의 눈치를 보기 시작했다.

클럽에서부터 시작해 이곳에 따로 살림을 내기까지 수혁이 우현을 매일 찾은 것은 아니지만 이렇게 오래 연락도 없이 찾지 않은 것은 처음이었다. 수혁은 어떤 의미에서는 놀라울 정도로 성실한 남자였다. 요즘 흔히 말하는 자상함이나 애교와는 거리가 먼 사람이었지만, 늦으면 연락을 주고 오래 기다리지 않게 하는 것이 수혁의 방식인 자상함이었다. 자신이 무얼 하는지, 어떻게 하는지, 그래서 우현이 어떻게 해야 하는지에 대해 무심한 적도 없었다.

이렇게 방치하듯 한 것은 처음이다. 그러므로 이것은 방치가 아닐 수도 있다.

끝일까?

우현은 언제나 끝을 생각했던 적이 있었다. 아니, 언제나 끝을 생각했다.

그날도 그랬다. 모두가 사라진 클럽에 혼자 있는데 수혁이 찾아왔던 그날, 그날도 우현은 끝났다고 생각하고 있었다. 그가 손을 내밀어준 것은 의외였다. 그렇게 따지면 의외의 선물을 받은 것이니 지금에 와서 아쉬워할 필요는 없었다.

"저 장 보러 가는데 같이 가시겠어요?"

무릎을 모으고 소파에 앉아 있는 우현에게 여주댁이 조심스레 말을 걸었다. 그녀가 보기에도 우현이 위태로운 듯 안절부절못하는 기색이 역력했다. 우현은 희미하게 웃었다.

"아니에요. 다녀오세요."

여주댁은 잠깐 우현을 바라보다가 돌아섰다. 주섬주섬 뭔가를 챙기던 여주댁이 다시 횡하니 돌아왔다.

"전화해봐요."

"네?"

무슨 말인가 하고 눈을 깜빡이자 여주댁이 우현의 옆에 붙어 앉아 전화기를 당겨주었다.

"남자들이란 자존심만 센 동물이라서 적당히 져주는 것도 기술이거든. 내가 아는데…… 대표님이 얼마나 우현 씨를 아꼈는데……."

"뭐가요."

희미하게 웃자 여주댁이 정색을 했다.

"말이 나와서 하는 말이지, 클럽에 드나들던 놈 중 가장 말짱했수. 거기 드나드는 남자들, 높으신 분들도 있었고 잘나신 분들도 있었지만 우리 같은 사람들 사람 취급해준 건 대표님뿐이잖아요. 세상이 바뀌었다고 해도 내 생각에 여자 팔자는 뒤웅박 팔자요. 우현 씨, 복 많은 거니까 그냥 한 번 져줘. 전화해봐요."

우현이 조금 더 티 나게 웃었다. 그녀는 전화하지 않으면 가만두지 않겠다는 표정으로 지켜보고 있는 여주댁에게 고개를 끄덕였다.

"알겠어요. 전화해볼게요. 다녀오세요."

우현이 전화할 때까지 지키고 있을 기세였던 여주댁은 결국 불만 가득한 표정으로 일어섰다. 무슨 일로 다퉜든 간에 남녀사이의 싸움은 칼로 물 베기인데 고집만 부리는 우현이 답답했다. 저런 성격으로 무슨 물장사를 했나 싶을 정도로, 속이 터져나가는 여자였다.

"다녀올게요. 꼭 전화해요."

문을 닫기 직전까지도 당부에 당부를 거듭하는 여주댁의 목소리에 우현이 웃었다. 무릎을 감싸 안은 팔에 얼굴을 묻고 큭큭거리면서 웃은 끝은 조그마한 한숨으로 채워졌다.

우현은 여주댁이 바로 코앞까지 끌어다놓은 전화기를 물끄러미 바라보았다. 채각채각 시계 소리가 거실을 가득 채웠다.

"최 대표! 다른 생각을 할 때가 아니야!"

아까부터 와글와글 눈앞에서 시끄럽게 굴고 있던 민우당의 당대표와 언론 담당자가 못마땅하게 눈썹을 치켜 올렸다. 벌써 몇 번이나 최수혁의 집중력이 흐트러지는 것을 잡아낸 참이었다.

"아아."

무성의한 반응에 사람들의 얼굴이 뾰쪽해지는 것을 느끼며 수혁은 마른세수를 했다.

하루는 눈코 뜰 새 없이 지나갔다. 회의, 회의, 회의……, 끝나지 않을 것 같은 마라톤 회의가 이어졌다. 그 와중에 수혁은 갈증을 느끼고 있었다. 업무 때문은 아니었다. 비록 생각보다 스피드가 빠르게 일이 진행되고 있었지만 오차범위 내였다. 무너지는 쪽도, 와신상담 재기를 노리는 쪽도, 그에게 접근해 오는 쪽도 모두 예측범위 내였다.

수혁을 목마르게 하는 사람은 움직이지 않고, 예측할 수도 없는 단 한 명, 우현이었다.

우현은 꼼짝도 하지 않았다. 전화 한 통, 문자 한 통, 아니, 집을 나서는 법도 없이 마치 그대로 박제되기라도 한 것처럼 움직이지 않았다. 집을 나가려는 제스처라도 취하면 잡는 시늉이라도 할 텐데 그러지도 않아 수혁은 속이 다 뒤집어졌다. 일과는 평상시와 똑같이 이틀에 한 번 정도는 운동을 하고, 그 외에는 집에서 책을 읽거나 TV를 본다. 그게 전부였다. 이렇게 햇살을 쬐지 않아도 되나 쓸데없는 걱정이 될 정도였다.

이걸 어떻게 해야 하나……. 수혁은 손가락으로 테이블을 톡톡 두드리며 생각에 잠겼다.

고집을 죽어도 꺾지 않겠다는 뜻이다.

사실 좀 놀랐다. 지금까지의 우현을 생각하면 전화가 올 거라고 생각했다. 물론 우현 쪽에서 전화를 한 적은 그동안 한 번도 없었지만 그거야 사정이 사정이었고 지금은 달랐다. 이제 이우현은 최수혁의 번호도 알고 전화를 할 수도 있는 입장이었다. 그런데도 연락을 안 하는 이유는 딱 하나였다. 고집을 꺾지 않겠다는 거다.

왜?

정부

항상 져주는 쪽이었던 이우현을 생각하면 이 완고함이 도대체 납득이 가지 않았다.

"최 대표!"

눈을 가늘게 뜨고 생각에 잠겨 있는데 성마른 고함소리가 그의 주의를 환기시켰다.

"자네가 만약 정치에 뜻이 있다면 이제는 슬슬 움직여야 한단 말일세. 여당 쪽에서는 이미 황민국 의원 체제로 물갈이를 하고 자네를 노리고 있어. 총자루가 그들에게 넘어가게 생겼다고."

"그럼 우리가 쏘아버리죠."

가볍게 몸을 일으켜 책상을 돌아 나온 수혁이 초로의 당대표와 아직 젊은 언론 담당자의 앞을 지나쳐 소파 뒤로 가 섰다. 몸을 약간 기울여 소파 등받이를 팔로 짚은 그가 당대표를 곧게 응시했다.

"우리가…… 쏘아버리자고?"

"총은 쏘기 직전이 가장 겁나는 것 아닙니까? 막상 쏴버리면 총이 줄 수 있는 공포는 그렇게 대단치 않아요."

"이봐! 무슨 이야기를 하는 건가! 지금 자네가 작년 사건의 주범이라는 걸 저쪽에서 알면……!"

"저쪽은 이미 알고 있다고 생각하지 않으십니까?"

수혁이 부드럽게 미소 지었다. 그것이 또박또박 귀에 박히는 목소리에 힘을 더했다.

"자, 이렇게 생각해보죠. 저의 적들은 이미 저의 배반을 알고 있다. 그리고 이를 갈고 있다. 저를 지켜줄 수 있는 사람들은 작년의 사건의 방아쇠를 당긴 것이 누군지 모르고 있다. 이럴 경우 제가 누군지 밝혀버리는 게 나은 거 아닙니까?"

수혁의 발상은 대담하다 못해 무모하기까지 해 보였다. 지금까지는 수치스러워서라도 대놓고 움직이지 못하던 그의 적들을 단박에 집결시킬 수 있는 방법이었다. 하지만 확실히 그가 그저 언론을 등에 업고 정계에 진출하려는 사회인사가 아니라 작년 정재계를 뒤흔들었던 스캔들의 유포자라는 것을 공표하게 되면 아군도 상당히 늘어날 것이다. 흑이 먼저일까, 백이 먼저일까? 이것 또한 스캔들이다. 세상이 발칵 뒤집힐 것이다.

"시끄러운 것을 좋아하는 양반이구만."

끙, 하고 당대표가 입술을 깨물었다.

"젊은 생각인지 모르겠지만……, 아직 우리 정서가 그렇지 않아. 대중들을 믿는 거야? 대중이란 존재하지만 존재하지 않는 허상이야. 과연 자네를 지켜줄 수 있을까?"

"그건 두고 봐야죠."

수혁이 자신만만하게 대답했다. 하지만 산전수전 다 겪은 당대표는 고개를 저었다.

"안타깝지만 우리나라는 반대로 가고 있어. 가진 자들은 명분보다 실리를 따라가고 있고, 실리를 먼저 따져야 할 사람들은 명분을 먼저 생각하네. 자네가 한 일은 비난받을 거야. 아무리 자네가 언론을 잡고 있다고 해도…… 쉽지 않아."

"새겨듣겠습니다."

다 아는 이야기라는 듯 수혁이 빙그레 웃었다.

똑똑.

서로 다른 복잡한 생각이 허공에서 교차하는데 노크소리가 들렸다. 그리고 대답이 돌아가기 전에 사무실의 문이 발칵 열렸다. 키는 170센티미터쯤, 그런데도 높은 굽을 신어 그야말로 껑충 큰 느낌이 드는 늘씬한 아가씨가 발랄한 얼굴로 들어오다가 심각한 얼굴의 당대표와 민우당 언론 담당자를 발견하고는 고개를 갸우뚱했다.

"손님이 계신 줄은 몰랐는데."

발랄한 바람처럼 들어선 여자의 뒤에 선 지훈이 자신은 안된다고 이미 말했다는 듯 어깨를 으쓱했다. 코끝을 찡그리는 표정이 어지간히도 막무가내였던 모양이다. 확실히 그녀라면 힘으로 맞붙어 싸워도 이기기 쉽지 않을 것이다.

"박승지."

수혁이 엄한 표정을 지으며 여자를 바라보았다. 그러고는 난감하다는 듯 당대표에게 양해를 구하려고 했다. 하지 못한 것은 승지라고 불린 여자가 펄쩍 뛰어 수혁에게 안겼기 때문이었다. 몸무게를 온전히 기대어 덤벼든 습격에 수혁의 손이 여자의 가는 허리에 감겼다. 깜짝 놀란 것은 수혁이 아니었다. 점잖은 체면의 당대표와 언론 담당자는 얼굴이 벌게져서 벌떡 일어났다.

"다, 다시 이야기함세. 오늘은…… 여기까지 이야기하는 게 낫겠구만."

백문이 불여일견, 백 번 양해를 구하는 것보다 화끈한 승지의 방식에 당황해서 말까지 더듬으며 뒤도 돌아보지 않고 사무실을 나서는 사람들을 굳이 막을 생각은 없어 수혁은 그대로 살짝 고개를 끄덕여 예의를 보였다.

"잘했지? 내가 보기에 천년만년 안 나갈 것 같더라고."

문이 닫히자마자 승지가 배시시 웃으며 수혁의 가슴 위로 양손을 올렸다.

"잘했어."

수혁이 승지의 머리를 쓰다듬어주고는 돌아서서 옷걸이에서 재킷을 꺼내들었다.

"이게 다야?"

"그럼 뭘 원해?"

재킷에 팔을 꿰며 들어온 지훈에게 추후 일정을 말하던 수혁이 눈썹을 까딱였다.

정부

"예쁘다는 이야기. 나 오늘 굉장히 신경 써서 나왔는데. 이 옷, 심플해 보일지 몰라도 도나카렌이고, 메이크업도 숍에서 받은 거거든. 윤 비서님, 어때요? 그렇게 생각하지 않아요?"

지훈이 묵비권을 행사하겠다는 표시로 입술에 지퍼를 채우는 시늉을 했다. 승지의 시선이 이내 보채듯 수혁에게로 향했다.

"평소랑 아주 똑같다."

"쳇!"

투덜거리는 승지의 목소리를 들으며 고개를 설레설레 젓는 수혁의 얼굴에 오랜만에 미소가 조금 떠올랐다.

차를 타고 이동하는 내내 승지는 지지배배 쉼 없이 떠들었다. 오늘따라 유난히 기분이 좋은 듯했다. 아닌 게 아니라 평소보다 더 꾸민 티가 나 예뻐 보였다. 군살 하나 없이 쭉 뻗은 다리가 예쁜 각도를 그린 채 세단의 뒷좌석을 채우고 있었다. 하지만 이렇게 떠들어대서야 앞좌석에 태울 걸 하는 후회가 생긴다. 나란히 앉아 있기가 슬슬 괴로워지는 참이었다.

"그래서 내가 꿈 깨라고 말해줬지, 뭐. 도대체 남자들은 눈만 마주쳐도 내가 자기를 좋아한다고 착각하는 이유가 뭐야? 웃어줘서 그렇다는데……, 그럼 사람을 보고 웃지 울어? 지인짜 이상해. 솔직히 원빈 급 되는 남자애들이 그러면 그런가 보다 이해라도 하는데 이건 뭐 성실함과 근성으로 승부해야 할 것들이 내가 자길 좋아하는 줄 알고 대시한 거라는 둥, 자기 정도면 괜찮지 않냐는 둥 하는데……, 아아, 귀찮아."

"웃어주지 마, 그럼."

"그럼 울어?"

"네 세상에는 웃거나 울거나 둘 중 하나뿐이냐?"

"무표정도 웃기잖아."

문득 무표정이 하나도 웃기지 않은 여자가 떠올라 수혁은 얼굴을 찡그렸다.

"어라? 얼굴이 왜 그래?"

"얼굴이 왜?"

"그러고 보니 좀 상했네. 항상 피부가 너무 좋아서 심통 나더니……, 오늘은 좀 꺼칠한 게 제 나이 같아 보여. 밤 새웠어?"

"밤은 항상 새워."

"아는데……, 담배도 피고 술도 마시는데 오빤 너무 백옥이었단 말이야. 억울해. 나는 숍에서 수백만 원을 써도 매일 트러블에 시달리는데."

"백옥이 하얀 돌이라는 건 아는 거야?"

"아아, 그래? 한국말은 어려워. 쓰긴 쓰겠는데 한문 쪽으로 들어가면 진짜 쥐약이라니까."

"너 정도면 훌륭해."

"Thank you."

승지가 방긋 웃었다. 티 하나 없이 물방울이 터질 것 같은 맑은 미소에 수혁은 잠깐 가슴이 철렁 내려앉았다. 어떻게 웃어도 우현은 이렇게 웃지는 않았다. 뭐가 다른지 설명해보라면 어려웠지만 우현의 눈빛은…… 항상 우수가 드리워져 있다. 처음의 까맣게 죽어 있던 눈빛에 조금쯤은 생동감이 돌고, 가끔은 마음 깊숙이에서 진짜로 웃어준다고 생각했을 때에도 그녀는 어딘지 가라앉아 있었다.

도대체 왜 이렇게 우현 생각을 하는 것일까? 요즘은 정말 미쳐버리기라도 한 것 같다. 만나지 않으니까 더 심해지는 것 같았다. 하루 종일 우현 생각뿐이다.

어쩐지 방글방글 웃는 승지의 얼굴을 보고 있을 수가 없어 고개를 돌렸을 때였다. 호텔로 막 진입하던 차가 드라이브웨이를 도는데 무언가가 시야에 잡혔다. 발레파킹 테이블 근처에 서 있는 남녀였다. 남자는 키가 크고 덩치가 좋아 무슨 운동을 하는 사내 같아 보였고 여자는……, 한눈에 잡힌 여자는 우현이다.

수혁의 표정이 얼어붙자 승지가 뭔가 하고 수혁의 어깨 너머로 창을 내다보았다. 하지만 이내 차가 멈춰 서고 호텔 직원이 달려와 차 문을 열었다. 차 밖으로 몸을 빼내는 수혁의 널따란 등에 시야가 가렸다.

"오빠?"

하지만 차에서 내린 수혁은 앞으로 나가지 않았다. 차 문을 가리고 서서 가만히 한쪽을 응시하고 있을 뿐이었다. 답답증이 돋아 승지는 차 뒷유리창을 통해 수혁의 시선 방향을 확인했다. 그곳에는 여자 하나가 있었다. 아니, 여자 하나와 남자 하나가 있었지만 수혁이 보고 있는 쪽은 분명 여자였다. 남자가 당황하여 어쩔 줄 몰라 하는 것에 반해 여자는 클러치 백을 든 채 담담한 얼굴로 수혁을 바라보았다. 표정 하나 바뀌지 않아서 오히려 수혁이 보는 것은 여자라는 것이 확실해졌다.

"이건 뭐야."

승지는 중얼거렸다. 마치 바람피우던 부인이 걸렸는데, 놀라기는커녕 어쩔 거냐고 배를 째는 것만 같은 그런 풍경이었다. 하지만 최수혁이? 최수혁은 결혼한 적이 없는 정도가 아니라 여자 자체를 모르는 수도승에 가까운 사람이었다. 멀쩡한 외모가 안타까울 정도로 재미없게 사는 양반이라고 생각했는데.

"오빠, 뭐 해? 좀 비켜봐."

승지가 바짝 다가가 수혁의 등을 툭툭 두드렸을 때에야 수혁은 약간 몸을 비켜 그녀가 내릴 수 있는 공간을 마련해주었다. 내리면서 승지는 수혁의 팔짱을 꼈다. 뭔가 알 수 없는 위기감이 느껴졌다.

"뭘 보고 있어?"

"아니야."

수혁은 짧게 대답하고 여자를 단 한 번도 본 적 없다는 듯이 시선을 움직였다. 그리고 승지를 에스코트해 곧장 호텔의 유리문을 지나쳤다. 하지만 어쩐지 수혁의 미련이 길게 남아 있다는 느낌에, 승지는 수혁 대신 뒤를 돌아보았다. 검은 원피스 탓인지 가늘어서 금방이라도 부러질 것 같은 느낌의 여자는 높은 굽에서 잠시 휘청 흔들렸다가 간신히 균형을 잡았다. 이상한 것은 마치 가면이라도 쓰고 있는 것처럼 그러는 내내 표정이 흔들리지 않았다는 거다.

"악!"

뒤를 보고 가던 승지가 짧게 비명을 질렀다. 앞에 장애물이 있는데 수혁이 막아주지 않은 것이다. 그대로 빡 소리가 날 만큼 세게 부딪쳐 옆으로 넘어진 그녀가 수혁을 원망스럽게 올려다보았다.

"오빠!"

"그러니까 왜 뒤를 보고 걸어?"

수혁이 한 걸음 뒤로 물러서며 심술궂게 말했다. 평소의 점잖고 매너 좋은 최수혁의 가면을 벗어던진 얼굴은 딱딱하게 굳어 있었다.

"오빠가 돌아보지 않으니까 대신 봐준 거잖아."

발끈해서 승지가 쏘아붙이자 차가운 대답이 돌아왔다.

"볼 이유 없어."

"있는 거 같은데?"

잠시 바닥에 주저앉은 채로 승지는 수혁을 쏘아보았다. 수혁은 그녀를 일으켜주려는 신사적인 제스처를 취하지도 않고, 취할 생각도 없는 채로 그녀를 노려보고 있었다. 이윽고 수혁은 승지에게서 시선을 떼고 고개를 젖혀 층고가 높은 호텔의 천장을 쳐다보았다. 잠깐 그대로 숨도 멈춘 채 자신을 자제해보려 노력하던 그는 숨을 몇 번이나 크게 들이마시고야 성공했다.

"일어나."

팔 아래 손을 집어넣어 승지를 반짝 일으켜 세운 수혁이 그녀의 손목을 움켜잡고 성큼성큼 걷기 시작했다. 전에 본 적 없는 거친 매너에 승지가 얼굴을 찌푸렸다.

"오빠아아아아……."

국회의원들의 출판기념회란, 말이 출판기념회지 실상은 정치자금을 모으고 서로 안면을 트기 위한 자리다. 또한 세를 자랑하는 자리이기도 했다. 그 자리에서 어떤 위치로 어떤 위상으로 사람들과 이야기를 하느냐에 따라 정계의 지도가 달라지는 일이 많았다.

결국 승지가 수혁을 끌어낸 건 출판기념회가 시작된 후 15분쯤 지났을 때였다.

"오빠, 지금 뭐 하는 거야?"

홀의 한쪽 구석으로 수혁을 몰아넣은 승지가 목소리를 죽여 다그쳤다.

"내가 기껏 아빠 이름 팔아서 왔는데 정말 이럴 거야? 오늘 김 의원이랑 조 의원 간 본다며? 얘기도 안 해보고 어떻게 간을 봐?"

"있어봐, 좀."

"넋을 안 잃고 있어야 내가 가만히 있지! 내가 오늘 이걸 만드느라고…….”

"가만히!"

소리를 버럭 지르며 수혁의 손이 호텔 벽을 후려쳤다.

오가던 사람들의 눈이 휘둥그레지며 시선이 모여들었다. 지척에서 수혁의 화를 고스란히 받아내야 했던 승지는 숨을 멈췄다.

"오빠?"

"미안하다."

사과하는 목소리에는 인내심이 묻어 있었다. 박박 긁어모은 듯 거칠고 까슬거리는 인내심의 흔적은 금방이라도 휘발할 것처럼 연약했다.

깊은 한숨이 허공에 흩어졌다.

"미치겠네."

어떻게든 참아보려는 듯 입술을 질겅대던 수혁이 커다란 손을 올려 눈을 가렸다. 그대로 숨을 들이쉬고 내쉬고……. 거친 들숨과 날숨에 가슴이 오르락내리락 불안하게 움직였다.

이윽고 손을 내린 수혁의 시선이 완벽하게 놀라, 그리고 당황해 그를 바라보고 있는 승지의 얼굴로 향했다. 그 상태로 휴대전화를 꺼내든 그가 누른 것은 윤지훈의 번호였다.

"어디냐. ……응. 너 지금 하얏트로 와야겠어. 와서 승지 좀 데려다줘."

"오빠!"

수혁이 승지의 어깨를 다독였다.

"지훈이가 금방 올 거야. 미안한데, 잠깐만 기다려라."

"어? 오빠! 오빠아!"

당황해서 승지가 수혁을 불렀지만, 그는 돌아보는 법 없이 성큼성큼 곧장 엘리베이터를 타고 사라졌다.

기사를 내리게 하고 운전석에 올라 거칠게 드라이브웨이를 돌아 거리로 나왔다. 난폭하게 엑셀러레이터를 밟아댔는데 100미터도 가지 않아 목표물을 발견했다. 호텔에 맞붙어 있는 국제고등학교의 운동장이었다.

저벅저벅 걸어 빠르게 거리를 좁히던 수혁이 걸음을 멈춘 것은 우현의 표정 때문이었다. 표정이 보일 만큼 거리가 가까워져 있는데도 그녀는 수혁이 온 것도 모르고 눈앞의 풍경에 정신을 팔고 있었다. 고개를 돌려보니 별것 없었다.

고등학생들이 농구를 하고 있었다. 스탠드에는 몇몇 여학생들이 앉아 얼굴을 발그레 붉힌 채 응원 중이었고, 땀에 잔뜩 젖은 남학생들은 소리를 질러대며 운동장을 뛰고 있었다.

어느 고등학교에나 있을 법한 장면인데, 라고 생각했지만 잠깐 그대로 서서 수혁은 별 재미도 없는 고등학생들의 농구 경기를 몰두해 보는 우현을 바라보았다. 그녀의 표정 때문이었다. 처음 보는 표정. 도대체 무슨 표정인지까지는 알 수 없지만, 운동장까지의 거리가 먼 등나무 아래의 벤치라 제대로 보이는 것도 없을 텐데 앞으로 나설 생각도 하지 못하고, 그런 주제에 눈도 깜빡이지 않고 집중해서 본다. 딱히 농구 경기만을 보는 건 아닌 듯 시선은 때때로 오가는 학생들이나 건물, 수돗가를 훑었다.

그러다가 무심코 움직였던 시선이 수혁에게로 향했다.

우현이 벌떡 일어났다.

불이 당겨진 것은 우현이 도망갔기 때문이었다.

수혁을 발견하고 놀라 일어난 우현은 잠시 머뭇거리다가

그대로 뒤돌아서서 걷기 시작했다. 또각또각 들릴 것 같은 구 둣굽 소리가 점차 빨라지더니 결국 그녀는 뛰다시피 그에게서 도망쳤다.

어이가 없어 한달음에 달려가 팔을 움켜잡아 시선을 마주 치자 무슨 큰일이라도 난 사람처럼 귀가 빨개져서 더듬댔다.

"놔, 놔줘요."

"왜?"

"여, 여기서 이, 이렇게 만날 줄은…… 모, 몰랐어요."

"딴 놈이랑 호텔에 가는 걸 나한테 들킬 줄 몰랐다고?"

수혁의 반문에 우현의 눈이 황당하다는 표정을 띠었다. 그 러더니 이내 분노. 날카로운 분노가 언제나 차분했던 까만 눈 위를 차갑게 긋고 지나갔다.

"네. 딴 여자랑 호텔에 들어가는 당신을 볼 줄도 몰랐고 요."

"뭐야?"

역시 황당해져 수혁이 우현을 내려다보았다.

"이거 놔요!"

우현이 당차게 수혁의 팔을 뿌리쳤다.

"아무 데서나 이렇게 손 대지 좀 말아요."

쏘아붙이는 기색에 대꾸할 말을 찾을 수 없을 정도로 어이 가 없어 수혁은 그대로 돌아선 그녀가 빠르게 도망쳐 택시를 잡는 것을 허용하고 말았다. 그가 정신을 차린 것은 우현을 실은 택시가 막 출발했을 때였다.

"허……."

짧게 숨을 토해낸 수혁이 흐트러진 머리카락을 쓸어넘겼다. 도대체 무슨 일인지 알 수가 없었다. 방금, 저 끝내주는 여자가 도망가기 전에 뭐라고 했지? 누가 여자랑 호텔에 들어가는 걸 볼 줄은 몰라? 아무데서나 손대지 마?

단정하게 반듯한 이마가 찡그려졌다. 수혁은 성큼성큼 걸어 다시 차를 올라타고 엑셀러레이터를 밟았다. 머릿속이 폭발할 것처럼 뜨거웠다.

차가 별로 많지 않은 내리막길을 달린 택시가 신호등 앞에 멈춰 섰을 때다.

옆에 바짝 붙어선 검은 세단의 창문이 열리더니 빵, 하고 경적이 울렸다. 뭔가 하고 택시 기사가 차창을 내리려는데 탈 때부터 입을 꾹 다문 채 창백한 표정이었던 뒷좌석의 손님이 잠깐만요, 하고 택시 기사를 막았다.

"그냥 가주세요."

"네?"

택시 기사가 얼굴을 찡그렸다. 그러는 사이 보채듯 검은 세단이 다시 한 번 경적을 울렸다.

"그냥…… 가주세요."

검은 세단의 운전석에 있는 사람은 남자였고 뒷좌석의 손님은 여자다. 사랑싸움인가, 기사는 으흐흐 보이지 않게 웃었다. 하기야 남자가 애가 탈 만도 했다. 가는 허리를 꼿꼿하게 세우고 앉아 고개를 약간 숙이고 있는 여자는 대단한 미인이었다. 이목구비가 부리부리한 브라운관에서 볼 수 있는 미인이란 뜻이 아니다. 물론 눈도, 코도, 입도 예쁘장하니 괜찮은데 그것보다 분위기가 있었다. 남자를 애태우는 새침한 느낌…….

사실 남자를 미치게 하는 것은 가슴 사이즈도, 엉덩이도, 각선미도 아니다. 아니, 그런 것도 좋긴 한데 손에 잡히지 않는 느낌, 결코 이 여자 앞에서는 편할 수 없는 그 느낌이 남자를 미치게 한다. 그런 의미에서 이 여자는 숨이 막히도록 시선을 끄는 면이 있었다. 당장 기사만 해도 귀찮을 수도 있는 사랑싸움에서 여자 편을 들고 싶어지지 않는가? 이대로 여자를 숨겨서 남자가 애달아하는 꼴을 보고 싶다는 마음이 드는 것이다. 전혀 상관없는 일인데도 마치 자신이 이 여자를 쟁취했다는 착각마저 들었다.

때마침 좌회전 신호등이 켜지자 기사는 호쾌하게 핸들을 틀었다. 공주를 지키는 기사라도 된 듯한 기분이었다. 하지만 그 기분은 오래 가지 않았다. 직선도로로 들어선 지 얼마 되지 않아 검은 세단이 택시를 앞질러 와 길을 비스듬히 가로질러 앞을 막아버린 것이다. 깜짝 놀라 차를 멈춰 세웠던 택시 기사는 욕설을 내뱉으며 꿈에서 깨어났다.

운전석 문이 열리고 내린 것은 키가 크고 말쑥하게 생긴 남자였다. 갑자기 기사에게 현실감각이 들이닥쳤다. 험하게 자기가 도주하며 추격전을 찍은 것은 까맣게 잊고 운전자를 욕하려던 기사는 차에서 내린 남자의 기세에 입을 다물 수밖에 없었다. 얼핏 머리부터 발끝까지 단정하기만 하지만 점잖아 보이는 남자의 눈빛은 어울리지 않게 흉흉했다. 시선 한 점도 기사에게 흘리지 않는 것이 고마울 지경이었다. 그 눈빛과 마주친다면 찔끔 오줌을 지렸을지도 모르겠다. 가늘고 길게 살자는 신조가 새삼 절실해지는 순간이었다.

뒷좌석 문이 열렸다. 여자가 타고 있는 바로 그 좌석의 옆문이었다.

"내려."

짧고 굵게 남자는 명령했다. 하지만 여자는 꼼짝도 않고서 시선을 조수석의 등받이에 꽂은 채 이를 악물고 있었다.

"끌어내릴까?"

남자의 우악스러운 손이 여자의 팔목을 휘어잡았다.

"놔요."

여자가 반항하며 몸을 비틀었는데 뒤에서 끼익 하고 브레이크 잡는 소리가 나더니 경적이 울리기 시작했다. 차선 한가운데를 막아선 택시와 세단 덕에 길이 막히고 있었다.

"계속 그러고 있든가. 우리나라 경찰 출동 속도 좀 체크해 보는 것도 좋아."

다시 경적이 울리고 신경질이 난 다른 차량 운전자들이 차에서 내리는 소리가 났다. 이봐요, 하고 소심하게 화를 담아 부르는 소리도 들렸다. 하지만 남자는 꿈쩍하지 않았다. 아무것도 들리지 않는다는 듯, 다 관심 없다는 듯 택시의 지붕을 짚고 선 채 여자만 보고 있다. 마치 시선으로 여자를 삼켜버리려는 것처럼, 그렇게 불 같은 눈동자로.

여자의 눈빛이 흔들렸다.

"저…… 택시비는 안 받을게요."

택시 기사의 재촉 아닌 재촉이 발화점이었다.

우현은 아무 죄 없는 택시 기사의 얼굴을 한 번 보고, 그녀의 앞에 버티고 선 수혁의 얼굴을 한 번 보았다. 그리고 지갑을 꺼내 만 원짜리 세 장을 꺼내 좌석에 내려놓고 차에서 내렸다. 수혁이 그녀의 팔을 붙잡으려고 했지만 털어내고 제 발로 가 택시 앞을 가로막고 있는 세단의 조수석에 올라탔다.

차 문이 닫히는 순간까지 시선을 떼지 않고서 그녀를 노려보고 있던 수혁은 운전석으로 향하다 화를 억누를 수가 없어 차를 한 대 후려쳤다. 되는 대로 내지른 힘에 차가 흔들리고 금세 손이 뻘게졌다. 차 문을 열고 운전석에 앉자마자 안전벨트를 할 생각도 하지 않고 엑셀러레이터를 밟았다. 엔진이 거칠게 비명을 지르며 차가 출발했다.

차가 많지는 않은 도로였지만 빠르게 치고 나가는 거친 운전에 지나가는 차들이 계속 경적을 울려댔다. 수혁은 한 마디도 안 했지만 정확히 말하면 할 수가 없었다. 엉망진창이었다. 머릿속에서 지난 한 시간여가 산산조각 나 파편이 머리를 찔러대고 있었다. 호텔 정문 앞에 남자와 서 있는 우현을 발견한 순간, 그저 나란히 서서 무언가 이야기를 하며 엷게 미소를 띠고 있었던 것뿐인데도 그의 이성은 빠르게 휘발되었다. 승지가 그렇게 생색을 내며 데려온 여권의 출판기념회를 다 내팽개치고 뛰어나온 것만 해도 어이가 없는 일인데, 고등학교 운동장에 멍하니 넋을 놓고 있는 여자를 구경하다 제 넋을 놓아버린 것도, 그러다 놓쳐서 길을 막아가며 끌어낸 것도 한심하기 그지없었다.

머릿속이 너무나 뜨거워서 제대로 생각을 할 수 없었다.

특히 이우현이 옆에 앉는 순간부터, 그 겔랑이 잊지 못한 첫사랑의 향기를 느낄 수 있는 거리에서 그녀가 입을 앙다문 채 정면을 보고 있는 순간부터 더욱 그랬다. 체온이 뜨거워지고 숨이 가빠졌다. 그저 그녀가 손 뻗으면 닿을 곳에 있다는 사실만으로도.

이런 일은 처음이었다.

최수혁은 철저하게 계획적이고 이성적인 남자였다. 철이 든 후에는 확실히 그랬고, 기억이 나지 않는 어린 시절에조차 부모님의 증언에 따르면 그랬다. 타고난 성격인 것이다. 그런데 지금 수혁은 태어나서 처음으로 어떻게 해야 할지의 답을 정하기 전에 움직이고 있었다. 일단 잡아놓고 생각하려고 했는데, 이우현이 옆에 앉는 순간 그것마저도 불가능해졌다. 이건 좀 위험한 게 아닌가 싶었는데, 아니었다. 이미 한참 전에 임계점을 지난 거였다.

"너무 빨라요. 위험하니까 천천히…….."

그랬는데, 최수혁은 그랬는데, 아무렇지도 않게 날아온 목소리가 그의 화를 돋웠다.

"너 뭐야?"

수혁이 핸들을 주먹으로 후려쳤다. 쾅, 하고 차체가 울렸다. 화를 이기지 못해 눈은 충혈되어 있었고 목소리는 탁했다. 이를 악문 뺨이 단단하게 경직되어 있었다. 수혁은 결국 우현을 찾지 않았던 그 많은 날 동안 그가 전혀 편안하지 않았다는 것을 절감했다. 인내에 너무 익숙해져 자기 자신마저 속였던 거다. 사실은 피가 마르고 숨이 막혔다는 것을……, 생각한 것보다 훨씬 더 그가 힘들게 버텼다는 것을 깨달았다. 이우현에게 사로잡혀 있다.

"왜 도망가? 날 보고 왜 도망가?"

"미안해요. 나는 그저……."

뭔가 말하려던 우현이 입술을 오물거리다 한숨을 내쉬었다.

"미안해요."

"그 새끼는 뭐야?"

거친 말을 내뱉으며 수혁은 자신이 지나치게 흥분해 있다는 사실을 절감했다. 그런데도 자제가 되지 않았다. 바닥을 고스란히 드러내는 것은 딱 질색인데, 맘대로 되지 않았다.

"아무도 아니에요. 당신이 신경 쓸 사람 아니에요."

"그건 내가 결정해. 누구냐고. 네가 지금 호텔에서 남자를 만날 이유가 뭐야?"

"그러는 당신은 호텔에서 여자를 만날 이유가 뭔데요?"

"뭐?"

기가 막혀 말이 짧게 끊어졌는데 언제부터 이렇게 말을 잘했는지 못된 목소리가 뒤를 이었다.

"왜요? 당신은 되고 나는 안 돼요?"

황당해서 바라보자 우현이 알 수 없는 표정으로 시선을 비켰다.

"위험해요. 앞 봐요. 미안해요."

끼끼끼끼끼끼끼. 귀가 찢어질 것 같은 타이어 소리와 함께 차가 갓길에 정차했다. 우현의 목덜미를 그러잡아 당긴 수혁이 거칠게 우현의 입을 막았다. 뜨거운 혀가 입술을 가르고 들어와 그녀를 헤집었다. 커다란 손이 단정한 원피스 위로 봉긋하게 솟은 가슴을 움켜쥐었다.

단 한 번도 해보지 않은 거친 행동에 우현이 비명을 질렀을 것 같은가? 아니면 그를 밀어내려고 도리질을 쳤을까? 아니었다. 우현은 손을 뻗어 수혁의 목을 끌어안았다. 마치 그러고 싶어서 숨이 막혔었다는 것처럼, 금방이라도 물이 넘칠 듯 위험했던 수위의 댐이 방류되는 것처럼 우현은 그를 끌어안았다. 입술이 아플 정도로 빨아대는 수혁의 입술을 마주 빨면서 우현은 그녀의 몸을 그에게 붙였다. 있는 힘을 다해 그를 끌어안으며 쓰다듬었다.

이상한 일이었다. 우현을 안고 있는데도 숨이 막혔다. 안고 있는데도 갈증이 났다. 더 가지고 싶다. 더 가지고 싶다.

어떤 식으로 차를 다시 출발시켜 집으로 왔는지는 알 수가 없었다. 둘 다 아무 말도 하지 않았다. 아파트에 도착해 지하 주차장에 차를 대고 엘리베이터를 타는 순간까지도 내내 손을 잡고 있었지만 도대체 언제 손을 잡은 건지, 차에서 내리는 것은 어떻게 한 건지도 몰랐다. 어떻게 오토록을 열었는지 몰랐다. 오토록을 열 때에는 분명 띡띡 하는 전자음 소리가 나야 하는데, 문은 마치 그냥 열린 것만 같았고 집은 그냥 두 사람을 집어삼킨 것만 같았다. 모든 기억은 머릿속에서 고속으로 감은 것처럼 순식간에 지나갔다.

정신을 차렸을 때 수혁은 이미 우현의 안으로 들어가 있었다. 거칠고 깊게, 평소와는 다르게 그는 그녀를 삼켰다. 배려할 여유 따위는 없었다. 이런 면이 최수혁의 안에 있었던가? 아주 잠깐의 여유라도 있었다면 수혁은 스스로에게 놀랐을지도 몰랐다. 그런 이성의 검열 없이 완벽한 수컷이 그를 지배하고 있었던 것은 차라리 다행이었다.

그의 입술이 지나가는 곳에는 마치 열꽃 같은 붉은 꽃이 피었다. 우현은 이를 악문 채 다리를 벌리고, 필사적으로 버티며 그를 받아들였다. 잇새로 어쩔 수 없이 신음 소리가 새어나오는 것 외에는 아무 소리도 내지 않았다. 온통 땀범벅이 되어 그녀는 거의 숨을 쉬지 못하고 있었지만 버텼다. 폭풍우의 한가운데에서 흩날리는 낙엽도 그녀보다는 가련하지 않았을 것이다. 격렬한 정사였다. 단 한 번도 두 사람 사이에 있을 거라고 상상하지 못했던. 이럴 수도 있나, 위험하지 않나 같은 생각조차 전혀 할 수 없는…….

수혁의 손이 우현의 어깨를 아프게 틀어쥐는 것과 함께 그는 파정했다. 뜨거운 것이 몸 안으로 퍼지는 감각과 함께 우현은 숨을 크게 들이마셨다. 가슴이 한계까지 부풀어 올랐다가 가라앉았다. 가장 흉포한 폭풍이 갑자기 쓸고 지나간 가장자리에서 생존을 위해 애쓰던 사람들이 어리둥절해 폭풍의 진행 방향을 쳐다보는 것과 같은 침묵이 방에 내려앉았다. 아니, 거실이었다. 비로소 시야가 트이며 옷을 제대로 벗지도 않은 채 그들이 뒹군 공간과 그로 인한 파편—깨진 조명과 엉망이 된 카펫—이 보였다.

순간 누가 먼저랄 것도 없이 깨달았다. 늦었다. 이미 두 사람의 영혼은 진득하게 녹아 서로에게 눌어붙어 있었다. 떨어질 수 있겠지만, 헤어질 수 있겠지만, 다시는 보지 않을 것처럼 돌아설 수도 있겠지만……, 상처 입을 것이다. 그러니까 지금은 아니다. 지금은, 그럴 수가 없다.

"이런 기가 막힌 일은 생전 처음이야."

여전히 우현의 안에 자신을 파묻은 채 고개를 숙여 우현의 어깨에 이마를 대고 있던 수혁이 잇새로 내뱉었다.

"내가 졌어."

이를 악문 채 수혁이 중얼거렸다. 우현에게 하는 말이 아니었다. 스스로, 자신에게 하는 말이었다. 그는 고개를 들어 그를 응시하고 있는 우현을 바라보았다. 어디서 긁혔는지 뺨에 얇은 생채기가 나 있었다. 마음이 지끈 아파와 수혁은 손가락으로 상처를 건드렸다.

"결혼하자는 이야기는 하지 않겠어. 이렇게 지내. ……됐어?"

"됐어요."

"다른 남자는 안 돼."

"안 만나요."

수혁이 미워 죽겠다는 듯 우현을 노려보았다. 자신의 뜻대로 안 되는 유일한 여자. 가장 낮은 곳에서 그를 어쩔 줄 모르게 만드는 여자.

"보고 싶었어요."

아무 일도 없었다는 듯이 우현이 입가에 흐릿한 미소를 지으며 말했다. 눈은 어쩐지 먼 곳을 보고 있는 것처럼 아득했다. 그것이 미워서…… 수혁은 손을 뻗는 그녀를 밀어내고 냉정하게 말했다.

"아직 안 끝났어."

수혁이 몸을 빼고 아직도 그의 몸에 걸쳐져 있던 셔츠를 벗어 던졌다. 우현의 몸에 걸려 있는 남은 옷도 모조리 걷어낸 후, 번쩍 안아들고 성큼성큼 침실로 향했다. 그러는 동안 그는 다시 발기했다. 구름 속처럼 폭신한 침대에 두 사람 모두 쓰러지듯 파묻히며 수혁은 눈을 감았다.

아아, 이제는 정말 뭐가 뭔지 모르겠다. 이대로 지옥에 떨어진다고 해도……, 아니, 여기가 지옥이라고 해도 그는 조금 더 이곳에 머무르고 싶었다.

05. 의문

　　오랫동안 몸을 맞춰오면서 서로의 취향을 꿰게 되었지만, 기실 두 사람의 취향은 조금 어긋났다. 수혁은 후배위로 시작하는 것을 좋아했지만 우현은 정상위를 좋아했다. 쾌감 자체를 말하자면 후배위 쪽이 훨씬 강렬했지만 수혁의 얼굴을 보지 못하는 것은 싫었다. 완전히 정신을 놓아버렸을 때에야 이도 저도 생각할 틈이 없지만 처음에는 부끄러운 마음이 되고 마는 것이다. 또한 수혁은 여성상위를 잘 못 견뎌했지만 우현은 여성상위를 즐겼다. 진보의 상징과도 같은 최수혁이지만 남자로서는 묘하게 옛날 남자 스타일로 여자에게 리드를 받으면 당황스러운 모양이었다. 우현은 그런 모습이 사랑스러워 여성상위가 좋았고. 어쨌든 묘하게 취향이 갈렸지만 그들이 함께할 때 체위의 제한은 거의 없었다. 누가 더 적극적이고 능동적이냐의 차이일 뿐, 결국에는 두 사람 모두 자세에 관계없이 서로에게 함몰되곤 했다.

"학! 하웃!"

우현의 등을 벽에 밀어붙인 채, 다리가 달랑달랑 들리도록 밀어 올려 삽입한 수혁이 있는 힘을 다해 그녀를 몰아붙였다. 그의 어깨를 잡고, 다리로는 그의 허리를 감은 우현은 강한 힘이 밀고 들어올 때마다 밭은 신음을 내뱉었다. 느리고 깊은 삽입은 마치 몸을 절반으로 쪼개려는 듯했다. 내벽을 밀어내며 진입해 오는 움직임 하나하나가 더할 수 없을 정도로 선명하다.

약간 위험할 정도로 삽입이 깊어졌다고 생각할 때였다. 수혁이 우현의 등 뒤를 손으로 감싸 안더니 몸을 돌려 침대에 눕혔다. 그리고 그대로 어깨를 잡아 돌렸다.

"앗!"

결합은 떨어졌지만 수혁은 우현이 도망가지 못하도록 양다리를 단단히 잡고 있었다. 그래서 그녀는 상체는 침대 위에 바짝 엎드린 채 다리 아래는 공중에 달랑달랑 들고 있는 기묘한 자세가 되고 말았다.

"으응……."

가슴 바로 양쪽에 손을 짚고 우현이 고개를 뒤로 돌렸다. 벌린 다리 사이에 자리를 잡은 수혁이 그녀의 양다리를 조금 당겨 자세를 조절했다. 이대로라면 삽입은 그렇게 깊지 않아 우현의 몸에 무리는 가지 않겠지만, 그녀가 할 수 있는 것이 거의 없는, 오롯하게 수혁에게 주도권이 넘어가는 자세다. 요 근래 수혁은 이런 식으로 우현을 몰아붙이곤 했다. 그런 그의 마음이 아주 이해가 가지 않는 것은 아니었기에 그런 그가 무섭다기보다는 안타까웠다. 그리고…… 조금은 기쁘기도 했다. 최수혁이라는 남자가 이우현이라는 여자를 갖고 싶어 한다는 것, 가질 수가 없어 괴로워한다는 것이 안타까운 동시에 기쁜 것이다. 그리하여 수혁에게 모든 것을 맡긴다는 것은 아찔할 정도로 위험하면서도 짜릿한 감각이었다.

"아홋!"

수혁이 벌어진 다리를 꽉 붙잡은 채 들어오자 우현이 시트를 움켜쥐며 어깨를 움츠렸다. 자세 탓에 그가 조금 더 선명히 등허리 쪽에서 느껴졌다. 마치 피부를 뚫고 나올 듯 강건한 남성이 엉덩이에서부터 깊은 곳까지 관통한다.

"아홋! 아흑! 아…… 아아…… 하악!"

점점 더 우현의 다리를 꽉 쥔 채 수혁이 속도를 올리자 우현의 신음 소리가 커졌다. 수혁이 이렇게 거칠게 나오는 이유와는 별개로 이 자세는 우현에게 다른 의미로 난감했다. 그의 얼굴을 볼 수 없는데다가 너무나 빨리 절정에 닿기 때문이다. 어째서인지 모르겠는데 수혁이 거칠어지면 거칠어질수록 절정은 더 빠르고 깊게 그녀를 지배했다. 마치 몸이 그에게 길들여진 것처럼, 그가 몰아붙일수록 그녀는 더 강하게 느꼈다.

"학!"

관절이 하얗게 튀어 오르도록 시트를 움켜쥐고 우현이 있는 대로 허리를 꺾었다. 그러자 그녀의 안에서 그가 꿈틀거리는 것이 더욱 뚜렷하게 느껴졌다. 그 조임에 수혁이 잠깐 움직임을 멈추고 그녀의 등 뒤로 몸을 포갰다. 결합되어 있는 상태라 엉덩이가 올라갔다. 다리는 수혁의 손에 잡힌 채 공중에서 덜렁거리고 있는 채로 우현은 등줄기로 쏟아지는 수혁의 키스 세례를 받았다.

뜨겁고 끈적한 입술이 날렵하게 곡선을 그리고 있는 등선을 따라 미끄러져 내렸다.

"아윽!"

일부러 그런 것은 아니지만 수혁의 입술이 움직이는 방향을 느끼는 동안 몸 안이 강력하게 수축했다. 심장이 온몸에서 뛰는 것처럼 벌컥거렸고, 수혁의 남성을 강하게 물고 있는 우현의 여성이 마치 빨아들이듯 더, 더, 깊숙이 그를 요구했다.

"흡!"

수혁이 이를 악무는 것이 느껴졌다. 커다란 손이 우현의 등 뒤를 짚으며 다리 한쪽이 아래로 떨어졌다. 그러면서 클리토리스가 마찰되자 찌릿하게 머릿속에 전기가 통했다.

"아흑!"

수혁이 다시 우현의 다리를 다시 잡아 자세를 잡으며 속도를 높이기 시작했다. 이제는 끝낼 모양이라고, 숨이 막히는 와중에도 우현은 생각했다. 그녀의 가는 다리를 단단히 잡고 있는 손이 깊이 파고들어 아픈 것이 당연했지만 실상 거의 느껴지지 않았다. 온몸에 돌고 있는 것은 아드레날린뿐이었다. 조금 더 가깝게 쾌락을 느끼려는 것 외에는 아무것도 생각나지 않았다.

다음 순간 머릿속이 텅 비더니 수혁의 남성이 머리끝까지 뚫고 나간 것처럼 고통도 아닌, 쾌락도 아닌, 무(無)에 가까운 감각이 머리를 점령했다. 잠깐 아무 소리도 내지 못하고 입만 벌렸던 우현은 고개를 젖히며 눈을 감았다. 산소가 사라진 것처럼 숨을 쉴 수 없다가 다음 순간 온몸을 쾌감이 두들겼다. 100만 볼트 전기가 흘러도 이렇지는 않을 것 같은 강렬한 쾌감이었다.

"아악! 아악! 아악! 아아아아아아!"

우현은 소리를 질렀다. 몸 속 깊이에서 뿜어 나오는 듯한 탄성이었다. 하지만 수혁은 멈추지 않았기 때문에 감각은 위로, 위로 상승할 뿐이었다. 더, 더, 더, 더……. 저도 모르게 고개를 뒤로 돌려 그녀를 꼼짝도 못하게 얽어매고 그녀를 향해 쇄도하고 있는 남자를 눈에 담은 우현이 바란 것은 그뿐이었다. 더, 절대로 멈추지 말기를……

"으…… 음……."

수혁이 낮은 신음을 뱉어내며 무릎을 꿇었다. 동시에 그의 감각이 그녀의 몸 안에서 사라졌다. 다리가 바닥에 닿았다. 아쉬움을 느끼며 우현이 상체를 시트 안으로 파묻었다. 온몸에 기운이 하나도 없었다. 마지막까지 수혁이 쪽쪽 빨아간 것처럼 숨이라도 쉬는 게 신기할 지경이었다.

부스럭, 하고 수혁이 뒤처리를 하고 침대 위에 벌렁 누웠다.

콘돔……. 처음 만난 날을 제외하고 수혁은 콘돔을 사용한 적이 없었다. 우현에게 피임을 하라고 요구한 적도 없었다. 우현이 알아서 피임을 해오긴 했지만, 어쨌든 그랬다. 얼마 전까지 우현은 그것이 콘돔을 싫어하는 남자의 특성이라고 생각했다. 그런 남자도 있다고 들었으니 그런가 보다 했을 뿐이다. 하지만 결혼 이야기가 나온 이후로, 더 이상 결혼에 대해 이야기하지 않고 이런 식으로 지내기로 유예기간을 얻은 후로 수혁은 콘돔을 사용하기 시작했다. 그 사실이 뭉클했다.

그러니까 최수혁은 처음부터…… 아이가 생기면 이우현과 결혼하려는 생각을 하고 있었던 거다. 어떻게 이런 남자가 있을 수 있을까? 말도 안 된다. 어떻게 우현과 같은 여자를 만나면서, 이런 생각을. 눈을 감은 채 가만히 입술을 깨물고 있는데 강건한 손이 그녀의 팔을 꽉 잡았다. 그리고 혹 끌어당겨 올려 품에 안는다. 단단한 어깨에 기대 아직도 쿵쾅거리고 있는 심장 박동 소리에 가만히 귀를 기울이고 있자 칫 하는 지포라이터 소리와 함께 매캐한 담배 내음이 났다.

"민우당과 이야기가 끝났어."

여운을 아쉬워하며 우현이 수혁에게서 몸을 떼고 눈을 마주쳤다. 땀에 젖은 이마 아래로 섹시한 눈빛이 그녀를 담고 있었다. 그녀는 약간 설렘을 느끼며 손을 뻗어 이마에 붙은 머리카락을 떼어주었다. 지난번, 정말 끝났다고 생각했던 그날 이후로…… 우현은 채각대는 시한폭탄을 곁에 두고 있는 느낌이었다. 언젠가는 끝난다. 언젠가는 이 얼굴을 더 이상은 못 보는 날이 온다. 그리하여 하루는 숨 막히게 애틋했다.

"생각했던 수순이지만 좀 빨라."

클럽이 붕괴한 후, 정계는 아직 제대로 재편되지 못하고 있었다. 다들 그 와중에도 살아남은 몇몇 인사들 사이에서 눈치만 보며 줄서기에 바빴다.

"뉴 페이스가 필요할 때라는 거지."

"구심점이 될 만한 인물 말이죠."

"그렇게 말할 수도 있고."

"당신은 잘할 수 있을 거예요."

정부

"알아. 내가 알 수 없는 건 지금이 적기냐는 거야."

"마음에 걸리는 거라도 있어요?"

우현의 물음에 수혁이 설핏 눈썹을 치켜 올렸다. 그리고 가볍게 입꼬리를 올려 웃어준다.

"그래. 잘 아는군."

"뭐가 마음에 걸리는데요?"

"당에서는 내가……."

수혁이 담배를 깊이 빨아들였다.

"결혼하기를 바라."

담배 연기와 함께 짧은 대답이 허공을 맴돌았다.

재료를 손질하고, 해물탕의 간을 보느라 뒤돌아 서 있는 내내 우현은 찌르는 듯 박혀 있는 수혁의 시선을 느낄 수 있었다. 부지런히 왔다갔다 상을 차리는 동안에 수혁은 한 마디도 하지 않았지만 말하는 것 이상의 표현을 했다.

결혼. 수혁은 언젠가는 결혼해야만 하는 사람이라는 것은 알고 있었다. 아직까지 한국에서는 결혼을 해야 안정되었다고 여긴다. 아니, 실제로 그랬다. 결혼을 하고 반려자가 있는 사람은 없는 사람보다는 안정적으로 일을 할 수가 있을 거다.

그리고 또 한 번 깨닫는다. 청혼의 이유를.

뜬금없다 여겼지만 수혁이 어째서 그렇게 밀어붙였는지 이해할 수 있는 것이다. 그저, 결혼이라는 말이 나왔을 때 그녀를 떼어내려 하지 않고 그대로 감싸 안으려 했던 그의 고결한 정신에 감사할 뿐……. 허당이라는 생각은 변함없다. 참으로 사랑스러운, 존경할 만한 허당 아닌가?

다만 아쉬운 것은 생각보다 너무 빠르다는 것. 다시 그를 찾은 지 얼마 되지도 않았는데. 이렇게 몇 년은……, 적어도 1년은 더 지낼 수 있을 줄 알았다. 간신히 봉합된 상처가 아물지도 않았는데 벌써 다시 이런 문제가 대두될 줄은 몰랐다.

"그래서 후보는 누구예요?"

상차림의 마지막 단계로 은수저를 정갈하게 놓고 수혁의 건너편에 앉으며 우현이 물었다. 상은 해물탕을 중심으로 수혁이 좋아하는 음식으로만 차려냈다. 그가 무얼 좋아하는지, 무얼 싫어하는지 굳이 셈해보지 않아도 몸에 배어 있는 것이다.

"있을 거 아니에요, 당신 신부 후보."

보채는 우현을 향해 무뚝뚝한 대답이 날아왔다.

"박승지."

"아, 저번에 호텔에서 보았던……."

우현이 납득이 되어 고개를 끄덕였다. 당시에는 어디서 본 적 있는 여자다, 라는 것 정도로 누군지까지는 몰랐었다. 하지만 이내 기억해낼 수 있었다. 박승지 역시 나름대로 유명한 인

정부

물로 '알아두어야' 하는 사람 중 하나였다. 철저한 야권으로서는 드물게 서울대 총장을 지낸 박유권 교수의 막내딸로, 박유권 교수는 그 대쪽 같은 성품 때문에 성향에도 불구하고 여권까지 어우르는 인기가 있는 분이었다. 그런 집안에 편입이 되는 것은 나쁘지 않을 것이다.

"괜찮은 아가씨네요."

"평은 그게 다야?"

"교육도 잘 받았고, 성격도 명랑하다고 들었어요."

"넌 아직도 생각 없어?"

"전혀요."

우현이 웃었다.

"정치 쪽으로 나가려면 더더욱 언감생심 나는 아니죠. 가능하다면 날 만났다는 사실조차 지워버리라고 하고 싶은데요."

"클럽을 드나들던 사람들도 아직 다 멀쩡히 정치생활 하고 있어."

"당신은 그런 사람들이 되려는 게 아니잖아요."

"여자 문제와 무관해."

"정치란 특히 그렇게 입맛에 맞는 대로 할 수 있는 게 아니라고 들었어요. 박승지 씨……, 좋은 선택이네요. 그때 보니까 당신 좋아하는 거 같았고."

"그래 보였어?"

우현은 숟가락에는 손도 대지 않는 수혁에게 숟가락을 들려주고는 젓가락으로 새우부침을 집어 올려주었다.

"그랬어요. 당신을 보는 눈이 예뻤어요."

해맑아 보이는 아가씨였다. 분명 세상에 고민이라고는 살을 빼야 하는데 자꾸 먹고 싶다든지, 내일이 시험인데 범위까지 다 못 봤다든지, 좋아하는 남자가 있는데 어떻게 고백해야 좋을지 모르겠다든지 하는 정도 외에는 경험해보지 못했을 것이다. 책을 많이 봐도, 영화로, 공연으로 아무리 많은 세상을 접해봐도 직접 경험하지 않으면 드러나지 않는, 그런 종류의 고뇌와 갈등을 겪어본 적이 없는 티가 났다.

우현은 그것이 너무나 예뻐 보였다. 죽느냐, 사느냐. 포기하느냐, 지키느냐. 버리느냐, 안고 가느냐……. 너무나 극단적이라 차라리 철학적으로 느껴졌던 그런 선택의 기로에 서본 사람은 그렇게 청량하게 웃을 수가 없다. 부러웠다. 우현도 그럴 수 있었다면 좋았을 텐데. 그렇다면 수혁을 보고 그냥 잘생긴 남자라며 좋아할 수도 있었을 텐데. 그처럼 잘생긴 남자가 그녀에게 결혼을 하자고 했다며 팔짝팔짝 뛰었을 텐데. 어쩌면…… 결혼할 수 있었을지도 모르는데.

"네 눈도 나를 볼 때 예뻐."

수혁이 새우부침을 입에 넣으며 말했다.

정부

"고마워요."

우현이 눈꼬리를 길게 늘이며 웃었다. 아주 살짝 눈가에 습기가 어린 것은 본인조차도 눈치 채지 못한 일이었다.

신라호텔 중식당 팔선, 따로 준비된 룸에서 깔깔거리는 웃음이 새어나왔다.

"뭐야, 그래서 천하의 최수혁이 이래저래 말도 못해보고 그냥 예쁘다고 하고 끝났단 말이야?"

"그 여자 성격상 내가 한 마디 더 하면 진짜 집을 나갈 것 같았거든."

"최수혁 다 죽었네."

"까불지 마."

"까불긴. 날 그렇게 두고 가버렸으면서. 내가 진짜 다시는 오빠 안 보려고 하다가 불쌍해서 참는 거야."

지은 죄가 있는 수혁은 입을 다물었다. 그렇게 돌아버린 적이 없을 정도였으니, 승지에게는 미안하게 되었다.

"오래 산 건 아닌데 별걸 다 봐. 최수혁이 미치는 꼴이라니. 오빠도 뜨거운 피가 흐르는 사람이었던 거야."

"그럼 내가 좀비라도 되는 줄 알았니?"

"그럼 그때 호텔에 같이 있었던 남자는? 오빠의 눈을 확 돌아버리게 만든 그 남자는 뭐래?"

"그게······."

수혁은 얼굴을 찡그렸다. 우현에게 물어본 건 아니고, 알
아봤다. 그 자신에게 이렇게 음흉한 부분이 있는지는 몰랐지
만, 그녀가 아무 일도 없었다는 듯 구는데 거기에 대고 무슨
일이냐고 구차하게 물을 수가 없었다. 결론적으로 우현의 말
이 맞았다. 아무 일도 아니었다. 클럽에 함께 있었던 희경이라
는 여자의 남자친구, 혹은 예비 남편이었던 것이다. 셋이서 함
께 밥을 먹고 차가 나올 때까지 기다리는데 하필 희경이 자리
를 비웠을 때 수혁이 본 것뿐이다.

생각해보면 두 사람이 침대에 있는 걸 본 것도 아니고 객
실에서 나오는 걸 본 것도 아니다. 그저 나란히 서 있었을 뿐
인데 그렇게까지 이성을 잃은 것은 곤란했다. 정말이지 난감
한 이야기였다.

놀랄 만한 일은, 우현이 희경에게 연락을 했다는 것이다.
그의 기억이 맞다면 희경은 전직 대통령을 상대하던 여자였
다. 나쁘지 않은 성격이지만 자신의 일에 대해 우현처럼 복잡
하게 생각하는 그런 스타일은 아니었다. 희경에게 폭 빠진 영
감이 클럽에 와해되고 난 후 따로 집을 구해주겠다고 했는데
거절했다고 들었다. 그리고 또한 수혁의 기억이 맞다면 결혼
상대는 영감의 운전기사였다. 그 관계가 언제부터 시작했는
지는 알 수 없지만······ 어떻게 생각해도 정상적이지는 않다는

측면에서 우현과는 어울리지 않는 이야기였다.

결정적으로 수혁이 혹시나 싶어 우현에게 몇 명의 전화번호를 알아다 주었지만 우현은 한 번도 연락한 적이 없었다. 그만큼이나 우현이 과거를 지우고 싶어 한다는 것은 명백했었는데 어째서…….

"어쨌든 별거 아니었어."

"어쨌든…… 이라."

승지가 킥킥 웃으며 잔에 담긴 고량주를 홀랑 들이마셨다. 그리고 젓가락으로 송화단을 꾹 찍어 입 안으로 밀어 넣었다. 박 교수가 본다면 통탄할 만한 식사 예절이었으나 어린 시절을 미국에서 보낸 그녀는 젓가락질이 영 서툴렀다.

승지를 처음 만난 것은 미국에서였다. 그때만 해도 그녀와 이렇게까지 오랜 우정을 나눌 수 있을 거라는 생각은 하지 못했다. 성격이 그다지 맞지 않았던 것이다. 미국에서 나고 자라 놓고도 자유분방과는 거리가 먼 최수혁과 달리 승지는 사춘기 이후부터는 쭉 한국에서 지냈는데도 완전 미국인이나 다름없다.

"아직 이런 말 이르다는 거 알지만 나랑 결혼하게 되면 난 정부를 허용할 생각은 없어. 사랑 없는 결혼이라고 해도 서로 예의는 지키자고."

윙크를 날리며 던진 말도 농담에 가까웠다. 하지만 돌아온 대답은 얼음보다 더 차가웠다.

"꿈 깨."

입맛 딱 떨어진다는 듯이 먹고 있던 해물누룽지탕을 밀어 놓으며 수혁이 승지를 노려보았다.

"왜에? 허락 받았잖아. 나 괜찮은 여자라고 했다면서. 그리고 나도 보장해. 나 정말 괜찮은 여자야."

"젓가락질이나 배워."

"오빠 모르는구나. 그게 나의 매력이야. 내가 젓가락질 못하는 걸 보고 인터넷에서 얼마나 귀엽다고 난리인 줄 알아? 매력덩어리라고 한다고."

수혁이 승지를 쳐다보았다. 확실히 승지는 매력적이었다. 키도 크고, 예쁘고, 무엇보다 발랄했다. 어릴 때부터 모자람 없이 자랐고, 혹여 모자람이 있었더라도 긍정적인 성격상 다른 무언가로 채우고도 남는 게 박승지였다. 결국 친해진 건 그녀가 박 교수의 딸이라서가 아니라 그 대담하고 당돌하다 못해 무대포에 가까운 성격에 두 손 두 발 다 들었기 때문이다.

하지만 퍼뜩 아쉬운 것이, 박승지는 단점조차도 이렇게 자신의 매력이라 하는데 왜 이우현은 그럴 수가 없을까? 그냥 타고난 성격의 탓일까, 아니면 환경의 탓일까? 아니, 환경의 탓을 할 수는 없었다. 클럽에 있던 아이들은 모두 같은 입장이었지만 성격은 제각각이었다. 오히려 흔한 술집이 아닌 회원제 클럽에 있다는 것에 자부심을 갖고 있는 아이도 꽤 되었다. 심지어 야심에 찬 몇몇 아이들은 '더 나은' 회원을 잡기 위해 물밑 작업을 벌이기도 했다. 1대1이 원칙이었지만 필요하다면, 힘이 있다면 불가능한 이야기만도 아니었으니까.

이우현은…… 그냥 성격이 그런 것이다.

"그렇게 고민하지 마. 어차피 민우당이 하자는 대로 할 것도 아니고, 당분간은 내가 방패막이 노릇을 해줄 테니까……."

"됐어. 너한테도 못할 짓이고……."

"괜찮아."

"교수님한테도 죄송해."

"아빠는 신경 쓸 거 없네요. 아빠는 오빠는 절대 안 된다고 못 박았거든. 그러니까 미안할 거 하나 없어. 이다음에 아빠 반대로 깨졌다고 하면 돼."

"교수님이? 나 안 된다 하셔?"

"올……, 좀 기분 상하는 거 보니 생각이 있었나 본데?"

금세 승지가 헤죽헤죽 웃으며 깐족거리기 시작했다.

"아니야. 다만……."

"아빠가 오빠를 엄청 예뻐하는 거 아는구나?"

대답하지 않았지만, 그것이 곧 대답이었다. 박 교수에게서 직접 수업을 들은 적은 없건만, 처음 미국에서 만났을 때부터 박 교수는 수혁을 마음에 들어 했다. 승지의 아버지라는 것을 알기 전부터 교수와는 죽이 잘 맞았다. 일을 시작했을 때에도 물심양면으로 도와주었다. 워낙 앞으로 나서지는 않으려는 양반이라 티는 나지 않았지만 대신 후방지원은 확실히 해주었다. 그런데 반대라니……. 어차피 찬성해도 곤란했겠지만 기분이 좀 이상했다.

"아빠 말이……."

테이블에 턱을 괴고 방실방실 웃으며 승지가 말했다.

"오빠는 큰일을 해야 하는 사람이래. 나는 그냥 평범한 남자를 만나서 살았으면 좋겠대. 격랑의 시대를 사는 남자는 여자를 행복하게 못해준다고. ……이렇게 말했지만 내 생각에는 내가 내조를 잘할 인물로 안 보였던 모양이야. 뭐, 나도 인정하는 바니까!"

코끝을 찡끗했던 승지가 비밀 이야기를 하는 듯이 목소리를 낮췄다.

"이건 내 추측인데 아빠는 오빠가 대통령도 될 수 있을 거라고 생각해. 미국 쪽 자본의 지원을 받는다는 게 걸리긴 하는데, 할 수 없잖아? 아버지가 미국 국적인 걸 어떻게 해? 게다가 그건 한국에서 제 복을 뻥 찬 거고. ……그거 진짜야? 할아버지의 사상 문제로 할머니가 입국 금지였다는 거."

"한국에서 빨갱이란 사형선고였어, 그 시대엔."

"요즘도 별로 안 다른 거 같던데? 오빤 괜찮은 거야?"

政府

"글쎄."

대수롭지 않은 수혁의 반응에 승지는 입을 비쭉거렸다. 분명 뭔가 있는데 자신에게 말 안 해준다는 것을 안다는 얼굴이었다.

"뭐, 그런 거야 알아서 할 거고. 하여간에 돈이 너무 많은 것도 좀 거슬리는 문제일 수 있겠지만 그거야 기부하면 되는 거니까……. 이래저래 오빠 정도면 요즘 추세에 맞지. 트렌디하고 말발 좋고…… 잘생겼고! 나이 때문에 시간은 좀 필요하겠지만, 정치에는 아직 발도 안 들여놓았으니까 차근차근……, 놓치는 거 없이 준비하면 나도 인정! You can be the president of the republic of Korea!"

승지가 깔깔 웃으며 덧붙였다.

"아들 낳으면 꼭 군대에 보내고. 해병대에 보내버려! 해병대!"

너스레에 수혁이 피식 웃고 말았다.

"쓸데없는 소리."

"올……. 생각은 하고 있었구나?"

"최소 10년은 걸리는 이야기야."

"10년이면 눈 깜짝할 시간이지. 가장 견고하다는 성을 무너뜨리는데 오빠, 딱 6년 썼잖아?"

6년. 모든 것이 시작되어 여기까지 오는데 걸렸던 시간.

그리고 전혀 예상치 못했던, 이우현이라는 여자가 최수혁의 인생에 끼어든 시간.

"그래서 생각해봤는데 나도 그 여자는 안 될 것 같아."

승지가 조금 목소리를 바꿨다. 수혁의 눈빛이 날카로워지자 금세 어깨를 으쓱하고 애교 넘치게 웃으면서도 그녀는 자신의 주장을 굽히지 않았다.

"나는 오빠가 어디까지 꿈꾸는 건지는 잘 몰랐지. 그냥 워낙에 정의로운 사람이니까……, 우리나라가 너무 개판이니까 어떻게 해보려고 하나 보다 이 정도였지. 사실 나 같은 개인주의자한테는 왜 다 준다는 미국 국적 포기하고 여기서 이러고 있나 싶었거든. 그랬을 때야 뭐 좋은 게 좋은 거라고, 자기 좋다는 여자랑 행복하게 사는 게 장땡이잖아? 그런데 이건 얘기가 좀 다르지……."

승지가 신기하다는 듯 고개를 갸우뚱했다.

"남자들은 가끔 여자들보다 더 이상주의자인 것 같아. 대통령이 되려고 하면서 어떻게……. 그 여자는, 그러니까 나는 정말로 어떤 삶을 사는가는 개개인의 문제라고 생각하고 그 여자의 선택을 비난하고 싶지 않지만 하여튼, 뭐가 어쨌든 간에 그 여자는 몸을 팔았던 여자야."

"그런 식으로 말하지 마."

"나밖에 말할 사람이 없으니까 내가 해야지. 재벌한테 몸을 팔았든, 아니면 정말 정직한 사람에게 몸을 팔았든 그건 중요하지 않아. 단 한 명에게 몸을 팔았든, 아니면 천 명에게 몸을 팔았든 그건 중요하지 않아. 몸을 팔겠다고 결심한 그 사실이 중요해. 그건 아무나 할 수 있는 일이 아니야, 오빠. 사고방식 자체가 평범한 사람들과는 다른 여자라고."

"그 여자는…… 아니야."

"오빤 그렇게 믿고 싶겠지. 알아. 하지만 그렇게 화려하게 살던 여자가 평범하게 살 수 있을까? 잠깐 눈 감고 몸 팔아서 수천 수억의 돈을 벌었던 여자가 남편이 벌어다주는 몇백도 안 되는 돈으로 살림하는 여자들을 이해할 수 있어?"

"아니, 걔는…….."

수혁이 말을 멈췄다. 방금 뭔가 중요한 게 뇌리를 스쳐 지나갔다.

"오빠…….."

"그만."

수혁이 승지의 말을 잘라내고 젓가락을 내려놓았다. 옆에 고이 접어두었던 냅킨으로 입술을 닦은 그가 일어서며 검지로 승지를 가리켰다.

"너…… 다시는 함부로 이야기하면 안 봐줘. 날 위해 하는 말이라는 거 아니까 딱 한 번만 참는 거야."

"알았어요. 미안해요."

여전히 할 말이 많았지만 수혁이 화가 나면 어떤지 아는 승지는 순순히 입을 다물었다. 오늘 허용된 어리광은 다 쓰고도 남았다.

"먹고 나와. 나 먼저 간다."

"어? 오빠? ⋯⋯오빠! 미안하다니까? 마저 먹고 가! 얼마 먹지도 않았잖아! ⋯⋯에이 된장! shit! 진짜 이러기야?"

뒤에서 붙잡는 승지를 싹 무시한 채 팔선을 빠져나오면서 수혁은 머릿속으로 곰곰이 방금 떠오른 생각을 더듬었다. 비교적 세상 물정을 잘 알고 있는 그였지만, 여자들의 물건에 대해서는 잘 모른다. 가끔 승지가 지지배배 떠드는 것만 해도 머리가 깨질 것 같은 기분이 들었다. 매일매일 바뀌는 승지의 차림과 들고 있는 가방, 구두가 뭔지는 몰라도 얼마나 바뀌는지, 언제 새 걸 사는지는 알았다. 그만큼 떠드니까. 그런데 그에 비하면 우현은⋯⋯ 거의 가지고 있는 게 없었다. 박 교수가 엄한 만큼 승지가 사치스러운 편이 아닐 텐데도 우현은 그녀 정도도 아닌 것이다.

클럽에 있을 때에는 모든 걸 클럽에서 준비해줬을 테니까 관심도 없었고 이상한 것도 몰랐다. 하지만 그의 아파트에 들어온 지 벌써 6개월째, 우현은 수혁이 억지로 데려갔던 단 한 번의 쇼핑 외에는 전혀 쇼핑을 하지 않았다. 넘겨준 골드카드는 언제나 한도 근처도 사용되지 않았다. 그나마 전부 여주댁이 식료품을 사느라 쓴 거였다. 그렇다면 이우현은 5천만 원으로 뭘 하는 걸까? 클럽에서도 따로 3천만 원씩 현금으로 받았다고 했다. 당시에는 그냥 별 생각이 없었는데 왜 현금이어야 할까? 사치를 하려고 하면 한도가 없는 골드카드 쪽이 훨씬 좋다. 나중을 생각해 금괴를 재워놓을 생각이더라도 카드로 안 될 이유가 없었다.

그런데 왜 이우현은 반드시 현금이 필요한 걸까? 입고 드는 것은 그렇게도 간단한 이우현이 무엇 때문에?

06. 창녀, 혹은 성녀 上

우현은 낮게 콧노래를 부르며 베란다의 식물들에게 물을 주고 있었다. 언제부터 사 모은 건지 알 수 없었지만, 카드 명세서에 같은 화원의 이름이 반복되어 찍혀 있었던 것을 수혁은 기억해냈다. 하나 둘씩 사 모았나 본데 어느새 꽤나 그럴싸한 실내정원이 완성되어 있었다. 좌로 우로 바쁘게 다니며 잎을 따기도 하고 물을 뿌리기도 하는 우현은 즐거워 보였다. 그것이 묘하게 심통이 나 수혁은 콧잔등을 찡그렸다.

확실히 처음 만났을 때 까맣게 죽어 있던 눈동자를 생각하면 요즘의 우현은 그럭저럭 기분이 좋아 보인다. 예전에도 잘 웃었지만 정제되어 체로 거른 듯한 그런 미소였다면, 요즘은 가끔 스물여섯 살답게 웃기도 했다. 때로 슬픈 기색이 어리기도 한다는 건 어쩔 수 없는 일이지만 어쨌든 뭐라고 말해도 우현은 옛날보다 훨씬 좋아 보였다. 하지만 수혁으로 말하자면 머리가 아파 죽을 지경이었다.

'이래서 노친네들이.'

수혁은 끙 하고 신음을 삼켰다. 쉽고 빠르고 편한 길을 찾는 한심하기 그지없는 노친네들의 뒤를 이을 생각은 추호도 없었다. 이런 생각을 뿌리째 뽑아버리고 싶다. 하지만 이우현이……, 지독하게도 말을 안 듣는 이우현이 최수혁을 미치게 만들고 있다. 이우현을 얌전히 말 잘 듣게 할 수 있는 방법이 있다면 그는 심장이라도 내주고 싶을 지경이었다.

요 근래 수혁의 머릿속을 지배하고 있는 단어 하나를 말하라고 한다면 단연 '이우현'이라는 단어다. 곁눈질할 새도 없이 단숨에 뛰어온 10여 년, 그중 우현과 함께한 6년……. 수혁은 단 한 번도 이우현이라는 여자, 아니, 여자라는 존재에 대해 이렇게 오래 생각해본 적이 없었다. 계속, 무심히 넘겼던 이우현과의 순간순간을 되짚어보고 있다. 지나간 길을 표시해놓은 지도를 하나하나 손가락으로 따라가는 것처럼, 느리고 꼼꼼하게.

클럽을 찾을 때마다 우현은 항상 몸에 잘 붙는 저지 원피스를 입고 있었다. 100퍼센트라고까지는 말할 수 없겠지만 거의 언제나라고 해도 좋을 정도로 검은색 원피스였다. 검은색을 좋아하나 보다, 혹은 피부가 과할 정도로 하얗게 느껴지는

밀가루 같은 빛깔이니 돋보이기 위해 검은색을 입나 보다 정
도로 대수롭지 않게 여겼는데 어느 날, 왜 그렇게 검은색 옷만
입냐고 물은 질문에 되돌아온 대답이 걸작이었다.

「애도하려고요.」

「뭘?」

「사랑이요.」

이 무슨 꿈꾸는 소리인가 생각했던 것이다. 하지만 우현은
아무렇지도 않게 수혁을 바라보고 있었다. 그 덤덤한 눈빛을
마주하고 있자니 익히 알고 있었던 얼굴이 생경하게 다가왔
다. 조그마한 얼굴 위에 까맣게 보석처럼 박힌 눈동자, 자그마
한 입술이 과할 정도로 선명했다.

「이런 관계에…… 사랑은 없잖아요.」

별로 심각한 이야기는 아니라는 듯 가볍게 이야기하며 우
현은 머리를 귀 옆으로 넘겼다. 반지르르하게 윤기가 흐르는
검은 머리카락은 올 하나하나가 굵어 고집스럽게 보이기도 했
다. 하지만 의외로 머리를 만지는 건 어렵지 않은지 잔머리 하
나 없이 우현은 언제나 매끈한 헤어스타일을 고수하고 있었
다.

「잘도 그런 이야기를 하는군. 남자에게 꿈을 줘야 하는 거
아니야?」

다소 심술궂은 수혁의 질문에도 우현은 당황하지 않았다.

「아, 죄송해요. 그런 스타일이 아니시라고 생각했어요.」

「무슨 스타일?」

「거짓말을 들으면서 기분 좋아하실 스타일이요.」

수혁의 눈썹이 치켜 올라갔다.

「거짓말을 좋아하는 사람이 어디 있어?」

「생각보다 많아요. 여자는 예쁘지 않아도 예쁘다는 이야기를 듣는 게 좋고, 사랑에 빠진 사람은 상대가 거짓말로라도 사랑한다고 말해주길 바라죠. 전혀 고맙지 않은 일에도 고맙다고 말해주면 뭔가 해준 듯 뿌듯하게 느껴지기도 하고……, 당장 내일 죽을 거라는 걸 아는 사람도 의사가 이제 곧 나을 거라고 말해주면 행복해져요. 언제나 잔혹한 진실보다는 달콤한 꿈이 승리하는 법이죠.」

「……나는 그럴 것 같지 않아?」

「네. 거짓말을 듣고 싶어 하는 사람들은…… 대개 마음이 약한 사람들이거든요. 그 사람들이라고 해서 거짓을 진짜 좋아해서 거짓말을 원하는 게 아니라 위안이 필요한 거예요. 뭐라도 믿고 싶어지는 그런 절박한 순간이 사람에게는 있더라고요.」

「그런데 나는 그런 사람이 아니야?」

「네.」

「과대평가인데.」

「그렇다면 할 수 없고요.」

묘하게 담담하고 묘하게 순종적으로…,… 묘하게 자극한
다.

「너는 거짓말을 들으면 기뻐?」

「기뻐요.」

「어떤 거짓말?」

처음으로, 그러니까 우현을 안고 난 이후 함께한 시간을
통틀어 처음으로 우현의 눈빛이 뿌리 깊게 흔들렸다. 어떤 교
육과 자제로도 가릴 수 없는 강렬한 바람이라는 듯이, 심지어
입술 끝이 바르르 떨리기까지 했다.

「이 모든 건 꿈이고 눈을 감았다 뜨면 나는 다른 세상으로
갈 수 있다는 거짓말이요.」

마치 숨마저 멈추고 있는 것 같던 그 말은 이렇게 이어졌
다.

「그런데요.」

「응?」

「이 모든 게 꿈이라고 해도, 당신을 만난 건 기억할 수 있
었으면 좋겠어요.」

「그건 듣기 좋으라고 하는 거짓말인가?」

짧고 청량한 웃음소리.

「꿈을 달라면서요……..」

정부

"왜 그런 표정을 짓고 있어요?"

문득 정신을 차려보니 우현이 코앞에 다가와 수혁을 내려다보고 있었다. 항상 입고 있던 검은색 저지 원피스가 아닌 편안한 헐렁한 티셔츠에 레깅스를 입고, 잘 세팅된 머리가 아니라 자기가 대충 손질해 올린 머리는 잔머리가 몇 가닥 흘러내려 있었다. 화장기는 거의 없었지만 입술에는 옅게 분홍색이 돌고 있었다.

언젠가 우현은 입술은 지우기 싫다고 이야기한 적이 있었다. 입술에 핏기가 없는 편이라 아파 보이기도 하고 부어 보이기도 해서 립스틱을 지운 모습은 보이고 싶지 않다는 거였다. 그 바람은 어린아이 같기도 하고, 여자 같기도 했다. 당시에는 대수롭지 않게 들었는데 분홍색으로 물들어 있는 입술을 볼 때마다 그 말을 할 때의 우현의 얼굴이 생각난다. 수혁에게 다 허락하면서도 결코 끝까지 허락하고 싶지는 않다는 그 바람이 느껴진다.

"어떤 표정?"

"음……, 꼭 화가 난 것 같은 표정이요."

우현의 입가에 미소가 떠올랐다. 그러는 양이 마치 방금 수혁이 한 생각을 알고 있기라도 한 것 같았다. 마치 그가 요즘 그녀의 생각에 어쩔 줄 몰라 함몰하기 직전이라는 것을 다 알고서 그를 놀리는 것 같다.

"내가 왜 화가 나?"

"글쎄요, 내가 알기로 화가 날 이유는 없지만…….."

우현이 수혁이 앉아 있던 3인용 소파의 한쪽 끝에 앉았다. 가운데 자리를 사이에 두고 앉은 셈이다. 왜인지는 수혁도 알고 있다. 수혁이 알고 있다는 것을 우현도 알고 있다. 그것이 심통이 나 수혁은 뭔가 반항을 하고 싶었지만 그러는 게 그에게 좋을 이유가 없어 순순히 그녀의 무릎을 베고 누웠다. 수혁은 우현의 무릎을 베고 눕는 것이 좋았다.

"이상하죠. 클럽에서 나온 이후로 당신을 잘 모르겠다는 생각이 들어요."

수혁의 머리카락을 만져주며 우현이 속삭였다.

"그곳에서는 사람들이 당신에 대해서 많은 이야기를 해줬거든요. 당신이 무얼 좋아하는지, 무얼 싫어하는지, 어떤 일을 했고, 어떤 일을 할 건지, 누구를 만났고, 무엇에 관심이 있는지……, 신문에 나지 않는 것까지도 전부 다 알려줬어요. 그런데 지금은 신문에 나는 것과 당신이 이야기해주는 것밖에 모르니까 왠지 점점 더 당신이 누군지 모르겠어요."

"좋은 징조야. 네가 들은 건 다 거짓말이니까."

"그런가요."

우현이 싱긋 웃었다.

"하지만 좋았어요. 당신이 그런 사람이라서. 들은 것보다 더 대단한 사람이라서."

잠깐 사이를 두고 우현은 상체를 숙여 수혁과 눈을 마주쳤
다.

"그러니까 내가 당신에게 더 다가가지 않는 건 당신을 위
해서가 아니에요. 날 위해서예요. 내 우상을 망가뜨리지 마
요."

빙긋 웃은 우현이 다시 자세를 바로하고 깊게 숨을 들이마
셨다 내쉬었다.

"결혼은…… 언제쯤 해요?"

"몰라."

"안 정해졌어요?"

"하고 싶으면 당장이라도 하지. 하지만 아마…… 한 1년
쯤."

민우당은 안달이 나서 보채고 있었지만 수혁의 머릿속은
좀 더 복잡했다. 그러나 결국 결혼을 하게 된다면 1년 내에 결
정해야 할 것이다. 그렇다면 역시 박승지겠지. 꿈도 꾸지 말
고 자르긴 했지만 만약 어쩔 수 없이 결혼해야만 한다면 박승
지가 제일 나았다. 박 교수에게는 미안한 일이겠지만 그녀 이
상으로 합이 맞는 동지도 또 없을 테니.

"1년……, 적당한 기간이네요."

묘하게 한숨이 묻어 있는 목소리로 우현이 베란다를 바라

보았다. 한낮, 따뜻한 햇살을 담뿍 머금고 있는 공간이 방금 뿌린 물로 반짝반짝 빛났다.

"괜히 데리고 왔나 봐요. 언제까지 돌봐줄 수 있을지 모르는 건데."

우현은 중얼거렸지만 거의 들리지 않는 목소리였기 때문에 수혁은 모르는 척 눈을 감았다. 괜스레 속에서 천불이 났다.

수혁이 오는 날이면 우현은 하루 종일 그와 함께 있었지만, 그가 없을 때면 운동을 했다. 아파트 뒷산으로 가면 주민들을 위해 만들어놓은 체육 시설과 산책로가 있었는데 거기가 마침 뛰기 딱 좋게 되어 있었다. 원래도 한낮에는 사람이 별로 많지 않아 애용했지만 날이 더워지면서는 거의 우현이 전세 낸 거나 다름없는 길에 이방인이 끼어든 것은 눈 한 번 돌릴 시간 없이 바쁘다며 수혁의 방문이 뜸해지던 어느 날이었다.

"이지연 씨?"

우현이 아닌 지연이라는 이름으로 불린 우현은 벼락처럼 멈춰 섰다. 본능적으로 주변을 둘러보았지만 사람이 있길 바란 것인지, 없길 바란 것인지는 알 수가 없었다. 꽤 오래 뛰었던지라 땀에 젖었던 트레이닝복이 팔과 다리에 감기며 등줄기를 따라 뜨거운 땀방울이 흘러내렸다.

남자들은 이 더위에도 불구하고 검은색 양복을 입고 있었다. 선글라스는 햇빛을 가리는 용도보다는 표정을 가리는 용도로 사용되는 것 같았다. 눈동자도 보이지 않는 까만 선글라스였다.

"누구시죠."

약간 거리를 벌리고 공손하게 묻자 맨 앞에 서 있던 남자가 선글라스를 벗고 고개를 숙여 인사했다.

"최수혁 님을 알고 계십니까."

경계심이 바짝 일어났다.

"누구시냐고 물었을 텐데요."

"제가 누군지는 여기서 중요한 이야기가 아닙니다."

남자는 한 걸음 다가서면서 양복 안주머니에 손을 찔러 넣었다. 아주 짧은 시간 동안 그가 총이라도 꺼내 쏘는 게 아닌가 싶었지만 여기는 대한민국이었다. 남자가 꺼낸 것은 하얀 봉투였다.

"여기서 중요한 건 이지연 씨가 최수혁 님을 떠나셔야 한다는 겁니다. 그것도 지금 당장."

"무슨 소리이신지 전혀 모르겠어요."

"모르는 척하는 건 좋은 이야기지만 우리도 찾았습니다. 다른 사람도 찾을 수 있다는 소리겠죠."

그제야 안도감이 우현을 덮쳤다. '우리'도 찾았다. '다른 사람'도 찾을 수 있다. 선글라스를 낀 남자는 수혁과 우현을 '우리' 안에 넣어서 이야기했다. 적이 아니라는 이야기다. 수혁은 적이 많은 사람이었다. 언젠가 지나가는 말처럼 사람들이 경호원을 데리고 다니란다면서 투덜거린 적이 있었다. 필요 없다는 의미로 한 말이었지만 우현은 그가 경호원과 함께 다니길 바랐다. 적이 많이 생길 만한 일을 했고, 앞으로도 할 예정이었다.

아무리 조심해도 부족했다. 그의 적들은 우현이 알고 있는 사람들이기도 했다. 클럽에서 오가며 자주 보던 사람들, 수혁을 알기 위해 함께 공부해야만 했던 사람들. 대한민국이라는 피라미드 위에서 가장 꼭대기 층을 차지하고 있는 사람들. 그 사람들 앞에서 평범한 사람들의 목숨은 파리 목숨보다 더 값어치가 없다는 것은 아무도 가르쳐주지 않아도 알 수 있었다. 그래도 수혁이니까, 아직 완전히 드러나진 않았어도 인터넷 방송국부터 시작해 차츰 그 세력을 확장해나가고 있는 최수혁이니까 그나마 괜찮은 거라고 생각하고 있었다. 정계에 본격적으로 뛰어든다면 말로 다 못할 것이다. 우현은 언제나 바짝 긴장해서 신경을 곤두세우고 있었다.

"이런 건 필요 없어요."

우현은 땀을 닦아내며 남자가 내민 봉투를 밀어냈다.

"어느 쪽에서 오신 분인지도 묻지 않겠습니다. 대충 짐작이 가니까요."

옷매무새를 가다듬으며 우현은 남자를 똑바로 바라보았다. 남자와 우현 사이에는 키 차이가 극명했고, 그래서 그를 마주보기 위해 우현은 있는 힘껏 허리를 펴야만 했지만 그녀는 간신히 남자에게 밀리지 않고 마주볼 수 있었다.

"신경 써주신 것 감사드립니다."

"이지연 씨."

"죄송하지만 제 이름은 이지연이 아닙니다."

남자의 입술이 비웃듯 비틀렸다.

"그냥 지연입니다. 그쪽에게는."

차갑게 말한 우현이 돌아서서 뛰기 시작했다. 가장한 예의로는 가릴 수 없었던 남자의 시선이 무슨 의미인지는 피부가 따끔따끔할 정도로 아프게 알고 있었다. 하지만 이를 악물 뿐. 중요한 건 남자의 시선 따위가 아니었다.

수혁에게 우현이라는 이름을 알려준 것은 클럽을 떠나면서였다. 그는 몰랐으리라. 그때 그녀가 무슨 마음으로 그에게 이름을 알려주었는지.

몇 번이나 알려주고 싶었었다. 이름을 부르지 않는 남자였지만, 그것은 지연이라는 이름이 가짜 이름이라서 그럴 수도 있다고 생각했다. 그래서 진짜 이름을 알려주면 그들의 관계도 진짜 같은 것이 적어도 하나는 있지 않을까 그렇게 소망했었다. 그리고 드디어 진짜 이름을 알려주게 된 날 얼마나 기뻤던가.

　채칵채칵, 시간이 얼마 남지 않았다고 우현을 재촉하고 있다. 땅을 박차는 발에 힘을 가하며 우현은…… 수혁과 아주 질펀하게, 아무 생각도 하지 않고 머리부터 발끝까지 흠뻑 땀에 젖을 때까지 한 번 하고 싶다고 생각했다. 아무 생각도 나지 않을 때까지.

　— 하고 싶어요. —

　다섯 글자로 된 메시지를 보내고 집에 들어와 샤워를 할까 하고 있는데 띠띠띠 오토록을 여는 소리가 났다. 이내 문이 열리고 수혁이 들어섰다.

　"수혁…… 씨?"

　등 뒤에서 문이 닫힐 때까지 묘한 표정으로 서서 우현을 응시하던 수혁은 넥타이를 느슨히 풀어헤치더니 성큼성큼 다가와 우현의 어깨를 틀어쥐었다.

　"수…… 읍!"

　생각보다 너무 빨리 도착한 수혁에게 놀라 부른 이름은 그의 입술 사이로 사라졌다. 셔츠를 다 벗을 여유도 없어 단추 몇 개를 뜯어내듯 풀고 위로 올려 벗은 수혁은 우현을 번쩍 안아 들고 침대로 가 눕혔다. 멋대로 셔츠를 찢어내 가슴을 무는 동작은 난폭했다. 하지만 그런 그를 탓할 생각은 없었다. 우현

역시 문을 열고 들어선 그와 눈이 마주치는 순간부터 단전께
가 뻐근해지면서 팬티가 젖고 있었다.

서로를 맹렬히 원하고 있다.

셔츠를 벗어 던지고 트레이닝복 바지와 팬티를 함께 내려
던지기가 무섭게 수혁이 우현의 안으로 진입해왔다. 뭉툭하게
찔러오는 감각에 우현이 허리를 뒤로 젖혔다. 뜨거운 숨이 새
어나왔다. 아득하게…… 머릿속을 잠식하고 있던 모든 생각이
사라졌다. 수혁 역시도 그녀와 하나가 된 후에야 숨을 쉴 수
있다는 듯 한숨 가라앉았다.

"가만히 있어."

수혁이 우현의 엉덩이를 잡아들게 하고는 아무렇게나 구겨
져 그녀의 등에 배겨 있던 옷들을 치웠다. 그리고 새삼 그녀의
얼굴을 내려다보았다.

"보지 마요."

그제야 무방비하게 흐트러져 있던 자신을 인식한 우현이
두 손으로 얼굴을 가렸다. 하지만 이내 수혁의 손에 의해 우현
의 손은 얼굴에서 떼어내졌다.

"운동해서 엉망이란 말이에요."

수혁이 허리를 뺐다가 다시 찔러 넣으며 눈썹을 설핏 치켰
다.

"으응……."

"운동을 하다가 갑자기 내 생각이 났단 말이야?"

"이렇게 일찍 올 줄 몰…… 아흣…….."

말없이 수혁이 땀으로 얼룩진 우현의 목덜미를 핥았다. 바짝 결합한 채, 목덜미 위로 뜨거운 혀가 지나가자 저도 모르게 속이 바짝 조여들었다. 운동으로 체온이 올라가 있는 상태인데도 그의 혀도, 손도 그녀의 몸보다 더 뜨거웠다. 마치 타는 것 같은 그의 입술이 쇄골을 잘근잘근 씹으며 손은 아직도 축축하게 젖어 있는 맨살을 쓴다.

"이런 것도 괜찮군."

"땀 냄새…… 안 나요?"

"나."

"싫어요. 씻을 시간은 있을 줄 알았는데."

낮게 웃으며 수혁이 그녀의 뺨을 입술로 쓸었다. 그러면서도 허리를 슬슬 움직여 그녀를 자극하는 것은 잊지 않은 채다.

"마침 오던 참이었어."

"그래요? 통했네요."

"통했지."

수혁이 입술을 가슴으로 미끄러뜨려 내려 지분대며 장난스럽게 말했다.

"네가 먼저 나에게 연락한 건 처음이지 않아?"

"그래요?"

그랬던가....... 새삼 놀라면서 우현이 팔꿈치를 짚고 상체를 조금 치켜들어 수혁에게 입을 맞췄다. 뭔가를 말하려던 수혁의 목소리가 우현의 혀끝에서 녹아 사라지고, 팔을 뻗어 수혁의 단단한 몸을 끌어당긴 우현에게 끌려 몸과 몸이 겹쳐졌다. 가슴과 가슴, 배와 배가 서로 닿자 수혁이 다리로 우현을 감아 당겼다. 결합한 채 그렇게 몸을 단단히 맞붙이고만 있는 것은 또한 새로운 경험이었다. 나쁘지 않았다. 땀에 축축하게 배어 있던 피부는 마치 자석처럼 달라붙었다.

"첫 연락치고 대사가 걸작이었어."

"그래서 이렇게 흥분한 거예요? 난 깜짝 놀랐어요. 들어오자마자......."

"그런 의미 아니었어?"

"이 정도까지는 아니었어요."

"그렇게 들렸어. 그리고 세상에 대고 물어봐. 자기 여자가 그런 문자를 보냈는데 흥분하지 않는 남자는 없어."

수혁이 피식 웃으며 우현을 당겨 안아 정수리에 입을 맞췄다. 그에게 바짝 붙어 가슴께에 귀를 붙인 우현은 쿵쿵 뛰는 심장 소리를 들었다.

"이렇게 우리 계속 있을래요?"

"날 차라리 죽여."

우현의 말에 수혁이 질색하는 표정을 했다. 서두르는 것은 별로 취미가 없었고, 강할 때에는 강하더라도 기본적으로는 천천히 즐기는 것을 좋아하긴 했지만 그도 남자인지라 이런 식으로 꼼짝도 않고 있는 것은 괴로웠다. 지금도 허리는 당장 움직이라고 그를 재촉하고 있었으니 이대로 우현을 안고 있는 것 자체가 시험이었다.

"하지만 당신이 움직이면 난 내가 아닌 것처럼 된단 말이에요."

수혁이 움직이려고 하는 걸 우현이 막으면서 우겼다.

"그게 좋은 거 아냐?"

"싫어요. 무서워요."

"말도 안 돼."

절대로 이해 못하겠다는 듯이 수혁이 달라붙는 우현의 어깨를 잡아 떼어내고 눈을 마주쳤다.

"진짜예요."

우현이 촉촉하게 젖은 눈으로 수혁을 올려다보았다.

"당신은 항상 너무 빨라서 어디로 가는 건지도 모르게 날 몰고 간단 말이에요. 그게 싫은 건 아니지만 가끔 나는……, 내가 발을 디디고 있는 곳이 어딘지 알아야만 해요. 천천히, 느리게. 난 당신이 아니니까 당신만큼 머리가 획획 돌아가지 않는다고요."

수혁의 눈빛이 비로소 색을 바꿨다.

"천천히…… 느리게……?"

"내 얼굴을 보면서 해줘요."

"내가 언제……."

언제 네 얼굴을 보지 않느냐고 물으려던 수혁이 얼굴을 찌푸렸다. 언제나 자세를 바꿨던 게 생각이 난 것이다. 일부러 그런 건 아니고 수혁의 취향이 그러했다. 즐길 때에는 충분히 즐기는 것이 좋았다. 때론 우현이 싫다고 하는 일도 했었다. 결국에는 비명에 가까운 교성을 지르며 좋아했으므로 정말 싫어한다고 여기지 않았던 데다가…… 또…….

"알았어."

일단 수혁은 우현을 당겨 안아 어깨를 다독였다. 수없이 안았던 몸인데 이렇게 안고 있자니 정말 한 줌도 안 되는구나 실감이 났다. 말랐다거나 키가 작다는 그런 문제가 아니었다. 무언가 그의 품에 폭 감싸이는 것이 묘하게 안쓰러웠다. 항상 그랬다. 이우현은 뭐라 말할 수 없이 애잔했다. 언젠가 다큐멘터리에서 엄마를 잃고 혼자 남은 아기새가 아침이슬에 젖어 있는 모습을 본 적이 있다. 미물이니 모정을 그리워할 리가 없고, 짐승들은 사람과 달라 아기새라 해도 충분히 혼자 날 수 있다는 걸 아는데도 보고 있자니 가슴이 저며들었다. 동그란 까만 눈동자에 비치는 것은 무엇이든 다 슬픈 것만 같았다. 우현을 보고 있노라면 가끔 그 아기새 생각이 났다.

하지만 그런 애틋한 마음과 별개로 벌떡이며 당장이라도 그녀를 둘로 찢어놓을 듯 범하고 싶은 남자가 수혁의 안에는 있었다. 우현을 안고 있을 때면 마치 고삐 풀린 말처럼 위험하게 날뛰는 남자가 분명히 있다. 그 남자는 우현의 날렵한 등선을 쓰다듬고, 오돌토돌 돋아 있는 척추뼈를 어루만지며 손을 아래로 내린다. 도톰하게 올라와 있는 엉덩이의 살을 어루만지다가 엉덩이를 벌리고 손가락을 갈라진 틈 사이로 밀어 넣는다. 여전히 수혁의 일부가 우현의 안으로 들어가 있던 상태였기 때문에 손가락의 움직임은 이내 막혔다.

"아……."

결합되어 있는 부위를 손으로 조심스레 쓰다듬자 우현이 조그맣게 한숨을 쉬었다. 그리고 손가락을 올려 클리토리스를 문지르자 그녀가 고개를 저었다.

"싫어?"

"싫어……."

닿는 것만으로도 우현의 온몸이 쾌감으로 부르르 떠는 게 느껴지는데 싫다는 말이 잘 이해가 가지 않았지만 수혁은 손을 뗐다. 난감했다. 얼굴에 인내가 차오르기 시작했다. 천천히 다시 그녀의 등을 감싸 안고 몸을 굴려 그녀를 아래에 깔고 내려다보았다. 조그마한 얼굴을 다 채우고 있는 듯한 커다란 검은 눈망울이 그를 올려다보았다. 한쪽 손으로는 우현의 목을 받친 채, 다른 손으로 침대를 짚고 수혁이 우현을 내려다보았다.

"움직여도 돼?"

"……천천히요."

허락을 하듯 우현이 고개를 조금 끄덕였다. 한숨이 절로 나올 박한 허락이었지만 수혁은 몸을 약간 일으켜 다시 자세를 잡았다. 여전히 몸과 몸은 맞닿은 상태였다. 이래서야 자유롭게 허리를 움직일 수 있을 리가 없었지만 크게 상관은 없었다. 천천히…… 수혁이 허리를 움직이기 시작하자 우현이 아, 하고 입술을 벌렸다. 오래 맞물린 채 떨어지지 않았던 부위가 떨어지며 습한 감각이 느껴졌다. 처음 느껴보는 감각이었다. 느린 만큼 관능적인 감각이 두 사람을 휘감았다. 자세가 제대로 잡히지 않아 원하는 대로 움직일 수 없었던 수혁이 우현의 등을 받쳐 당겨 안아 세웠다. 그러자 몸은 여전히 맞닿아 있고 서로의 눈을 볼 수 있어도 훨씬 움직이기 수월해졌다.

"이건 괜찮아?"

"네……."

우현이 뜨거운 입김을 내뿜으며 속삭였다. 삽입이 깊어졌다. 우현이 수혁의 어깨에 팔을 두르며 입을 맞췄다. 입술과 입술이 맞닿고 습한 숨결이 서로의 안으로 파고들었다. 서로의 입 안으로 침입한 혀가 농염하게 여린 점막을 쓰다듬었다.

느리게 움직이며 수혁의 입술이 우현의 목덜미를, 가슴을 헤매고 다녔다. 우현의 손가락은 수혁의 머리카락 사이로 사라져 그를 그녀의 몸에 붙이거나, 밀거나, 혹은 쓰다듬었다.

그것은 새로운 경험이었다. 수혁의 움직임과 우현의 움직임이 미묘하게 교차하며 한 번도 열린 적 없는 감각이 꽃을 피웠다. 가는 손가락이 등을 쓰다듬어 내려갈 때…… 수혁은 그 기묘한 감각에 무릎을 꿇고 첫 번째로 파정했다.

"오늘 무슨 일 있었어?"

탕의 끝과 끝에서 와인 잔을 하나씩 든 채 몸을 담그고 있다가 수혁이 우현에게 던진 말이었다. 머리를 타월로 감싸 올려 묶은 채 아까부터 말없이 잔만 기울이던 우현이 눈썹 끝을 살포시 치켜 올렸다. 있다는 뜻도, 없다는 뜻도 아니다.

"왜요……? 오늘따라 내가 너무 섹시해서요?"

사이를 두고 모르는 척 능쳤지만 수혁은 만만한 사람이 아니었다. 하지만 따지는 대신 가만히 우현을 눈으로 쓰다듬었다. 오늘 그녀는 그를 놓아주지 않고 단단히 매달려 있었다. 마치 떨어지면 죽기라도 한다는 듯이 그렇게 매달려서 그에게 입맞춤을 하고 또 했다. 언제나 그에게 맞춰주었다는 것을 오늘에야 알 수 있었다. 오늘 그녀는 그에게 맞출 여유가 없을 만큼 절박했다.

정부

"있잖아요."

고개를 돌린 채 김이 서린 거울에 시선을 두고 있던 우현이 입을 열었다.

"오늘 우리 꼭 연인 같았죠?"

"뭐?"

"내가 문자를 보내고……, 음, 당신이 나를 안고만 있고, 그런 거요. 아니, 정확히 뭔지는 모르겠지만 클럽에 있을 때와는 달라요. 그렇죠?"

"그런가?"

정말 몰라서 수혁은 대답할 수가 없었다. 확실히 오늘은 달랐다. 7년 만에 처음 받아보는 문자도 그랬지만 우현이 수혁에게 무언가를 요구한 것도 처음이었다. 하지만 연인 같다니……, 그게 무슨 뜻인가? 우현은 무슨 말을 하고 싶은 걸까?

"……좋았어?"

한참을 고민하다 묻자 간단한 대답이 돌아왔다.

"좋았어요."

우현이 엷게 미소를 띠고는 와인을 한 모금 마셨다. 붉은 액체가 가볍게 흔들리며 붉은 입술 사이로 사라졌다. 불쑥 불안감이 치밀어 올랐다.

'지금은 저렇게 아무 일도 아니라는 듯 태연하게 와인잔을

기울이고 있지만……, 저 속에는 무엇이 든 걸까?'

언젠가 승지가 한 말이 있다. 한 사람에게 몸을 팔았느냐, 아니면 수없이 많은 사람에게 몸을 팔았느냐가 문제가 아니라고. 몸을 팔겠다고 생각한 여자는 뿌리부터 평범한 여자와 다를 수밖에 없어 어떤 의미로든 절대로 쉬운 상대는 아니라고. 그냥 꺾이기 쉬운 가녀린 꽃이라고 생각했는데…….

"왜 그래요?"

생긋 웃은 우현이 남은 와인을 입 안에 털어 넣고 물살을 헤치며 다가왔다. 그리고 그와 몸을 겹치며 입술을 포갰다. 입술과 입술 사이로 전달되던 와인이 한 줄기 턱으로 흘러내려 그대로 하얀 거품이 일어 있는 욕조 위에 퐁 소리를 내며 떨어져 내렸다. 잠깐 물에 붉은 기운이 번졌으나 언제 그랬냐는 듯 흐리게 사라지고 만다. 마치 잡힐 듯 잡히지 않는 사랑처럼, 분명히 붉게 그곳에 존재했는데 눈을 감았다 뜨는 거품에 가려져 아무것도 모르게 되어버리고 만다.

정부

07. 창녀, 혹은 성녀 下

조사하는 것은 일도 아니었다. 안타깝지만 대한민국은 개
인정보 보호에 대한 의식이 아직까지 그렇게 자리 잡힌 나라
가 아니다. 하지만 그 무서움에 대해 잘 모르고 합법과 불법
의 선을 넘나들지 않아도 최수혁 정도 되면 지극히 합법적으
로 누군가의 인생을 캐어내는 일은 어렵지 않다. 그것이 수혁
이 땡볕 아래 봉천동의 오르막길을 오르고 있는 이유였다. 봉
천 12동 천사의 집. 이우현 이름으로 입금된 돈이 흘러가고 있
는 곳이었다.

"젠장."

생각했던 그림을 마주한 수혁은 얼굴을 찡그렸다. 설마설
마 했는데 말 그대로 설마가 사람을 잡은 것이다. 자그마한 1
층의 본 건물과 숙소로 보이는 양쪽의 건물은 딱 봐도 허름했

다. 대충 지은 티가 나는 플레이트 건물 안은 이런 더위에는 지옥 그 자체일 것이다. 얼핏 보니 에어컨 구멍도 뚫려 있고 실외기도 보였지만 그 정도로 해결이 될까 싶다. 근본적인 악순환이 엿보이는 구조였다.

"누구?"

한심해서 혀를 차고 있는데 누가 허벅지께를 톡톡 두드렸다. 내려다보니 여덟 살이나 됐을까? 콩알만 한 여자아이 하나가 빤한 눈을 뜨고 수혁을 올려다보고 있었다.

"할아버지 찾아왔어요?"

"할아버지?"

잠깐 되물었던 수혁은 이내 고개를 끄덕였다.

"여기서 제일 어른이 할아버지라면…… , 그분을 찾아온 게 맞아."

"할아부지이이이이이!"

수혁의 말이 끝나기도 전에 냉큼 돌아서며 여자아이는 소리를 질렀다. 귀청이 떨어져도 조금도 이상하지 않을 어마어마한 성량에 수혁이 귀를 틀어막았다. 죽은 사람도 벌떡 일어나게 할 법한 목소리건만 아이는 혹여나 상대가 못 들을까 겁이 났는지 본관을 향해 뛰어가며 거푸 소리를 질러댔다.

"할아부지이이이이이! 할아부지이이이이이이이!"

안 그래도 부지가 높은데 메아리가 칠 것처럼 아이의 목소리가 사방팔방 뛰어다닌다. 하늘이 빙빙 도는 느낌에 눈을 꽉 감았다 뜨는 순간 본관의 문이 삐꺽 하는 느낌으로 열리더니 마르고 구부정한 노인이 고개를 내밀었다.

할아버지라는 호칭을 사용하기에는 노인은 너무나 나이가 들어 보였다. 꼭 자세히 따져야 할 필요는 없겠지만 아까 그 꼬맹이를 기준으로 한다면 증조할아버지나 고조할아버지쯤 되지 않을까 싶은 노인은, 조금 심하게 말하자면 백 살도 넘어 보였다. 100세 시대를 홍보하는 포스터에 나오는 정정한 노인 모델들을 기준으로 한다면 백오십 살은 넘었다고 쳐야 할 얼굴이었다.

"저, 연세가……."

노인이 비틀비틀 물 한 컵을 떠 와 앞에 놓을 때까지 참을 성 있게 기다린 끝에 수혁이 물었다.

"올해로 아흔다섯 쯤 되었소."

힘 하나 없어 보이는 외모와는 달리 칼칼한 목소리로 노인 이 대답했다. 얼굴도, 목도, 손도 수분이라고는 한 방울도 느 껴지지 않을 정도로 건조하게 말라붙어 있었고 걸음걸이도 위 태위태했지만, 자리에 앉은 노인의 자세와 태도는 꼿꼿했 다. 수혁을 쳐다보는 눈초리도 만만치 않았다. 애당초 됐다고 거절하는 수혁을 앉혀놓고 제 손으로 물을 떠다 손님 대접을 하겠다고 한 것부터가 보통 노인은 아니라는 뜻이었다.

"어디에서 온 건지 모르겠지만 우리는 여기서 움직일 수도 없고, 아이들도 여길 떠날 생각이 없소. 우리도 이사 가고 싶지 않아서 여기서 버티는 게 아니니 이해를 좀 해주시오."

"이사요……."

노인의 눈이 가늘어졌다. 살피듯 수혁의 머리끝부터 발끝까지 훑는 시선이 바쁘다.

"기관 쪽에서 나온 사람이요, 아니면……."

석연치 않게 노인이 말끝을 흐렸다. 왠지 목이 타서 수혁은 노인이 떠다준 물을 단숨에 입 안으로 털어 넣었다. 방금 냉장고에서 꺼내는 걸 보았는데도 뜨거운 날씨에 금방 미지근해진 물이 목구멍 안으로 쏟아졌다.

노인의 아들은 일찍 세상을 떴다고 했다. 노인의 손자, 그러니까 우현의 아버지는 착하기만 한 사람으로 나이가 차자 할아버지가 해오던 고아원을 맡아 운영하기 시작했다. 국가적 차원에서 고아원이 보육원이라고 이름을 바꾸기 시작했을 무렵이었다. 결정적으로 집안의 가세가 기울기 시작한 것도 이때쯤이었다.

정권이 바뀔 때마다 정부 정책은 바뀌었고, 그에 따라 보조금이나 운영 조건도 바뀌었다. 노인은 그런 것은 다 소용없다며 아이들을 잘 챙기면 된다 생각했고, 새로 원장이 된 우현의 아버지의 생각도 같았다. 다른 보육원에서 아이를 가려 받고 보조금을 더 많이 받을 수 있는 방향으로 경영 쇄신을 하는 동안 천사의 집은 묵묵히 해오던 일만 반복했다.

그러다 보니 다른 보육원에서 거부한 아이들이 전부 천사의 집으로 흘러들어왔다. 수없이 많은 보조교사들이 왔다가 열악한 환경에 직장을 옮겼다. 정부에서는 여러 가지 조건을 내세우며 시설의 쇄신을 요구했지만 천사의 집에는 그 조건에 맞출 수 있는 사람이 없었다. 어렵기만 했던 조건들이 실은 따로 정치를 하지 않고 FM대로 굴었던 어리석음 탓이었다는 것은 후에나 알았다.

계속 밀리고 밀리다 보니 아이들은 계속 늘어나는데 보조금은 줄었고, 기부금의 수혜에서도 멀어졌다. 인터넷이니 뭐니 사람들의 주의를 끌 만한 일을 하는 것에 익숙한 사람은 없었다.

관리자는 적은데 식구가 늘어나자 말도 많고 탈도 많았다. 아픈 사람이 늘어났고 계속 사고가 일어났다. 그래도 어떻게 간당간당 버티고 있던 기둥이 무너진 것은, 어쩔 수 없어 야금야금 늘어나던 카드 값이 연체되면서 쌓아올린 빚더미가 위태위태하던 어느 날이었다. 갑작스레 쓰러져 옮긴 병원에서 우현의 아버지는 암 선고를 받았다. 수술하면 살 수 있다고 했으나 집을 다 뒤져도 수술은커녕 당장 입원비를 낼 돈도 없었다.

우현이 열여덟 살 때라고 했다.

"가여운 애야. 자기도 하고 싶은 게 많았을 텐데 일찌감치 에미는 집을 나가버리고, 정신 차렸을 때에는 이미 수발들어야 할 아이들뿐인 곳에서……, 학교는 거의 포기한 채 집안을 꾸려나가고 있었지. 어떻게 한 건지 지 애비가 쓰러졌을 때는 알아서 돈까지 구해 와가지고는……."

시기로 따지면…… 아마도 그때가 우현이 클럽에 몸을 담은 때였을 것이다. 아버지의 수술, 그리고 가족이라고도 할 수 있었던 천사의 집 식구 전부와 헤어지느냐 마느냐의 기로에서 우현이 한 선택이었다. 문제는 수술만 하면 살 수 있다고 했던 아버지의 수술이 실패로 끝났다는 것. 남은 것은 거액의 빚과 운영난에 빠진 보육원뿐이었다.

"다들 보육원 문을 닫아야 한다고 했지만 그럼 아이들은 어떻게 하지? 이미 한번 버려진 애들이야. 아무 데서나 잠만 재워주면 되는 아이들이 아니야. 이미 여기가 애들 집인데."

노인은 검버섯이 핀 손을 올려 눈 아래를 훔쳤다.

"그래도 작년 말까지는 우현이가 보내준 돈으로 곧 이사도 갈 수 있을 거라고 생각했어……."

상황은 손에 잡힐 듯 뻔했다. 90대의 노인이 어지간한 것은 컴퓨터로 처리되는 시스템을 따라갈 수 있을 리가 없었다. 그리고 요즘에야 우현의 운신이 편해졌겠지만 클럽에 있을 때에는 제대로 외출 한 번 하기 힘든 스케줄에 시달렸을 것이다. 결국 시설의 운영을 맡아 일하던 사회복지사 중 한 명이 사고를 쳤다. 착실히 저축되고 있는 줄 알았던 돈은 어디로 사라졌는지 흔적도 없었고, 세상이 뒤집혔던 작년의 그 즈음에 사회복지사는 자취를 감췄다고 했다.

수혁은 아무도 없이 텅 빈 클럽에 혼자 앉아 있던 우현을 기억해냈다. 그때는 단순히 갑자기 붕괴한 직장에 넋이 나간 거라고 생각했지만 아니었던 거다. 돌아갈 데가 정말 없었던 거다.

"후."

수혁은 머리를 짚었다. 머리 전체가 후끈하니 지끈거렸다. 어디서부터 어떻게 손대야 할지 알 수 없을 정도로 총체적 난국의 상황이었다. 처음 만났을 때 말없이 까맣게 죽은 눈을 하고 있던 우현의 얼굴이 떠오르자 가슴께에서 무언가 뜨거운 것이 벌컥거렸다. 딱 봐도 자기 몸 추스르기도 힘들어 보이는 노인과 열악한 환경, 그 상황에서도 바글대는 아이들……. 우리 사회의 가장 짙은 그림자의 한복판에 이우현이 서 있었다. 전형적인 사회 소외층의 문제였다. 입은 셀 수 없는데 그 입들을 끌고 나갈 손과 발은 하나다.

한 사람이 결단을 내려 시궁창에 몸을 담가 일이 해결되는 경우는 양반 격이었다. 대개 소외층에서 발생하는 악순환은 이런 식이었다. 한 사람이 일을 해 뒷바라지를 해도 그 돈을 효과적으로 굴릴 사람도, 관리할 사람도 없다. 돈은 물 새듯 사라지고 남는 것은 아무것도 없다. 경제활동을 하면서 관리도 해야 하는데 그럴 정도로 사회가 만만치는 않다. 한쪽이 소홀해지기 마련이고 균형은 붕괴한다.

사실 산다는 것은 균형이 전부일 때가 많다. 어린 시절부터 배워야 하는 것은 영어나 수학이 아니라 바로 그 균형감각이다. 간단하게는 과목에 적당한 노력과 열정을 분배해 좋은 성적을 얻는 것에서부터 얼마나 일을 하고 어떻게 쉬느냐에 대한 감각까지……, 그것이 작게는 삶의 질을 좌우하고 크게는 삶 전반을 쥐고 흔드는 반전을 만들어내기도 한다. 잘 배우고 자란 사람에게는 눈 깜빡하는 것만큼이나 쉬운 이야기, 하지만 균형감각이 일그러진 사람들 틈에서 자란 사람에게는 대수학만큼이나 어려운 이야기.

얼핏 들어도 우현에게는 그 균형감각을 가르쳐줄 어른이 없었다. 사회사업을 하는 사람들은 둘 중 하나다. 철저한 사업가거나 아니면 마음이 너무 선해 생활감각이 없는 사람들, 길게 보지 않아도 우현의 가족들은 단연코 후자였다. 그리하여 아무것도 모르고 자란 아이는 현실에 치이고 치여 까맣게 죽어버린 눈으로 제 딴에는 가장 할 수 있다고 생각되는, 가장 자학적인 길로 들어서는 것이다. 믿을 만한 사람이 아무도 없으므로.

"면목이 없어서 볼 낯도 없지만⋯⋯, 또 너무 얼굴을 못 보니까 잘 있는 건가 걱정도 되고."

노인이 흐린 눈을 들어 창 밖을 바라보았다.

"그래서 현재 빚은 얼마나 되는 겁니까?"

"빚은 다 갚았소."

"그럼요?"

"모르겠소. 분명히 빌린 돈은 다 갚았는데도 아직 남았다고 하고, 무엇보다 이 땅에서 나가라고 하는 게 문제요."

뭔지 안 봐도 알 것 같았다. 안 좋은 곳에서 돈을 빌렸다면 원금이 얼마였든 그 수백 배, 아니, 수천 배에 달하는 이자가 붙어 있을 것이다. 게다가 고지가 높긴 하지만 서울 시내에 나쁘지 않은 위치에 있는 보육원이었다. 보육원을 처음 시작할 때에는 쓸데없는 자투리땅이었겠지만 지금은 아니었다. 봉사 시설이라 이런저런 법 제한이 걸려 있겠지만 땅주인이 아무것도 모르는 노인을 어떻게 엮어 한몫 잡으려는 것은 어찌 보면 당연한 일이었다. 크게 한탕 해먹으려는 하이에나들 역시 노리기 딱 좋은 상황이었다. 그걸 위해 혹시라도 돈이 생기는 상황을 막으려 이런저런 수를 쓰고 있을 테고.

"정부에서 오신 분이 아닌가 보구만. 변호사인가 하는 양반인 줄 알았더니."

"온 사람 중에 정부에서 온 사람도, 변호사도 없을 겁니다."

노인은 의아한 표정을 지었다. 아마 번갈아 와서 협박을 하면서 법과 나라 이름을 빌었을 거다. 아무것도 모르는 노인들에게는 가장 효과적인 수단이 될 테니. 문제는 '누구'냐는 건데……, 누구라도 이상하지 않으니 알아보면 될 터였다.

"그만 가보겠습니다."

할 말은 많았지만 모두 삼키고 일어서려던 수혁이 멈칫하면서 노인을 내려다보았다. 힘은 없어도 산전수전을 겪는 동안 눈치는 빨라진 노인이 살피는 듯한 눈으로 수혁을 바라보고 있었다.

"손녀 분을 못 본 지 오래되었다고 하셨습니까."

"그렇소만……. 아이가 일하느라 멀리 가 있소."

"요 반년 사이에도 한 번도 못 보신 겁니까?"

"아주 멀리 가 있는 걸로 알고 있다오. 왜 그러오?"

수혁의 눈빛이 흐려졌다.

정부

08. 달콤한 꿈 上

타닥 하고 장작 타는 소리가 났다. 진짜 장작은 아니고 실제로 나무 심지를 사용한 향초가 타면서 내는 소리였다. 제각기 다른 크기의 향초만이 켜진 방 안에서는 어둠 속에 초를 중심으로 주홍빛의 동심원만이 서로 겹쳐져 있었다.

등을 돌린 채 자고 있는 우현의 맨 등을 쓰다듬으며 생각에 잠겨 있던 수혁이 도드라진 그녀의 견갑골 위에 입을 맞췄다. 촛불에 비춰 하얗게 솜털이 돋아난 것이 보였다. 밝은 조명 아래서는 절대로 보일 리가 없는 솜털이 마치 부드러운 밀밭처럼 우현의 등을 감싸고 있는 것이 사랑스럽다.

"으응……."

고르게 숨소리를 내고 있던 우현이 등에 와 닿는 수혁의 손을 느끼고는 조금 몸을 비틀었다. 하지만 이내 다시 등이 규

칙적으로 오르내리길 시작한다. 보통이라면 보는 것만으로도 잠이 올 평온한 모습이지만 오늘의 수혁은 그렇지 않았다. 한낮에 시작했던 두통은 하루 종일 끊이지 않고 그를 괴롭히고 있었다. 햇수로 7년, 만으로 따져도 6년은 넘게 품었던 여자에 대해 그는 처음으로 의심을 품고 있었다.

'정말, 무슨 생각을 하는 걸까?'

승지의 말은 부정했지만, 그녀의 말이 틀리지 않다는 데는 수혁도 동의했다. 몸을 팔겠다고 결심한 여자, 혹은 남자……, 어느 쪽이든 정상적인 궤도를 벗어난 사고방식의 소유자들이다. 어지간히 자아를 부서뜨리지 않고서야 가능한 일이 아니니까. 하지만 그렇다기에 우현은 너무나 말갛게 잠잠했다. 그런 우현이기에 특별해진 거였다. 아니었다면 대강 돌봐주고 끝냈을 것이다. 최수혁은 바보가 아니다. 죄책감이나 책임감 때문에 자기 인생을 말아먹을 정도로 선한 사람도 아니다.

그저 우현은…… 달랐다. 최수혁에게는 달랐다. 그것을 뭐라고 설명할 수 있을까? 뭐라고 표현할 수 있을까? 어느 날부터인가 표현하지 않는 그 얼굴에서 표정을 찾아냈을 때, 몸은 쉽게 허락했지만 열리지 않았던 그 마음에서 비스듬히 열려 있는 틈을 찾아내 비집고 들어갔을 때……, 분명 상식 이상의 것이 두 사람 사이에는 있었다. 그렇다고 믿었다.

수혁은 낯설게 우현을 내려다보았다. 클럽이 와해되기 전까지 우현이 보육원을 증조부에게 맡겨놓은 채 찾아갈 수 없었다는 건 당연했다. 클럽은 그렇게 만만한 곳이 아니다. 하지만 클럽이 와해되고 수혁의 아파트로 옮겨 오고 나서는 시간이 많았을 것이다. 수혁이 매일 찾을 수 있는 사람도 아니었고, 오히려 빈 시간에 집에서 멍하니 있지 말고 뭐라도 하라고 말했었는데 우현은 언제나 집에만 있었다.

'왜일까. 왜 보육원을 가보지 않은 걸까.'

상식적으로는 그랬다. 자신이 보낸 돈이 제대로 역할을 못하고 있다면 무슨 수를 써서라도 쫓아가 확인해야 하는 것이 사람의 심리였다. 그게 아니면 돈을 끊는 거다. 그런데 우현은 둘 중 어느 쪽도 아니었다. 아무 일도 없다는 듯이 돈은 계속 보내면서 찾아가지는 않았다.

어째서일까. 머릿속이 자꾸 헝클어졌다. 빤히 안다고 생각했던 여자가 알 수 없는 미지의 영역으로 숨고 있었다. 손을 뻗으면 이렇게 선명하게 만져지는데, 만지고 있는 것이 정말 이우현이라는 여자 본체인지 아닌지 알 수가 없었다.

우현의 문제는 간단했다. 주변에 믿을 만한 사람이 하나 없다. 그녀가 몸으로 뛰지 않는 이상 그녀를 지켜줄 사람도 없다. 외면하면 그만이지만 외면할 수 없는 딸린 입만 수십 명이다.

믿을 만한 사람이 없다.

믿을 만한 사람이 없다.

믿을 만한 사람이 없다.

최. 수. 혁. 은. 이. 우. 현. 이. 믿. 을. 수. 있. 는. 사. 람. 이. 아. 니. 다.

눈을 감았던 수혁은 그대로 이를 악문 채 한참 동안 숨을 멈추고 있었다. 무언가 속에서 부글부글 끓어오르는 것 같았다. 머릿속을 날아다니는 생각들이 엉켜들었다가 산개하기를 반복했다. 그리고 그럴 때마다 속이 답답해졌다. 가볍게 한숨을 내쉬어보았지만 그걸로는 타는 속을 조금도 가라앉힐 수 없었다. 그리하여 한참을 눈을 감은 채 숨을 들이쉬고 내쉬다가 겨우 눈을 떴을 때, 자고 있는 줄 알았던 우현과 눈이 마주쳤다.

"무슨 일 있어요?"

촛불 때문에 밀밭빛으로 보이는 뺨이 희미하게 빛났다. 까만 눈동자도 유난히도 빛을 내고 있었다.

"왜?"

"오늘 계속 다른 생각을 하고 있는 것 같아서요."

"날 잘 아는군."

웃으려는 듯 우현의 입가가 조금 움직였다.

"난 너에 대해서 아는 게 없는데."

수혁이 손을 뻗어 우현의 이마와 머리카락의 경계를 어루만졌다. 신기하리만큼 동그란 선을 그리고 있어 언제나 예쁘다고 생각했던 부위였다.

"알 필요 없어요."

"알고 싶다면 어쩔래?"

우현이 입을 다물고 수혁의 눈동자를 깊이 응시했다. 마치 눈을 통해 그가 무슨 생각을 하는지 볼 수 있기라도 한 것 같았다.

"뭔가 있군요."

시트를 당겨 몸을 가리면서 우현이 수혁으로부터 거리를 벌렸다. 방금 전까지 곤하게 잠들어 있었는데 눈빛이 말짱하니 총기가 살아 있었다. 바짝 경계하는 기색이 마치 고양이 같다.

"무슨 일 있었어요?"

"없어."

우현의 눈빛이 날카로워졌다. 그녀는 몸을 빼고 일어나 바닥에 떨어져 있던 팬티를 챙겨 입었다. 늘씬한 등의 곡선을 따라 봉긋하게 솟아 있는 엉덩이 위로 검은색 팬티가 덮이는 모습을 수혁은 눈으로 훑었다. 우현이 움직일 때마다 촛불이 일렁댔고, 촛불이 일렁댈 때마다 그림자가 어지러이 벽 위에서 춤을 췄다.

"뭐예요? 말해봐요."

검은색 레이스 가운을 걸쳐 입고 허리를 졸라맨 우현이 수혁을 정면으로 바라보았다. 한 번도 본 적 없는 날카로운 모습이었다.

'여자의 감이란.'

수혁은 속으로 혀를 찼다. 나름대로 업무적으로는 포커페이스란 소리를 듣는 그인데, 이우현 앞에서는 숨길 수 있는 게 없다. 아니, 숨기고 싶지 않았던 건지도 모른다. 내내 그녀가 눈치를 챌 정도로 마음을 그대로 내보이고 싶었다. 이래서야 마치 자신이 화가 나 있다는 걸 엄마가 알아주길 바라는 아이와 뭐가 다른가.

"넌 날 믿지 않지."

우현이 살짝 눈썹을 찡그렸다.

"왜 그렇게 생각해요?"

"날 믿어?"

믿는다고 대답할 수도 있었다. 어쩌면 그게 더 자연스러울 수도 있었다. 하지만 수혁은 이우현이라는 여자의 본체는 몰라도 하나는 알았다. 살얼음판 같은 막후정치가 이루어지는 클럽에서의 6년……, 그녀는 거짓말을 하지 않는다. 하지만 신중하기가 이를 데 없어 확실하지 않은 이야기는 절대 확인해주지 않는다.

"왜 그런 걸 묻죠?"

"천사의 집이란 곳에 갔었어."

기습이었다. 우현의 얼굴이 흔들렸다. 자다가 일어났는데
도 그렇게 웨이브를 그리고 있는 머리카락은 어깨 위에서
조금도 흔들리지 않은 채였지만 고개를 돌리는 순간 표정이
달라졌다. 균열이라고 해야 할까? 언제나 무장한 것 같은 말
짱하고 정제된 표정 사이로 무방비한 이우현 본연의 무언가가
드러났다.

딸칵.

꼼짝도 않고 굳어버린 것처럼 서 있던 우현이 방의 불을
켰다. 갑작스레 커진 명도에 수혁이 눈살을 찌푸리며 손차양
을 만들었다.

"왜요."

손을 아직도 스위치에 올린 채로 우현이 딱딱하게 물었다.
시선은 방구석의 어디쯤, 아마도 자기도 어딜 보는지 모르는
곳을 본 채였다.

"네가 뭘 하나 궁금했어."

"왜요."

"모르겠어."

정말 몰랐는데, 모른다고 대답하는 순간 정답이 떠올랐다.
이우현이 신경이 쓰였다. 6년간, 클럽에서 이우현을 만나는
동안 기실 최수혁은 그녀에게 무심했다. 단 한 번도 그렇다고

생각하지 않았지만 지금 와서 생각하기에 그랬다. 함께 있을 때 그녀가 어떤 여자인지 아는 것으로 충분하다고 생각했다. 무얼 하는지, 그가 없을 때의 이우현은 어떤 사람인지 따위는 궁금하지 않았다. 아니, 이우현이 어떤 사람인지 모른다는 사실조차 몰랐다.

결혼하겠다고 결심했을 때에야, 그리고 결혼할 수 없다며 거부당했을 때에야 최수혁은 그가 이우현에 대해 아는 것이 없다는 것을 깨달았다.

그날, 호텔 옆의 고등학교에서 막막한 표정으로 교정을 지켜보던 얼굴. 고등학교도 제대로 나오지 않았다는 건 알았지만 그녀의 학교생활이 어땠는지까지는 신경이 미치지 못했다. 신경을 쓰지 않았다는 쪽이 옳았다.

이제야 이우현에 대해 계속 궁금해지기 시작한다. 아무도 그녀를 구속해주지 않는다는 것을 깨닫자 그 자신이 구속하고 싶어졌다. 그녀가 떠날 수도 있다는 것을 깨닫자 그녀를 잡아둘 빌미를 찾고 싶어졌다. 사랑은 절대로 아름다울 수가 없다는 것을 깨닫는다. 이 집착을 사랑이라고 부를 수 있다면, 이렇게 숨 막히는 갈망을 사랑이라고 부를 수 있다면, 그것은 아름다워서는 안 된다. 그리고 아름답지 않아도, 부정할 수 없는 마음을 본다.

"그래서, 알아보니 어땠던가요?"

우현의 입가가 비스듬히 기울어졌다. 눈이 본 적 없이 차가워 수혁은 그녀가 상처받았다는 것을 깨달았다.

"왜 나한테 말하지 않았지? 말했다면…….

"당신이 말하지 말라고 했잖아요!"

우현이 수혁의 말을 가로막았다. 단 한 번도 없었던 감정이 그대로 드러나 있는 앙칼진 목소리였다. 꼭 쥐고 있는 손등 위로 관절이 하얗게 돋아나 있었다. 얼굴도, 목도, 드러난 어깨와 팔, 다리……, 어디 하나 창백하지 않은 곳이 없었다.

"내가?"

전혀 기억이 없어 수혁이 눈썹을 찡그렸다. 하지만 다음 순간, 생각이 났다. 전혀 예상치 못했던 충격이 그를 후려쳤다.

「나에게 너의 아픈 과거나, 여기까지 흘러들어오게 된 사연 따위는 말하지 마. 관심 없으니까.」

「그리고 울지도 마. 징징대는 건 딱 질색이야.」

처음 만난 날, 예감했었던 걸까?

오늘까지 수혁에게 있어서 우현을 처음 만난 날의 기억은 알 수 없는 표정을 하고 죽은 표정으로 고개를 숙이고 있는 우현의 모습, 그리고 그날 그를 감싸고 있던 짜증이었다. 그가 하고 싶지 않은 일을 해야만 하는 상황이 그날의 기억의 대부분이다.

하지만 분명 그 짜증의 어디쯤에서 수혁은 그렇게 말했었다. 그날의 우현은 분명히 그렇게 느껴졌다. 아니, 수혁의 짧은 생각으로는 아무리 사람을 가리고 가려 데려다놓은 비밀 클럽이라고 해도 여자들의 상태가 정상일 거라고 생각하지 않았다. 분명히 누구에게나 있는 상처, 아픈 기억 그 이상의 것들을 품고 있을 거라고 생각했다. 그게 듣기 싫었다.

그때는 분명, 알고 싶지 않았다. 그때는.

"그건…….."

수혁은 입술을 깨물었다. 자기 자신의 무심함과 오만함을 다시금 깨닫는 것이다. 책임져주면 되지, 혹은 더 큰 대의를 위해서…… 라는 이름으로 짓밟고 지나갔던 꽃의 비명 같은 마지막 풀냄새를 오랜 시간이 지난 후에야 맡고 있는 기분이었다.

"죄책감이었어. 너는…… 나는……."

"알아요. 당신은 그런 사람이죠. 잊었어요? 당신은 나를 몰라도 나는 당신을 잘 알아요. 나에 대해 알고 싶지 않았던 건, 알면…… 곤란하니까. 당신이 불편해질 테니까. 내가 어떤 사람인지 그런 것과 상관없이 당신이 일을 할 수 있도록 입을 다물고 옆에 있어주면 됐던 거잖아요. 그렇잖아요."

한 문장도 거짓 없이, 진실이다.

"그래서 그랬잖아요. 내가 지금까지 그렇게 있었잖아요."

진실.

"그런데 왜 마음이 바뀌었어요? 내가 새삼 궁금해졌어요? 당신 마음이 바뀌었으니까 멋대로 날 알아봤어요?"

진실.

"그래서 어떻던가요? 내가 가여워요? 아니면 이해가 안 가요? 그럴 줄 알았다 싶어요? 아니면 상상도 못 했어요?"

"우현아."

수혁이 일어나 우현에게 다가갔다.

"오지 마요!"

우현이 벽에 등을 붙이며 날카롭게 소리쳤다. 그 목소리는 그를 향한 칼이 아닌 그녀 자신을 긋는 칼날 같아서, 수혁은 우뚝 멈춰 섰다.

"나가줘요."

"우현아."

잠깐 사이를 두고 다가선 수혁이 조심스레 우현의 팔을 붙들었다. 우현은 있는 힘을 다해 그를 뿌리치려 했지만, 힘의 차이는 컸다. 그는 달래려는 것처럼 그녀를 당겨 안으려 했다. 하지만 이내 그녀는 마구 고개를 저으며 그를 밀어냈다. 단 한 번도 우현은 수혁을 거부한 적이 없었다. 싫다거나, 오늘은 내

키지 않는다는 말조차 한 적이 없었다. 오라는 말을 거절한 적도 없었고, 품에 안으려는데 고개를 내저은 적도 없었다.

정신없이 마구 휘두르는 손이 수혁의 어깨와 가슴을 두드렸다. 수혁은 어떻게든 팔을 움켜잡은 채 진정시키려 해보았지만 되지 않았다. 몸부림치는 그녀를 강제로 옭아맸다가는 다칠지도 모르겠다는 위기감이 들었다. 그 정도로 날뛰고 있었다. 제 힘을 못 이겨 끌어안으려는 수혁의 단단한 어깨에 턱을 부딪치고 어깨뼈를 때린 손이 발갛게 부어오르기 시작한다.

"저리 가!"

있는 힘을 다해 소리를 지르면서 미는 서슬에 수혁이 한 걸음 밀려났다. 힘에 밀릴 이유는 없지만, 힘 이상의 것에 충격을 받은 수혁의 얼굴은 창백했다. 두 손은 여전히 당장이라도 그녀를 안으려는 것처럼 앞으로 내민 채였다. 하지만 우현은 그런 것을 허용하지 않았다.

"나는 지금 클럽에 있는 게 아니에요. 지금 당신 보고 싶지 않아요. 나가요."

우현은 울지 않았다. 언제나 촉촉하다 여겼던 눈빛은 오늘따라 메말라 마치 버석거리는 사막처럼 느껴졌다. 첫날 이후로 언젠가부터 본 적이 없는 까맣게 죽은 눈빛이었다. 완전히 낯선 타인을 보는 것처럼 경계도 아니고, 허락도 아니고, 아무것도 아닌 그런 눈빛…….

"나는……."

말을 꺼냈던 수혁이 다음 말을 찾지 못하고 입을 다물었다. 어떻게 말을 이어야 할지 알 수가 없었다. 머리가 아픈 정도가 아니라 아예 쪼개지려는 것 같았다. 분명 이게 아니었는데…… 어쩐지 상처받은 까만 눈동자를 보는 순간 못할 짓을 했다는 것을 깨닫고 만다.

"우현아…….'

"아무 말도 하지 말아요."

우현이 고개를 돌리며 꽉 눌린 음성으로 간신히 말했다.

"제발, 나가줘요."

애원이었다. 가는 손가락이 반대편 손의 손목을 잡았다. 눈을 감고 필사적으로 우현은 버티고 있었다. 어떻게 해야 좋을지 수혁은 가늠할 수 없었다. 그만 생각한다면, 그가 원하는 것은 그녀를 끌어안고 달래주는 것이었다. 가늘게 떨리고 있는 여윈 어깨에 입을 맞추고 그가 바보 같았다고 고백하는 일이었다. 그런 게 아니라고, 무엇이 아닌지는 몰라도 그녀에게 상처를 주고 있는 모든 생각들은 다 틀린 거라고 말해주고 싶었다. 그렇게 끌어안고 머리카락을 쓸어주고 백 번, 천 번, 만번, 숨이 막힐 때까지 입을 맞추고 또 맞추고 싶었다.

그가 원하는 것은 그랬다. 하지만 그녀가 원하는 것은?

처음으로 수혁은 무력함을 느꼈다. 아주 어린 시절부터 그의 뜻, 그의 바람, 그의 소망……, 원하는 것은 모두 가졌고, 원하는 것을 향해 진격하기에 망설임이 없었던 그인데 이우현을 앞에 놓고 어떻게 해줘야 하는 건지 전혀 알 수 없다. 공백이다. 머릿속이 텅 빈 것처럼.

너무 소중해서.

무얼 해줘야 하는 건지 알 수가 없다.

마음만 내달릴 뿐.

이 마음을.

어떻게 표현해야 하는지.

배운 적이 없다. 알려고 했던 적이 없다.

계속 어리석었다. 매 순간. 이우현의 앞에서 그는 무척이나 무심한 어리석은 남자.

"혼자 있고 싶어요."

깊이 가라앉은 목소리로 우현이 다시 한 번 고집했다. 잠시 그 모습을 바라보던 수혁은 깊게 한숨을 내쉬고 바닥에 떨어져 있던 가운을 집어 걸쳤다. 그가 느리게 움직이는 동안 우현은 숨도 쉬지 않는 사람처럼 꼼짝도 않고 벽에 기대 있었다. 여전히 눈을 감은 채, 가늘게 떨면서.

"갈게. 연락하지."

수혁은 잠깐 망설였다. 무언가 더 덧붙일 말이 있는 것처럼. 하지만 이내 그는 무뚝뚝한 얼굴로 돌아섰다. 그리고 뚜벅뚜벅, 성격만큼이나 단정한 발걸음 소리가 완전히 멀어졌을 때에야⋯⋯, 그의 움직임이 바람으로 느껴지고, 쿵 하고 방문을 닫는 소리, 이어서 부스럭 옷을 입는 소리, 그리고 현관문이 열렸다가 닫히는 소리까지 다 듣고 난 후에야 우현의 몸은 무너져 내렸다.

"흐으⋯⋯."

긁힌 듯한 소리가 목구멍을 타고 울렸다. 뜨거운 숨을 내쉬고 우현은 이를 악물었다. 타닥, 장작불이 타는 듯한 소리가 구슬프게 빈방을 휘감았다.

09. 달콤한 꿈 下

　수혁을 처음부터 사랑했던 것은 아니듯이, 우현도 태어나
면서부터 언젠가 몸을 팔게 될 거라고는 생각하지 않았다. 우
현은 간호사가 되고 싶었다. 아픈 사람들을 돌보고 싶다거나
하는 위대한 꿈이 아니라 하얀 제복과 다정한 웃음이 좋아서
그랬다. 너무 예뻐 보여서 그렇게 예쁜 사람이 되고 싶었다.
평범한 어린애가 꾸는 꿈이었다. 이우현은 평범한 어린애였으
므로.

　어렸을 때에는 집안이 정상이 아니라는 것을 몰랐다. 기억
도 나지 않을 만큼 어렸을 때부터 벌써 엄마는 집을 나가고 없
었고, 증조부와 아빠는 항상 우현이 아닌 다른 아이들을 돌보
느라 혼이 쏙 빠져 정신없는 상황이었지만 남들도 그런 줄 알
았다. 다들 제 몸을 간수할 수 있게 되면 남을 이해하고 돕는

정부

법부터 배우는 줄 알았다.

유치원이라고 따로 다닐 필요 없이 아기들 기저귀를 갈아주고 목욕시키는 법을 배웠지만 그렇게 싫지 않았다. 빽빽 울어대는 아기들이 보기 싫었지만 씻겨주고 안아주면 웃는 얼굴은 천사처럼 사랑스러웠다. 친구도 많았다. 언니, 오빠, 동생들…… 하루 종일 혼자 있을 틈이 없이 우현은 초등학교에 입학했다.

이상하다는 생각을 한 것은 학교에 들어가서였다. 어린아이의 부족한 지각능력으로는 뭐가 이상한지 어떻게 해야 하는지는 알 수 없었지만, 뭔가 그녀가 다른 친구들과 다른 환경에서 살고 있다는 것만은 알았다. 좀 더 명확하게 상황을 파악하게 된 것은 중학교에 들어가서였지만 그때는 이미 모든 게 돌이킬 수 없을 정도로 망가진 다음이었다.

열네 살 때 처음으로 가출을 했었다. 친구네 집으로 도망친 가출이라기에는 다소 애매한 가출이었지만 우현으로서는 과감한 시도였다. 하지만 하루가 지나도, 이틀이 지나도 아빠는 찾으러 오지 않았다. 친구네 집에서 사흘, 근처의 PC방에서 이틀을 버티다가 들어갔을 때 증조부와 아빠는 그녀가 사라졌다는 것도 몰랐다는 사실을 깨달았다. 그들이 나빠서도 아니었고 그녀를 사랑하지 않아서도 아니었다. 일손이 너무 부족했고, 요령이 없었고, 항상 지쳐 있었기 때문이었다. 더 이상 혼자 있을 틈 없는 생활은 기쁨이 아니었다.

언제나 어른이 되면 집을 나가리라고 생각했다. 스무 살이 되면 집을 나가 혼자 살겠노라고, 그렇게 몇 번이나 되뇌었다. 다 싫었다. 끔찍하게 싫었다. 아무리 정리해도 항상 어질러져 있는 것도 싫었고, 암만 씻겨줘도 놀다보면 더러워지는 아이들도 싫었다. 보육원에 돌아가봤자 돌봐야 할 아이들만 있었고, 일을 시키는 어른들만 있었으므로 우현은 학교가 끝나도 하릴없이 밖에서 돌았다. 얼핏얼핏 보육원이 넘어가고 식구들이 뿔뿔이 흩어질지 모른다는 소리가 들렸을 때에는 차라리 얼른 망해버리길 기원했다. 철없던 날들이었다. 그리고 너무 짧았던 날들이었다.

열여덟 살의 막바지, 아빠가 쓰러졌을 때…… 모든 것은 달라졌다. 아무도 책임지지 않는 보육원, 말짱하다가도 가끔 자기 이름도 까먹어 속을 다 뒤집어놓는 증조부와 많아봤자 열여섯 살, 어리면 젖먹이인 아이들을 앞에 놓고 우현은 아득한 현기증을 느꼈다. 뿔뿔이 흩어지는 게 당연했다. 그런데, 당연한데…… 막상 그 순간이 오자 숨이 막혔다. 해준 것도 없는데 우현을 붙잡고 우는 아이들과 그녀가 뭔가 안다는 듯이 따져대는 어른들, 모든 결정은 겨우 열여덟 살이었던 우현의 앞에 놓였다.

세상은 도무지 종잡을 수 없었다. 열여덟 살이 뭘 아냐고 비꼬며 무시했던 그 사람들이 같은 입으로 열여덟 살이면 책임질 줄 알아야 한다며 어떻게 할 거냐 말을 바꿨다.

원장이 쓰러졌다는 것을 알자 빚쟁이도, 정부도, 기회를 잡은 땅주인도 득달같이 달려와 악다구니를 부리기 시작했다. 병원에서는 수술할 것이냐, 말 것이냐를 놓고 결정을 요구하고 있었다. 그 와중에도 보육원은 하루하루 돈을 잡아먹었다. 삐까번쩍하게 차려 먹은 것도 없는데, 사람이 먹고사는 데 이렇게 많은 돈이 필요하다는 것이 기가 막힐 정도였다. 그러던 중 빚쟁이가 보낸 돈받아드립니다 중 한 남자가 딱하다는 듯 우현에게 말했다.

「만다꼬 질질 짜노. 니 얼굴도 까리하고 몸매도 쓸 만헌디 내 일자리 하나 주선해주까.」

덩치는 산만 한데 물렁한 곳 하나 없이 딱딱해 보이던 남자는 인상이 나쁘지 않았다. 물론 처음에는 발로 이것저것 차부수고 언성을 높여 보육원 아이들을 두렵게 만들었지만, 그것도 하루 이틀 계속되다보니 이상한 동지애 같은 게 싹텄다. 아니, 그런 기분은 우현만인지도 몰랐다. 물에 빠진 사람은 지푸라기라도 잡는다고, 의지할 곳이 없으니 조금만 다정히 대해줘도 마음이 확 쏠렸다.

우현이 학교를 안 가자 찾아왔던 학교 선생님도 그녀의 사정을 알고는 다시 연락하지 않았고, 증조부는 마냥 겁에 질려 있었고, 정부에서 나온 보육교사들은 몰래 다른 일자리를 찾거나 아니면 적당히 발을 뺀 채 피해 있었다. 그런데 적어도 남자는 우현에게 해결책을 제시해주었다. 그것이 불쾌한 방법이라고 해도, 우현에게 답 비스무리한 것이라도 제시한 것은 그 남자가 처음이었다.

「싫어요.」

「와 싫은데?」

「좋은 데는 아닐 거잖아요.」

남자가 가당치 않다는 듯 웃었다.

「뭐라카노? 그럼 니는 지금 이 상황에 좋은 일 찾나. 이 보래……, 반듯하게 사는 기는 되는 사람만 되는 기라. 씨가 싹을 틔우려면 토양은 있어야제. 내 봉께 니는 토양이 없다. 어쩔 끼고? 니 팔짠데.」

「그래도 싫어요.」

생각 안 해본 것은 아니었다. 학교에서 어울렸던 친구들 중 몇몇은 몰래 밤에 아르바이트를 하고 있었다. 적잖은 돈을 쥘 수 있다고 알고 있었지만, 우현은 싫었다. 아이들은 아저씨들에게 몸 좀 만지게 해주면 큰돈을 준다며 낄낄댔지만 그녀는 그것이 어쩐지 끔찍하게 느껴졌다. 왜냐고 물으면 논리적으로 대답할 수는 없는데, 그래서는 안 될 것만 같았다.

「싫어요.」

남자는 어깨를 으쓱하고는 발로 소파를 휙 걷어차고 나가 버렸다. 할 일을 한 것이다. 할 줄 아는 것은 없었고, 도망가고 싶은 마음만 굴뚝같아지던 어느 날 아빠의 심장이 멈췄다. 간신히 심장은 다시 뛰기 시작했지만 슬슬 병원에서는 수술을 해도 가망이 없을 거라는 예측을 내어놓았다. 진행이 너무 빨라 하루하루가 다르다고, 이미 너무 시간을 끌었노라고…….그 이야기는 마치 지금까지 결단을 내리지 못한 우현이 아빠를 죽이는 거라는 소리인 것만 같았다.

　수술을 하기로 결심하고, 남자를 찾았다. 남자가 한 마디라도 하면 울어버릴 거라고 생각했는데 아무 말도 없었다. 심지어 우현에게 손을 대지도 않았다. 그는 우현을 클럽에 소개시켜주고 얼마간의 돈을 챙겨서 사라졌다. 다시는 나타나지 않았다. 사실 그렇게까지 고급 클럽으로 갈 줄은 몰랐는데, 예쁘장한 얼굴 탓인지, 아니면 어렸던 탓인지 운이 좋았다고 생각한다. 더 험한 곳으로 갈 수도 있었으니까 운이 좋았다고…… 그렇게 생각한다.

　운이, 좋았다고.

　1년 넘게 클럽에서 교육을 받는 중에는 아무 생각도 하지 않았다. 필요한 예의범절, 경제, 정치며 유머에 이르기까지 각종 상식, 술을 따르는 법, 마시는 법, 남자를 즐겁게 하는 법,

은근히 유혹하는 법……. 과연 이런 게 필요한가 싶은 것들을 배우면서는 가능한 한 아무 생각도 하지 않으려고 노력했다.

그러다가 최수혁이라는 남자를 알게 되었다. 처음에는 아무 느낌도 없었다. 그녀의 상대가 될 것이라는 설명을 들었을 때에도, 그에 대해 공부하면서도 우현은 아무 생각도 하지 않았다.

수혁을 만난 첫날도 그랬다. 귀찮을 정도로 자세히 물어대던 동료들은 아무 말 없이 입을 다무는 우현에게 최수혁 정도면 정말 괜찮은 거라고 재잘댔지만 그런 것 따위 아무 의미도 없었다. 심지어 얼굴도 생각나지 않았다. 죽도록 봤던 그의 프로필 사진과 기사 사진 정도만 생각나지, 그가 실제로 어떤 표정을 하고 무슨 이야기를 했었는지 따위는 전혀 머릿속에 남아 있지 않았다. 그때까지만 해도 우현이 생각했던 것은 '언제 죽어버릴까'였다. 마치 저녁에는 '뭐 먹을까' 하고 생각하듯 언제 죽어버릴까를 계속 생각했다. 그것이 우현이 버티는 방법이었다. 이 돈만 받아 할아버지에게 보내고 죽자. 이 돈만 받아 아버지 병원비를 내고 죽자. 오늘 자고 일어나면 내일은 죽자. 죽을 거라고 생각하니 못할 일이 없었다.

불행 중 다행이랄까, 아아, 그래, 열여덟 살 때 처음 클럽의 검은색 대리석 바닥을 디딘 후로 언제나 불행은 다행이라는 탈을 쓰고 왔으니까…….

그렇게 불행 중 다행으로 클럽은 그럭저럭 많은 돈을 주었다. 들리는 소문으로는 수술을 하거나 비싼 옷과 가방을 사도록 종용해 빚으로 옭아매는 경우도 있다던데 적어도 우현에 한해서는 그런 일이 없었다. 수술비를 지불하고, 입원비를 계산하고……, 남는 돈은 몽땅 다 보육원에 보냈다. 클럽에서 밥도 먹여주고 잠도 재워줬으니까 필요한 돈은 없었다. 그 돈으로 보육원이 어떻게 돌아갈 건지는 생각하지 않았다. 거기까지 생각할 여력이 없었다. 제발 누군가 알아서 해달라고, 그녀의 비명을 들어주지 않아도 좋으니 다른 사람의 비명을 들으라는 이야기만 하지 말아달라고 빌었다.

  그리고 아빠의 수술이 실패했다.

  자살 충동이 가장 강했던 밤이었다. 그날 밤은 증조부도, 보육원의 형제자매들도 생각나지 않았다. 아니, 생각할 수 없게 되어버린 지는 오래였다. 아무것도 모르게 되어버린 것도 오래전이었다. 뭐가 뭔지도 모르면서 아침에 눈을 떠서 클럽과 약속한 일과를 소비하면서 하루하루 버티는 게 전부였던 그런 날 중 가장 절망스러웠던 밤.

  '아아, 지금 죽자…….'라고 결심했는데 수혁이 찾아왔다. 습관처럼 '그래, 그럼 이 남자가 가고 난 다음에 죽자.' 하는 자포자기의 심정으로 문을 열고 들어갔다. 방을 채우고 있는 희미한 향 냄새에 머리가 어지러워져 잠깐 눈을 감았다 뜨자 수혁의 뒷모습이 눈에 들어왔다. 수혁은 침대 헤드 뒤쪽의 좌우로 긴 창 앞에 팔짱을 끼고 서 있었다. 우현은 그가 머릿속이 복잡하다는 사실을 깨달았다. 그는 종종 생각이 많아질 때면 저렇게 창 밖을 보고 서 있었다.

「무슨 일 있으세요?」

뼈에 새겨질 정도로 받은 교육대로, 무덤덤하게 묻자 수혁이 고개를 돌려 그녀를 바라보았다. 그리고 뭔가 이야기하려다가 인상을 약간 쓰더니 입을 다물었다. 이내 찌르는 듯 날카로운 눈빛이 우현을 향했다.

「내가 물어야겠군. 무슨 일 있나?」

잠깐 사이를 두고 수혁은 말을 바꿨다.

「아니, 무슨 일이 있군.」

무의식 중에 우현은 옆에 달린 거울을 바라보았다. 종이공예로 얼기설기 장식을 해 실제로 얼굴을 비출 수 있는 공간은 그렇게 많지 않은 거울 속의 얼굴은 여상했다. 울상을 하지도 않았고 얼굴을 찡그리지도 않았다. 그것도 다 힘이 드는 일이었다. 우현은 지금 죽을 만큼만, 어떻게든 수혁을 응대하고 돌아서서 제 목숨을 끊을 만큼, 딱 그만큼만 힘이 남아 있었다.

「무슨 말씀을 하시는지……」

「오늘은 그냥 자자.」

왜 그런 말을 했는지 도무지 알 수 없는 가운데, 수혁은 도리어 잘되었다는 듯 침대 앞으로 돌아와 벌렁 드러누웠다. 뭉근한 불빛이었지만 그의 얼굴에 내려앉은 피로를 감지할 수 있을 정도는 되었다. 어떻게 해야 하나, 하다 넥타이를 풀기 위해 손을 뻗었더니 수혁이 그녀의 손을 탁 잡았다.

「넥타이…… 풀어드리려고요.」

「내가 방금 뭐라고 했지?」

「그냥 자자…… 고요.」

알면 되었다는 듯 수혁이 우현의 손을 놓아주었다. 잠깐 그의 얼굴을 쳐다보다가 우현이 물었다.

「제가 뭘 잘못했나요?」

「전혀.」

짧고 간단하게 대답한 수혁이 제 손으로 넥타이를 풀어내고 셔츠의 단추를 두어 개 풀었다. 풀어헤친 셔츠 사이로 단단한 가슴이 보였다. 몇 번이나 몸을 섞었는데 새삼스럽게 부끄러운 기분이 들어 우현은 고개를 돌렸다. 우습게도 볼이 빨개졌을지도 모르겠다.

「피곤하신가 봐요.」

「피곤해.」

「일이 많은가요?」

수혁이 우현의 얼굴을 바라보았다. 반듯하게 생긴 이마 위로 엷게 주름이 져 있었다. 우현은 저도 모르게 침을 꿀꺽 삼켰다. 처음으로 그의 얼굴을 보는 느낌이었다. 그럴 리가 없는데, 그동안은 그를 본 적이 없는 것처럼 낯설었다.

「이야기를 하고 싶은가 보군.」

「네?」

「가끔…… 그래. 어떨 때는 한 마디도 하고 싶지 않을 때가 있고, 어떨 때는 뭐든 이야기하지 않으면 견딜 수 없을 때도 있고. 산다는 건 원래 그렇지. 넌 원래 아무것도 말하고 싶어 하지 않는 사람인 모양이지만……. 누가 너에게 알려주지 않던가? 무언가 말하고 싶을 때가 올 거라고.」

「그런 거…… 가르쳐줄 만한 사람이 없었어요.」

「그렇군.」

다시 짧은 대답, 그리고 수혁은 이마를 문질렀다. 우현은 순간 그가 그만 쉬고 싶다는 것을 깨달았다. 수혁에 대해 많은 것을 주입받았고, 그게 아니라도 지금까지 그와 보내면서 그를 파악한 것도 있었다. 그에 따르면 그는 지금 쉬고 싶어 하고 있었다.

하지만 우현은 어쩐지 그가 쉬도록 내버려두고 싶지 않았다. 왜 그런 기분이 드느냐보다 먼저, 어떻게 해야 그가 그녀와 좀 더 이야기를 해줄지가 고민되었다.

그런데…….

「이야기나 할까?」

수혁이 손을 뻗더니 고개를 약간 숙이고 있는 우현의 뺨을 슬쩍 건드리고 손을 침대 위로 떨어뜨렸다. 손이 차가웠다. 피곤하다더니 정말 지친 모양이었다.

「내 이야기를 할까, 네 이야기를 할래?」

잠시 망설이다 대답했다.

「그쪽…… 이야기요.」

「내 이야기.」

잠시 무슨 이야기를 할까, 생각하는 것처럼 수혁이 눈을 깜빡였다. 그러더니 이내 모르겠다는 듯이 눈을 감아버린다.

「나……, 내가 하고 있는 일이 옳은 건지 모르겠어.」

그대로 한참이나 말이 없어 잠이 들어버렸나, 자도록 두어야 하나, 말하기 싫어진 건가, 별별 생각을 다 하고 있는데 불쑥 입술이 말을 쏟아냈다.

「하고 있는 일…… 이요.」

「응.」

짧은 대답이 어쩐지 마음에 와 닿았다. 우현도 항상 생각한다. 그녀가 하고 있는 일은 옳은 것인가?

「이렇게까지 해야 하나, 하는 생각도 많이 하고.」

골치 아프다는 듯 한숨을 내쉬고 손을 올려 머리카락을 헝큰 수혁이 그대로 눈을 감아버렸다. 우현은 가만히 그런 그를 바라보다 이불을 당겨 덮어주었다. 이렇게까지 해야 하나, 생각하는 것은 그녀도 마찬가지였다. 무슨 일인지 몰라도 사람이란…… 결국 비슷한 걸까?

혼자 생각하다가 우현은 피식 웃고 말았다. 무슨 소리인가. 비슷하다니. 최수혁이라는 남자와 이우현이라는 여자는 완전히 다른 존재였다. 같은 '사람'이라고 보기 어려울 정도로 비슷한 데도 없다. 스스로를 비웃고 있는데 잠들었다고 생각했던 수혁이 불쑥 내뱉었다.

「그런데 결국엔 할 수밖에 없다고 생각하는 거야. 할 수 있는 일이 있는데 아무것도 하지 않는 것보다는 하는 게 낫잖아.」

별 생각 없이 시트를 만지작거리던 우현의 손가락이 멈췄다. 물끄러미 바라보는 우현의 시선을 느꼈는지 수혁이 다시 눈을 떴다.

「아무것도 하지 않는 게 더 나을 때도 있지 않아요?」

「어째서?」

「아무것도 하지 않으면 적어도…….」

「적어도 뭐?」

제대로 대답할 수가 없어서 우현은 망설였다. 분명 클럽에 들어와서 몇 번이나 혀를 깨물며 후회했다. 물론 다른 길은 없었다. 다른 선택지가 있을 수도 있었겠지만, 우현은 그것을 몰랐고 지금도 모른다. 백 번 돌이켜봐도, 다시 그 순간 선택을 하게 된다고 해도 우현은 이 길을 올 수밖에 없었다. 그렇다고 해서 그것을 인정하는 것이 되지는 않는다. 계속 생각하는 게 바보 같을지라도 우현은 끊임없이 후회하고 있었다. 차라리 모르는 척 가만히 있어볼걸. 아무도 나서지 않는데 다 같이 손 빨고 기다려볼걸.

어차피 수술은 실패로 끝났고 남은 것은 아무것도 없었다. 우현은 아빠의 장례식조차 못 갈 입장이 되어버렸다. 차라리 아무것도 하지 않았다면, 장례식에는 갈 수 있었을지 모른다. 상주 노릇은 할 수 있었을 거다.

「아무것도 하지 않으면 아무 일도 일어나지 않아. 어쩌면 그게 더 안전하다고 생각할 수도 있겠지만 아니야. 절대 아니야. 뭔가 한 사람이, 아무리 그게 잘못된 일이라도, 아무것도 하지 않은 사람보다는 잘한 거야.」

수혁의 시선은 똑바로 우현에게로 향해 있었다. 왜인지 숨이 갑갑해져 우현은 손을 올려 가슴을 눌렀다. 자꾸만 머릿속이 뱅글뱅글 도는 것 같았다. 가만히 있는데 왜 이럴까? 왜 이럴까? 왜 이럴까?

우현은…… 누군가가 그녀에게 잘했다고 말해주길 바랐다. 아무것도 모르고 했던 자신의 선택이 잘못된 것만은 아니었다고, 그럴 수밖에 없었다고 말해주길 바랐다.

계속 그렇게 바랐다. 어른이 필요했다. 믿고 의지할 수 있는 사람이 필요했다. 기대게 해주는 사람이 필요했다. 최수혁은 이우현에게 그런 사람은 아니겠지만, 적어도 오늘만은…… 왜인지 오늘만은…….

그러는데 수혁이 우현에게 어깨를 내주었다. 평소와 같이 쌀쌀맞은 말투인데도 왜인지 따뜻하게 들리는 목소리였다.

「오늘은 좀 인간 같은 얼굴을 하고 있군.」

가만히 뜨겁게 올라오는 무언가를 누르고 있는데 툭 내뱉은 수혁이 몸을 세워 그녀 쪽으로 돌렸다. 여전히 고개를 베개에 파묻은 채, 금방이라도 잠들 준비를 한 것처럼 하고도 그녀를 담고 있는 시선은 날카로웠다.

「너는 왜 항상 검은 옷을 입어?」

우현은 항상 입고 있는 몸에 잘 맞는 검은 원피스를 내려다보았다. 이래 봬도 명품으로 자세히 보면 자잘하게 무늬도 있고 그때그때 디자인도 달랐지만……, 그의 말이 옳았다. 언제나 검은색이었다.

「애도하려고요.」

우현은 웃으면서 그렇게 대답했다. 웃을 수 있다는 게 신기했지만, 그럴 수 있었다. 눈앞의 최수혁이라는 남자가 그냥 사람이라는 생각이 들었다. 처음으로. 그녀는 죽겠다는 생각을 버렸다.

「뭘?」

「……사랑이요.」

그리고 아주 조심스럽게, 최수혁을 좀 더 알아가기 시작했다.

침대에 앉아 다리를 모은 채 우현은 멍하니 허공을 바라보고 있었다. 아무 생각도 안 하는 건 자신 있는 장기 중 하나였다. 어디에 내보일 데는 없겠지만.

한참을 그러고 있었다. 처음에는 시계가 채깍거리는 소리가 들렸는데 어느새 아무 소리도 안 들렸다. 문이 열리고 닫히는 소리가 나서 시계를 보니 두 시간도 훌쩍 넘어 있었다.

"우현아."

거실에서 수혁의 목소리가 들렸다. 잠시 안쪽을 살피는 기색이 느껴지더니 그가 문을 열고 들어왔다. 언제나처럼 가벼운 걸음걸이였다. 키도 크고 몸집도 큰 사람인데 움직임이 항상 가볍고 자신만만하다. 궁금했다. 수혁은 어렸을 때도 저렇게 자신만만하게 걸었을까?

"왜 이러고 있어."

수혁이 손을 뻗어 우현을 일으켜 안으려다 그녀가 버티자 놓아주었다. 그녀의 얼굴을 살피는 표정이 심란했다.

"다시 불러봐요."

웃지도 않고 건넨 말에 수혁의 눈썹이 설핏 기울어졌다.

"우현아, 하고 다시 불러줘요."

수혁이 눈을 깜빡였다. 하고 싶은 말이 있는 듯했지만, 그는 이내 다른 말은 모두 삼키고 그녀의 요구를 들어주었다.

"우현아."

우현이 빙그레 금방이라도 꺼질 것처럼 웃었다.

"오늘은 아무 이야기도 하지 마요, 우리."

천천히 일어난 우현이 손을 뻗어 그를 끌어안았다. 가는 팔을 그의 몸에 감고, 자그마한 어깨는 그의 가슴에 기댔다. 마치 심장의 소리를 들으려는 것처럼 그녀가 귀를 그의 피부 위에 밀착시켰다. 몇 가지 기억이 쏴아아, 긴 해안선을 따라 밀려나는 파도처럼 그녀의 안을 쓸고 지나갔다.

결혼하자, 라고 말해주었을 때. 얼마나 기뻤던가? 아니라고 냉정하게 잘라내면서도…… 가슴속으로는 얼마나 떨렸던가. 인정하건대 몇 번이나 꿈꿨던 그런 이야기였다. 정말 바라지는 않는데, 그럴 수는 없는 일이라고 생각했는데, 꿈에서나 가능한 일이라고 생각했었는데.

가끔 꾸는 꿈에서 수혁은 그렇게 말했다. 더할 나위 없이 다정한 얼굴을 하고 꿈결 같은 목소리로 결혼하자고 그렇게 말했었다.

「그럴게요.」

아아, 꿈에서는 그랬다. 수혁은 결혼하자고 하고 우현은 그의 청혼을 받아들인다. 그리고 그들은 수혁을 꼭 닮은, 그리고 우현을 꼭 닮은 아이를 낳고 행복하게 산다. 꿈의 끝은 언제나 꼭, 그려진 그림처럼 아이들은 뛰어놀고 그들을 보고 있는 수혁과 우현은 행복하기만 한, 그런 너무 뻔해 식상한 모습이었다.

아침에 일어나면 온몸이 저릿하도록 공허했던 꿈들, 그러나 꿈조차도 꾸면 안 된다고 자신을 탓했는데……, 해주었다. 그것으로 충분했다. 정말이지 그랬다. 우현은 더 이상 바라는 것이 없었다.

또 무슨 일도 있었더라? 맞다. 호텔에서 승지와 함께 차에서 내린 수혁을 보았을 때.

아무렇지도 않은 척했지만 세상이 빙글빙글 도는 것과 같은 충격이었다. 단 한 번도 욕심 낸 적이 없는 사람이라고 생각했는데, 그녀만의 것이라고는 언감생심 꿈도 꾸지 않았는데, 언제나 참하고 좋은 여자가 곁에 있을 거라고 상상했는데, 막상 다른 여자를 곁에 둔 수혁을 보는 순간 숨을 쉴 수가 없었다. 하늘과 땅이 뒤바뀌는 느낌에 제대로 서 있을 수조차 없었다.

하지만 따라와주었다. 그대로 끝이라고 생각했는데, 그녀가 그를 그리워했던 만큼 그도 그녀를 그리워했다는 표정으로 달려와 그녀를 잡아주었다.

그랬다. 그런 적도 있었다.

"우현아."

수혁이 커다란 손으로 그의 옷을 벗기는 우현을 제지했다. 짙은 심려로 인해 언제나 총명하게 빛나던 눈빛이 흐렸다.

"아무 말 하지 말고, 안아줘요. 당신 만지게 해줘요."

수혁의 팔을 붙잡아 침대에 앉은 우현은 그의 목을 쓰다듬었다. 단단하게 근육이 잡혀 있는 어깨를 쓸고 탄탄한 가슴을 어루만졌다. 손 안에서 쿵쾅거리며 뛰는 심장박동을 느끼기도 했다. 하지만 역시 이내 그 품에 몸을 기댄다. 그것이 가장 좋았다. 몸을 밀착하고 있는 것이…… 마치 이우현에게도 고향이라는 것이 있다면 최수혁의 품이 아닐까 싶을 정도로 좋았다. 안전하다는 느낌, 그의 품에서는 아무것도 의미가 없고, 아무것도 그녀를 해칠 수가 없고, 아무것도 없이, 그저 최수혁과 이우현뿐. 우현은 최수혁이 면죄부를 주었던 그날, 새로 태어난 것이다. 최수혁의 안에서.

"내가 어떻게 해줄까."

수혁이 속삭였다. 무언가 대답하려던 우현은 이내 그만두고 입을 다물었다. 그대로 그를 밀어 눕히고 팔을 베고 누웠다. 판판한 가슴을, 배를, 허리를 쓸다가 손을 올려 단단한 턱을 어루만져본다. 남자다운 턱선이 맘에 들었다. 수염이 있어도 어울릴 것 같은데 수혁은 언제나 매끈하게 수염을 밀어버렸다. 그러고 보니 까칠하게 돋아난 수염은 한 번도 못 본 것 같다. 서운한 부분이다. 전부 다 보고 싶은데, 못 본 모습도 있다.

몸을 세운 우현은 오늘도 매끈한 턱에 입을 맞췄다. 그리고 그의 몸 위로 기어 올라가 눈을 마주쳤다가 입술을 포갰다. 그저 입술을 포갰을 뿐인데도 수혁의 가슴이 진동하는 것이 느껴졌다. 잠시 망설이던 그가 혀를 밀어 넣으며 그녀의 뒤통수를 손으로 잡아 눌렀다. 키스가 깊어졌다. 뻐근하게 온몸이 아파왔다. 수혁의 손이 우현의 허리를 감싸 안으며 자세를 바꿨다. 그러면서 입술이 떨어졌다. 우현이 말간 눈빛으로 수혁을 지그시 바라보았다. 손을 뻗어 앞으로 흘러내린 그의 앞머리를 올려주었다.

"저번에…… 화를 내서 미안해요. 당신이 알게 하고 싶지 않았어요."

수혁이 뭔가를 말하려는 것을 막고 우현이 말을 이었다.

"그래도 날 알고 싶어 했다는 건 기뻐요. 나, 그거 좋은 의미로 받아들여도 되는 거죠? 괜찮은 거죠?"

수혁이 고개를 끄덕였다. 뚫어져라 보고 있는 눈빛은 설핏 의구심을 띠고 있었으나 다그치거나 보채지는 않았다. 말없이 그녀가 원하는 대로 쓰다듬어준다. 최수혁이 다정한 부분이다. 우현이 조금 웃었다. 그러고는 팔을 뻗어 수혁의 목을 끌어안았다.

"오늘은 더 이상 아무 말도 안 할 거예요. 그냥…… 안아줘요."

잠깐 우현을 내려다보던 수혁이 그녀를 보듬어 끌어안았다.

어느 깊은 가을밤, 공자는 제자가 울고 있는 것을 보았다.

공자가 묻기를 왜 그리 슬피 울고 있느냐.

제자가 대답하기를 달콤한 꿈을 꾸었습니다.

공자가 재차 묻기를 그런데 왜 그리 슬피 우느냐.

제자가 재차 대답하기를……, 그 꿈은 절대로 이루어질 수 없기 때문입니다.

이우현은 꿈을 꾸고 있었다. 그 꿈이 그리도 슬펐던 것은 끝이 정해져 있기 때문이었다. 클럽은 현실이 아니었다. 악의에 의해 구성된 그 공간은 수혁과 우현에게 있어서는 단단한 둥지였다. 그 안에서는 그들뿐이었으므로 아무것도 생각하지 않아도 좋았다.

하지만 그 꿈은 깨어졌다. 우현은, 수혁은 그 꿈을 잠시 연장시키고 싶어 했다. 되지 않을 바람이었다. 현실은 그런 게

정부

아니니까. 서로가 현실이 되기 위해서는 수혁도, 우현도 더 이상 맨몸으로 서로에게 부딪치는 것이 아닌, 서로가 지고 있는 짐을 내보여야 했다. 우현은 그러고 싶지 않았다. 그건 우현에게 너무 수지맞는 장사다. 수혁은 기꺼이 그래줄지 모르지만, 그러고 싶지 않았다. 그것은 최소한의 자존심이었다. 최수혁을 사랑하는 이우현에게 마지막으로 지켜야 할.

사랑한다. 몹시도 사랑한다. 더 사랑할 수 없을 정도로 사랑한다.

그러니까…… 더 이상은 사랑하지 않을 것이다.

엎드린 채 깊은 잠에 빠져 있던 수혁은 잠결에 옆자리를 훑었다. 습관처럼 훑은 손에는 아무것도 걸리지 않았다. 순간 머리끝이 다 쭈뼛해서 그는 눈을 번쩍 떴다. 이내 두통이 그를 습격했다. 늘 느끼던 그런 종류의 두통이 아니었다. 눈도 평상시와 비교할 수 없을 정도로 무거웠다.

다시 털썩 침대 위로 쓰러진 그는 눈만 움직여 사이드테이블 위를 훑었다. 어제 먹다가 놓아둔 와인 잔이 있었다. 반 넘게 남아 있었지만…… 어제 말없이 서로를 쓰다듬고 입을 맞추며 서로를 탐하던 중 우현이 가져다준 것이었다. 아무 의심 없이 마셨는데 그 후로 언제 잠들었는지 기억이 나지 않는 걸로 보아 무언가 섞여 있었음이 틀림없었다.

"이우현."

수혁은 낮게 우현을 부르다 얼굴을 찡그렸다. 도대체 무엇을 섞은 건지 한 음절 한 음절 낼 때마다 머리가 왱왱 울렸다. 뭔가 아주 지독한 약을 섞……, 잠깐……, 약을 섞어? 왜?

순간 둔해져 있던 두뇌가 느리게 윙윙거리며 제 속도를 되찾았다. 옆에 없는 우현, 그리고 그가 잠들도록 먹인 약. 몇 번이나 사랑한다고 속삭이던 목소리.

마지막 인사.

벌떡 일어난 수혁은 다시 한 번 머리를 쪼개놓는 듯한 두통을 느꼈지만 그에 굴복할 때가 아니었다. 그는 곧장 드레스룸으로 가 문을 열었다. 쾅, 소리가 나며 열린 옷장 속의 옷은 그대로였다. 가방 하나, 액세서리도 사라진 것이 없었다.

잠깐 이마를 짚고 서 있던 수혁은 돌아서서 현관문 앞으로 갔다. 신발장을 열어보고 할 것도 없었다. 우현이 항상 편하게 신던 신발이 사라지고 없었다. 현관에는 덩그러니 수혁의 신발 하나뿐이었다. 별 의미 없이 신발장을 열어보니 다른 구두들은 그대로였다.

입고 있는 옷 한 벌, 신고 나갈 신발 한 켤레. 연기처럼 사라진 우현이 챙겨간 것은 그게 전부였다.

가윤은 타이어를 재활용해 만든 그네를 움직이며 아까부

터 붙박인 듯 서 있는 남자를 쳐다보았다. 저번에 한 번 왔다
간 남자는 상당한 미남이었다. 어렸을 때 서울역에서 엄마와
헤어진 이후, 가윤이 상상해온 동화 속의 왕자님 그 자체였다.
저번에 왔다가 그냥 가버려서 마음을 조였는데 다시 찾아온
것을 보면 이번에는 분명 가윤을 아는 척해줄 터였다. 조마조
마한 마음으로 모르는 척 계속 그네를 움직이고 있는데, 아니
나 다를까, 그녀 쪽을 본 남자가 천천히 다가왔다.

"몇 살이니?"

"열 살이요."

도도하게 대답했지만 혹여 남자가 그녀를 너무 어린애로
보지 않을까 걱정이 되었다.

"그럼 이우현을 모르겠구나."

"이우현이요?"

"아니, 혹시 예쁜 언니 하나 여기에 찾아온 적 없니?"

"언니요?"

"응."

"몇 살인데요?"

"스물…… 여섯."

"에엑? 그렇게 나이 많은 언니는 여기에 안 들어와요. 우
리는 제일 나이 많은 언니도 열네 살인데요?"

남자는 가윤이 앉아 있는 그네의 바로 옆 그네에 앉았다.

애초에 찾을 수 있을 거라 별로 기대하지 않았는지 서운한 기색도 없이 그저 낮은 한숨만 한 번 내쉬고는 멍하니 앞을 본다.

"누군데요, 그 언니는?"

"모르겠어."

담담한 목소리로 남자가 대답했다.

"모르는 사람을 찾아요? 이름도 알잖아요. 이우현이라면서요."

어이가 없어 가윤이 반론을 제기하자 남자가 굳어 있던 얼굴을 조금 풀고 허허 웃었다.

"응. 그런데…… 이름도 알고, 그 사람에 대해 모르는 거 없이 속속들이 다 알고 있다고 생각했는데…… 막상 눈앞에서 사라지니까 내가 알고 있었던 게 뭔가 싶어."

천사의 집으로 오지 않을 거라는 것은 느낌으로 알았다. 하지만 아무리 생각해도 우현에게 갈 곳은 없었다. 열아홉 살 때부터 지금까지 최수혁 말고는 아무것도 모르는 아이였다. 그렇다고 생각했다. 그런데 감쪽같이 사라져서…… 애당초 신용카드도, 뭣도 없는 아이였으니 추적할 방법도 없이 잠수해 버렸다.

가장 문제가 되는 것은 왜 도망쳤는지 모르겠다는 것.

불쾌할 수는 있다. 우현이 만약 천사의 집과 관련된 모든

정부

것을 수혁에게 숨기고 싶었던 거라면, 왜인지는 알 수 없지만, 불쾌할 수는 있다.

하지만 그것이 도망칠 이유가 되던가?

수혁은 이를 악물고 눈을 감았다. 또다시 두통이 찾아왔다. 생각해야 할 것은 안 그래도 많았다. 우현과 함께일 때에는 쉴 수가 있었다. 전쟁 같은 하루를 보내고 나서 그녀를 안을 때면 안식처에 돌아온 것만 같다고 생각했다.

그런데 지금 와서는 그가 해왔던 그 어떤 일들보다 그녀를 생각할 때 더 골치가 아팠다.

"왕자님은 다른 여자 이야기를 하지 않는데……."

울먹이는 목소리가 들려 고개를 돌려보자 잔뜩 시무룩해진 여자아이가 코를 훌쩍이고 있었다.

"왕자님은 절 데려가서 행복하게 해주는 사람이잖아요."

"왕자님도 바라는 게 있을걸."

대수롭지 않게 대답하고 일어서려는데 앙칼진 목소리가 따라붙었다.

"아니에요! 왕자님은 그런 거 없어요. 잘생기고 멋지고, 나만 생각한다고요! 나한테 다 맞춰주고요!"

수혁의 머릿속을 무언가 가르고 지나갔다.

「나는 당신이 편하도록 길들여진 사람이에요.」

「나는 이수혁 씨에게 봉사하기 위해 여기 있는 거니까.」

우현은 언젠가 이렇게 말했다. 이렇게 이야기하기도 했다.

「오늘 우리 꼭 연인 같았죠?」

생각해보면 몇 번이나 비슷한 이야기를 했다. 수혁과 우현을 동일선상에 놓고 있지 않은 그런 이야기……. 하지만 수혁은 대수롭지 않게 넘겨버렸다. 생각을 하지 않았다는 쪽이 맞았다. 우현은 그런 사람이었으니까. 수혁이 손을 내밀면 언제라도 그 자리에 있는, 다 맞춰주는 사람. 그래서 우현에 대해 궁금해졌을 때 물어보기보다는 알아봤다. 그리고 사실을 알게 되었을 때에도 알았다는 사실을 숨기지 않았다. 우현이 어째서 결혼하지 않겠다고 하는 건지 이해가 가지 않았다. 막연히 생각하기에 자신의 입장이 있어서 그런가 그렇게 생각하고 말았다.

우현이 어떤 사람인지 속속들이 알고 있다고 생각했다. 머리부터 발끝까지, 점의 개수, 주름과 옴폭 파인 상처……, 내밀하여 본인조차 모르고 있을 수많은 비밀을 아는 것으로 이우현이라는 여자를 알고 있다고 생각했다. 열 살짜리 여자아이가 마치 왕자는 이래야 한다고 우기는 것처럼, 우현은 그런

사람이라고 단정지어버렸다. 맘껏 어리광을 부려버렸다. 그가
혐오해마지 않는 노친네들의 방식대로, 멋대로 우현을 유토피
아로 삼아버렸다. 지켜주는 거라고, 잘해주는 거라고 생각했
던 모든 것들은 결국 자기만족, 우현이 어떤 마음으로 그의 곁
에 있는지는 생각하지 않았다.

맙소사.

최수혁은 이제 이우현이 누구인지 알 것 같았다. 그녀는
그가 범한 죄. 그가 밟고 지나간 수많은 꽃 중 가장 짙은 향기
를 가지고 있어 그의 마음속에 아로새겨진 꽃. 오랜 시간 이름
조차 없이 그저 그의 꽃일 뿐이었던 최수혁의 죄.

수혁은 이마를 짚었다. 왜 도망갔는지 모르겠다고? 아직까
지 도망가지 않았던 쪽이 이상한 거다. 수혁은 아직도 그를 올
려다보고 있는 아이의 머리를 한 번 쓸어주고 서둘러 움직이
기 시작했다. 마음이 급했다. 어디서부터 찾아야 할지 알 것
같았다. 그렇게 성큼성큼 걷는데 휴대전화가 울었다. 액정을
확인하니 지훈이었다. 오늘은 어떤 곳도 연결하지 말라고 말
해둘 참이어서 바로 전화를 받았다.

"마침 전화 잘했어."

— 사장님?

걸음을 멈춘 수혁이 액정을 다시 한 번 확인했다. 정확히
말하면 찍힌 번호는 사무실 번호였다. 이 번호로 그에게 연락

하는 사람이 100퍼센트 지훈이기에 그렇게 생각했을 뿐. 하지만 연결된 전화는 낯선 목소리였다.

"누구?"

— 엔지니어 오성민입니다. 저…… 민우당 분들이 와 계셔서요.

"윤 비서는?"

— 모르겠습니다. 오늘 출근을 아예 안 하셨어요.

수혁의 눈이 가늘어졌다.

— 이쪽으로 오셔야 할 것 같아요.

"무슨 일인지 모르지만 나는 오늘 사무실로 들어갈 계획이 없습니다. 민우당 분들께도 그렇게 말씀드리고……."

— 저, 사장님, 오셔야 할 것 같습니다.

성민의 목소리에 섞인 어떤 불안감에 수혁이 말을 멈췄다.

— 전화 끊으시면 일단 인터넷 포털 사이트에 접속해보세요. 신문기사들을 좀 확인하셔야 할 듯합니다.

전화를 끊은 수혁은 스마트폰으로 즉시 인터넷 포털 사이트에 접속했다. 그의 눈이 커졌다. 몇 번 클릭할 것도 없었다. 메인화면에 가장 잘 보이는 위치에 떠 있는 뉴스는 전부 그와 관련된 것이었다.

[정계 진출을 꿈꾸던 신흥 재벌의 그림자. 인터넷 방송의 최

대 주주. 얼마 전 와해된 비밀 클럽의 일원으로 밝혀져 충
격!]

수혁은 무겁게 한숨을 내쉬었다. 휴대전화를 주머니에 넣
고 담배를 꺼내 물면서 그는 중얼거렸다.
"담배, 끊어야 하는데……."

10. La traviata

공중전화를 찾는 것도 어려웠지만, 막상 수화기를 들어놓고도 전화할 곳이 없었다. 천사의 집으로 돌아가려는 생각은 애당초 하지 않았다. 하지만 그러고 나니 갈 곳이 없었다. 어디다 전화를 해야 하나 고민하다가 우현은 114를 눌렀다. 따르릉 짧게 신호음이 울리고 발랄한 목소리가 들려왔다.

— 사랑합니다, 고객님. 무엇을 도와드릴까요?

"저기……."

— 네, 고객님. 말씀하세요.

세상 걱정 없어 보이는 전화선 너머의 목소리에 울컥 뜨거운 것이 가슴에서 치밀어 올라왔다. 어디의 전화번호를 알려 달라고 해야 할까? 누구의 전화번호가 알고 싶은 걸까?

— 고객님?

정부

"아니에요……. 죄송해요."

— 아닙니다, 고객님. 그럼 필요하신 것 있으면 언제든 전화 주세요.

"네."

전화를 끊으며 우현은 입술을 앙다물었다. 끊은 전화기에서 손을 떼지 않은 채 그녀는 다시 고민했다. 114 상담원의 목소리로는 안 되었다. 무언가 다른……, 조금 더 저음이고 사이를 두고 천천히 말하는……, 화가 나면 따지듯 빨라지는 목소리가 필요했다. 미친 짓이었다. 떠나온 지 24시간이 지나지 않아 이렇게 숨이 막힐 듯 그립다. 그가 없이는 숨을 쉴 수가 없는 것처럼, 그가 아니고서는 그녀는 아무것도 아닌 것처럼.

"안 돼."

여전히 수화기를 움켜쥔 채 우현은 가슴을 부여잡았다. 가슴이 찢어지는 듯 아팠다. 울고 싶었다. 하지만 울음은 나오지 않았다. 몇 번이나 울고 싶었던 그 많은 순간에도 그녀는 울지 않았다. 6년 전 마지막으로 수혁에게 안기며 울었던 날 이후로 그녀는 우는 법을 잊어버렸다. 그가 울지 말라고 했으므로, 울지 않았다.

우현은 다시 수화기를 들었다. 귀에서 다시 뚜 하고 신호음이 울었다. 어디다가 전화를 걸지? 어디다가……. 수혁에게는 안 된다. 그러면 그녀가 전화를 걸 수 있는 데가 어디 있지? 만날 수 있는 사람이…… 누구지?

피가 날 정도로 입술을 질겅질겅 깨물던 우현이 버튼을 하나 누르기 시작했다. 수혁의 전화번호를 제외하고는 외우고 있는 유일한 번호였다. 얼마 전 수혁과 헤어졌다고 생각했을 때에도 지금과 같은 과정을 통해 전화했었다. 전화하지 않으려 했지만 전화를 할 곳이 한 군데밖에 생각나지 않아서…… 그래서 전화했었다.

따르릉

— 여보세요?

"희경아……."

클럽에서 지낼 때 알았던 유일하게 친구라고 부를 만한 아이……. 동갑이어서 친해졌던, 클럽 사람은 누구라도 친해지고 싶지 않아 가시를 세우는 우현에게도 따뜻하게 대해주던, 세상 물정 몰라 이 바닥에 들어왔나 싶을 정도로 해맑던 아이.

'그래도 전화하고 싶진 않았는데.'

클럽과 관련된 것은 뭐든 잊고 싶어서 못된 짓을 했다. 전화번호를 알고 있으면서도 연락하지 않다가 아무도 없다는 걸 깨닫고 나서야 전화했고, 그리고 또다시 같은 짓을 하려고 한다.

— 어? 지연이니?

그리고 여상한 희경이의 목소리에서 이우현이라는 이름이

아닌 클럽에서 사용하던 '지연'이라는 이름을 들었을 때 우현은 다시 한 번 절망했다. 이래서 사람은 과거를 잊어버리겠다 해도 과거에서 벗어날 수 없는 거라고……, 왜냐하면 과거는 이미 그 사람을 구성하고 있는 일부이기 때문에 어떤 순간이든 반드시 드러나고야 만다고……, 끊어버리겠다고 아무리 결심해도, 그것은 되지 않는 일이라고…….

"응. 나야……."

아주 몰랐던 일은 아니다. 클럽에 처음 들어서던 그날, 선을 넘으면서 이것이 선인가 악인가……, 이것은 옳은 일인가 그른 일인가……, 아무것도 알 수가 없다고 머리를 비웠던 그날에도, 알 수는 없지만 언젠가 미래에 후회하긴 할 것이라고 생각하긴 했었다. 어떻게 하더라도 후회는 하겠지만, 이 길은 분명히 후회할 것이라고.

희경은 우현을 반겨주었다. 사실 처음 만났을 때에도 서로 과하게 반가워했다. 둘 다 사정은 비슷했다. 오갈 데가 없었고 기댈 곳도 없었다. 두 사람 모두 과거의 가장 찬란할 시간을 갇힌 채 소모했다. 그곳만 벗어나면 '보통 사람'이 될 수 있을 거라고 생각했지만, 이미 그들에게는 '보통 사람'에게 있는 학창시절, 평범한 친구……, 그런 것이 없었다.

「좋은 사람 같던데……, 왜.」

따로 머물 곳을 찾고 있다는 우현의 말에 희경은 아주 짧게 한 마디만 했다. 그것은 일종의 불문율이었다. 다 알고 있다 해도 희경의 남편 앞에서 우현이 전직 대통령 이야기를 하지 않는 것처럼, 다 알고 있다 해도 희경은 수혁의 이야기를 하지 않았다. 제대로 된 집을 구할 때까지 우현은 희경의 집에 머무르기로 했다.

　"뭐 새로 살림 차리면서 친구도 많이 사귀었지만……. 얘, 요즘 세상 진짜 좋아졌다? 인터넷으로 뭐든 가능해. 친구 사귀는 것도 가능해."
　여전히 티 없이 맑은 희경이 웃으며 말했다.
　"그래도 옛날 친구 같진 않지만. 이상한 일이지. 그곳에 우정 같은 건 없다고 생각했는데……, 너 보니까 좋아."
　어느 것 하나 틀리지 않은 말이었다. 우현도 꼭 희경 같았다.
　희경의 남편이 된 남자는 어처구니없지만 희경을 소유하고 있었던 전직 대통령의 운전사였다. 매일 인상을 쓰고 있어 여자들끼리 기분 나쁘다고 뒷담화했던 바로 그 남자였다. 처음 보았을 때에는 기억하지 못했지만, 설명을 듣자 단박에 생각이 났다. 키가 껑충하게 크고 마른 남자였다. 언제나 단정한 검은 양복을 입고 있어서 부업은 장례식장에서 일하는 게 틀림없다고 모두가 수군거렸었다. 항상 색깔 없는 표정을 하고 있다고 생각했는데 다시 본 남자는 의외로 무척이나 귀여웠다.

"일 터지고 나서 영감님이 나한테 집 얻어준다고 했잖아. 이 남자가 그때 내가 묵고 있는 호텔을 알아냈다가 나중에 따로 찾아왔더라고. 처음에는 어이가 없었는데 그러고 나서 휴대전화도 사주고……, 아, 진짜……, 말로 하려니 창피한데, 돈 같지도 않은 돈이지만 이 남자에게는 적지 않을 것 같은 돈을 막 쓰더라고. 이게 뭐 하는 짓인가 처음에는 궁금하고, 이 남자가 왜 이러나 그러다가……, 좋아졌어, 나도."

호텔에서 만났을 때에도 한 말인데 희경은 귀환한 용사가 무용담을 이야기하듯 둘이 있을 때면 남편을 만나게 된 이야기를 했다. 무용담이라고 해도 너무 간단한 이야기였다. 너무 간단해서 이렇게 쉬워도 되나, 했다가 아아, 사람이 좋아지는 일은 이렇게 간단한 거였지 하고 납득하게 되는 그런 이야기였다.

"알아. 나도 신경 안 쓰이냐고 물어봤어. 그랬더니 그 사람, 다시는 그러지 말라더라. 그런 꿈도 꾸지 말라더라. 자긴 영감님처럼 해줄 수 없으니, 너도 다시는 그렇게 살지 말라더라. 좀 이상하긴 했지만……, 그냥 됐다고 생각하기로 했어. 지가 날 좋다는데 뭐. 지가 괜찮다는데 뭐. 내가 괜히 끙끙 앓으면서 죄인이네 하면 뭐가 달라지나? 옆에 두고 잘해줘야지. 평생 빚 갚아야지."

간단했다. 그리고 그렇게 간단했던 두 사람이 사는 모습도 간단했다. 마치 TV 속으로 들어간 것 같았다. 재벌 집이 아니라, 서민의 집으로 나오는 전형이다. 소소하게 꾸민 거실과 방 두 개. 그다지 넓지 않은 집인데 살림살이는 어찌나 많은지 금방 터져나갈 것 같았다. 다름 아니라 희경이 좋아하는 인형과 책들로 차 있는 것이다. 인테리어 같은 걸 해본 적이 없어, 심지어 생각해보지도 않아서 실패에 실패를 거듭한 끝에 완성된 집이라고 했다.

어쨌든 그랬다. 잘살고 있었다. 그것이 우현에게는 위안이 되었다. 정확히 설명할 수는 없지만, 같은 처지였던 희경이 말짱하게 사는 모습은 구원이었다. 그 구원 안에서 우현은 시간을 소비했다. 아무 생각도 하지 않고, 아무 일도 하지 않고……. 처음에는 잠만 잤다. 어떻게 이렇게 잘 수 있나 싶게 잠이 왔다. 밥 먹으라고 깨우러 왔던 희경이 몇 번이나 혀를 쯧쯧 차고 돌아섰는지 모르겠다.

"지연 씨, 괜찮은 기가?"

희경의 남편이 걱정하는 소리가 들렸다.

"지연이가 아니라…… 우현이야."

희경이 정정해주는 소리가 들렸다. 아아, 그랬다. 한 명 늘었다. 우현의 이름을 아는 사람. 오직 수혁만 알고 있던 그 이름을 알게 되는 사람이 이렇게 하나하나 늘어가는 것이다.

그렇게 사흘쯤, 밤낮을 자고 일어나자 배가 엄청 고팠다. 괜찮냐고 걱정하는 눈으로 보는 희경과 그 남편을 앞에 놓고 10인분쯤……, 장정 열 명이 먹을 법한 양을 배 속에 꾸역꾸역 넣었다. 그리고 어김없이 토했다. 다 토하고 나서야 정신이 들었다.

"고마워."

내내 옆에 있어주었던 희경과 그의 남편에게 인사하고 나서 생활이 시작되었다.

희경의 남편은 경상도 사나이였다. 하도 말이 없어 인상이 나빴는데 그것이 고칠 수 없는 불치병에 가까운 고질적인 사투리 때문이라는 사실에 우현은 많이 웃었다. 희경이 귀엽다고 할 때에는 제 눈에 안경이라 생각했는데, 서울말을 쓰려다 사투리가 튀어나오는 모습을 보다 보니 은근 귀여운 게 사실이라는 생각이 들었다. 희경과는 마치 톰과 제리 같은 사이였다.

"남자가 그리 힘이 없어서 어떻게 해? 번쩍번쩍 들어봐요!"

"소파가 을매나 무거운 줄 아나? 니 한번 드봐라!"

"어매야? 우현아, 이 남자 하는 말 좀 봐라? 나더러 힘을 쓰는 일을 하란다? 지 팔이 내 팔 두 배는 되는데."

차갑게 아이스티를 타 식탁 위에 올려놓던 우현이 웃으며 다가갔다.

"제가 도울게요."

소매를 걷어붙이며 다가가자 남자가 질색하며 몸을 비켰다.

"치아뻬소! 그 팔뚝을 어디다 들이댑니꺼!"

"내 팔뚝은? 내 팔뚝은?"

소파 아래로 진공청소기를 돌리던 희경이 청소기를 획 뿌리치고 양팔을 들며 대들었다.

"니 팔뚝 굵다!"

지지 않고 희경의 남편이 타박했다. 그냥 보면 싸우는 게 맞는데 두 사람 다 눈빛이 너무 예뻐서, 서로를 바라보는 눈빛이 너무나 예뻐서…… 수혁의 생각이 났다.

「네 눈도 나를 볼 때 예뻐.」

생각해보면 참 무뚝뚝하고 무심한 남자였는데 가끔 툭툭 던지는 말이 마음에 와 꽂힐 때가 많았다. 최수혁은 마치 이우현만 알아들을 수 있는 통역기를 사용하는 것처럼 그런 식으로 말하는 사람이었다.

다시는 돌아갈 수 없다고 생각했을 때에야 깨닫는다.

정말 좋았다. 좋을 거 하나 없어야 하는 시절인데도, 그래서 좋았다. 그러니까 좋았다.

"얘 또 멍하다."

눈앞에서 손이 왔다 갔다 한다 했더니 희경이 우현의 얼굴을 들여다보고 있었다.

"매일 무슨 생각을 그렇게 해?"

"그러게."

우현은 웃었다.

"배고파서 그런 기라. 목구멍이 포도청이라 안 카나."

"니는 그리 묵어싸대니까 배가 나오는 기라. 명색이 경호원인데 부끄럽지도 않나."

같이 있으면 닮는 건지, 경상도는 여행도 안 가봤다던 희경인데도 남편과 있으면 제법 그럴싸하게 경상도 사투리를 흉내 냈다.

"이, 이, 이 가스나가! 말이면 다인 줄 아나? 이 가스나 말하는 뽄새 보소. 우현 씨예, 내 배 나왔습니꺼?"

"아니요."

투덜대던 남자가 조용히 대답하는 우현의 말에 머리를 긁적이며 민망해했다. 그리고 억양은 그대로 살아 있는 서울말로 이렇게 말했다.

"내가 정말 못살겠습니다."

하하하 웃음이 터졌다. 사투리가 익숙한 사람이 왜 그렇게 표준어를 쓰려고 노력하는지 알 수 없지만, 그것이 귀엽긴 했다. 수혁도, 그렇지 않은 사람이 우현의 앞에서는 어쩔 줄 몰라 하는 게 귀여웠다. 전혀 귀엽지 않게 생긴 험상궂은 희경의 남편이 희경의 앞에서 귀여워지는 것처럼, 수혁도…… 우현의 앞에서는…… 전혀 귀여울 이유가 없는 사람인데도…….

우현은 한숨을 삼켰다.

언제쯤…… 매 시간 생각나는 것이 그칠까? 아무리 세게 내리꽂히는 장대비라 해도 언젠가 그치는 것처럼, 이 마음도 언젠가는 그칠 것이라는 걸 알지만.

경호원이라는 직업 상 교대순번 때문에 다음 날이나 들어온다는 희경의 남편이 늦은 점심 후에야 나가는 날이었다. 바닥을 치느라 어쩔 수 없이 민폐를 끼쳐버렸지만 할 수 있는 한 두 사람의 시간을 방해하지 않기 위해 새벽부터 나와 있던 우현에게 전화가 왔다. 희경이었다.

— 어디야?

"집 알아보고 있어."

— 그러니까 어디냐고?

정부

"전에 우리 갔던 카페."

— 집 앞에서 한 골목 돌면 있는 거? 알았어. 기다려. 갈게.

희경은, 한 번도 가져보지 못한 엄마처럼 굴었다. 생각해보면 태어나서 지금까지 누군가가 우현을 신경 썼다면 수혁뿐이었다. 클럽에서 매니저들도 잘해주긴 했지만 수혁이나 희경과는 달랐다. 할아버지도, 아버지도 우현을 사랑하긴 했겠지만 상황 때문인지, 아니면 성격들이 그러했던 건지 수혁이나 희경과는 달랐다. 그리고 희경은 또 수혁과 달랐다.

수혁은 보채지도 않고 참견하지도 않았다. 뭐든 하고 싶은 대로 하라며 골드카드를 준다거나 느닷없는 선물을 안길 때는 있었지만 우현이 무얼 먹었는지, 하루 종일 무얼 했는지, 앞으로는 무얼 하고 싶은지에 대해 궁금해한 적이 없었다. 수혁에게는 우현이 너무나 당연했기 때문이다. 성큼성큼 걷다가 문득 뒤돌아보았을 때 항상 같은 거리에 있도록 조절하는 것은 수혁이 아니라 우현이었다. 거기에 불만이 있었다는 것은 아니다. 우현은 그러기 위해 수혁의 옆에 있었던 사람이니까.

그런 의미에서 희경과의 관계는 새로웠다. 따따거리며 잔소리를 늘어놓거나 일일이 챙겨대는 희경이 신기하고 고마웠다. 어쩌면 클럽에 들어가기 전 보육원에서 우현도 희경 같았을까? 항상 아이들이 걱정되고 할아버지와 아버지가 걱정되었던 그때, 우현은 그랬을까?

기억나지 않는다. 지금의 우현은 누구인지 모르겠다. 열여덟 살 때까지 온통 불만스러우면서도 눈앞의 일을 해치우던 아이일까? 아니면 클럽에 들어가 자신을 분해하듯 조각 내 하루하루를 가루로 만들며 버티던 여자일까? 그도 아니면…… 클럽이 와해된 후 수혁과 꿈같은 시간을 보냈던, 아무렇지도 않고 아무렇지도 않을 듯했던 그 여자일까.

"또 멍하게 있지."

등 뒤에 따뜻하고 조그마한 손이 닿는다 싶더니 희경이 옆자리에 털썩 앉았다.

"왜 그렇게 일찍 나가? 점심 먹고 나랑 같이 움직이자니까."

"신혼부부한테 민폐를 끼쳐도 유분수지. 괜찮아. 여기서 부동산 좀 검색해봤어."

카페에는 누구나 쓸 수 있는 컴퓨터가 있었다.

"천천히 더 있다 나가도 된다니까."

부동산 사이트를 펴놓고 열심히 연구한 흔적을 희경이 냉큼 지우면서 앙탈을 부렸다.

"왜 그렇게 말을 안 들어? 우리 신랑도 괜찮다는데! 너 좋아해. 몰랐는데 우리 신랑도 부모형제가 없고, 나도 이렇고……. 우리 사람에 굶주렸었나 봐. 너 하나 있는 게, 네가 우리 봐주는 게 되게 좋아. 예쁜 척, 잔잔한 척 미소 짓는 것도 봐줄 만큼 그렇게 좋아. 그러니까 서두르지 않아도 돼."

"이사 나가고도 자주 보면 되지."

희경은 우현에게 돌아갈 곳이 없냐고 묻지 않았다. 아마 희경도 부모가 없지 않을 것이다. 형제가 없지 않을 것이다. 하지만 돌아가지 않는다. '이렇다'고만 말하고 돌아갈 생각을 하지 않는다. 우현처럼.

"너 되게 순하게 생겨서 고집은 더럽게 세."

희경이 투덜댔다. 하지만 우현으로서는 선택의 여지가 없었다. 마음이야 희경의 집에 있는 게 편했다. 사람이 그리운 것은, 사람에 굶주린 것은 희경만이 아니라, 희경의 남편만이 아니라 우현도 마찬가지였다. 자다가 깨었을 때 누군가의 기척이 느껴진다는 것이 그렇게 고마웠다. 그렇지만 희경과 그녀의 남편이 누리는 평범한 행복 속에서 우현은 자신과 수혁을 떠올렸다. 전혀 다른 커플의 모습을 보면서 수혁과의 나날을 생각한다.

잊어야 한다. 잊어야만 한다. 잊어야 한다고 자기 자신에게 되뇔 때마다 소스라치게 실감하는, 평생 잊지 못할 것이라는 사실조차도…… 잊어야 한다.

"벌써 2주나 신세 졌잖아. 충분해."

"좀 더 있어. ……너, 지희 언니……, 홍 마담 언니 만나볼래?"

"뭐?"

홍 마담은 클럽의 총괄자 같은 여자로 우현이 거의 만난 적이 없었던 사람이었다. 큰 일이 있을 때에만 얼굴을 보고 말을 나눴을 뿐이라 클럽이 와해된 이후에도 별로 궁금하게 여기지 않았다.

"너 홍 마담님 만나?"

"님은 무슨. 야, 야, 내가 너한테 말하느라 홍 마담이라고 한 거지. 이름이 홍지희라더라. 난 가끔 봐. 나 자리 잡게 많이 도와줬어. 그 언니도 그 생활 청산하고 가족들이랑 같이 산다더라."

"헤에."

뭐라 대꾸할 말이 없기도 했지만 진정으로 신기해서 우현은 감탄했다. 사람을 무장해제시키는 희경의 기술은 여전한 모양이었다. 홍 마담이라니. 항상 칼 같고 차가운 눈빛이었던 것이 기억나는데.

"너도 도와달라고 하자."

"아냐. 됐어."

희경의 말에 우현이 도리질을 쳤다.

"왜? 클럽 연관된 건 다 싫어서 그래?"

우현이 희경을 물끄러미 바라보았다. 그러자 희경이 다 안다는 듯 씁쓸하게 입꼬리를 올렸다.

정부

"뭐…… 너는 우리 같은 애들하고 다르다는 거 그 당시에도 우리끼리는 수군댔거든. 설아라고, 왜, 눈이 왕방울 만하던 애, 걔가 너 못살게 군 것도 꼴보기 싫다고 그런 거야."

"미안. 나는 그런 게……."

"아냐아냐. 그런 뜻은 아니고. 내 말은, 그냥 넌 좀 달랐던 거 같긴 하다고. 지희 언니도 그랬어. 네 얘기 많이 물었어. 그 아줌마 독한 데가 있어서 궁금해하는 애들도 없이 칼 같은데, 너는 어떻게 되었냐고 묻더라. 그래서 말인데……."

쭈뼛쭈뼛 우현의 눈치를 살피던 희경이 자그마한 손을 우현의 무릎 위에 올려놓으며 말했다.

"너 그 남자한테 돌아가면 안 돼?"

우현이 느리게 눈을 깜빡였다.

"지희 언니도 네가 최수혁 씨랑 같이 있다니까 좋아했거든. 정말 되게 좋아하더라. 나야 최수혁 씨 잘 모르지만 지희 언니야 다 아는 사람이잖아? 하도 좋아하길래 아, 정말 잘된 일인가보다 했었어. ……우웅, 내가 말을 잘 못해서 어떻게 설명해야 좋을지 잘 모르겠는데 사실 난…… 클럽에서도 그렇게 별 생각 안 했어. 영감님을 별로 좋아하진 않았지만 막 싫어하고 그러지도 않았고. 뭐 그렇게 지내다 보니 불쌍했던 것도 있고. 무엇보다 앞으로 어떻게 될 거다 그런 생각 안 했어. 그런데 넌 뭔가 나랑 달랐단 말이야."

말이 엉키는지 희경이 빨간 입술을 옴찔거렸다.

"영감님이랑 지낼 때 날 데리고 오페라를 보러 간 적이 있거든. 베르디의 라 트라비아타……. 영감님 마당놀이 좋아하게 생겨갖고 어울리지 않게 오페라를 어찌나 좋아하던지. 나는 뮤지컬이 더 좋은데. 오페라는 뭐라고 하는 건지 당최 알아먹을 수가 있어야지. 뭐, 하여간에 그래도 교육받은 게 있으니 아는 척, 좋은 척은 할 수는 있잖니? 그런데 영감님이 그러는 거야. 너의 알프레도는 누구냐고."

라 트라비아타. 길을 잘못 들어선 여자.

"내 알프레도는 죽어도 영감님이 아니었지. 하지만 넌……."

"그만해."

우현이 말을 끊었다. 더 듣고 있다가는 울어버릴 것 같았다. 그런 우현의 얼굴을 보고 있던 희경이 자기가 먼저 울 것 같은 표정으로 말한다.

"뭐가 그렇게 어렵고 복잡해? 무슨 일인지 얘기 좀 해주면 안 돼?"

"가자. 일단 부동산을 좀 돌아다녀보자. 내가 괜찮아 보이는 데 몇 군데 번호를 적어놨어."

말을 돌리며 메모지를 집어 들고 주섬주섬 짐을 챙기고는 희경의 손을 당겼다. 그렇게 일어서서 빈 커피 잔을 반납하고 나오는 길, 우현의 걸음이 멈췄다. 벽에 걸린 TV 옆을 지나고 있을 때였다. 희경이 뭔가 하고 빳빳하게 굳은 우현의 시선을 따라 TV를 보았다. 카페 안에서는 시끄러운 음악이 나오고 있어 뉴스 속 아나운서의 목소리는 들리지 않았다. 뻐끔뻐끔 마치 금붕어처럼 입만 움직이고 있을 뿐이었다. 아나운서 뒤로 보이는 그림이 문제였다. 단정하게 차려입은 채 바늘 하나 들어가지 않을 것 같은 표정의 아나운서 뒤로 익숙한 남자가 기자들에게 둘러싸여 있었다.

큰 키에 잘 어울리는 몸에 잘 맞는 슈트, 약간 피곤한 듯 눈이 움푹 들어가 있었지만 굳게 다문 입술에서는 의지가 엿보였다. 아귀 떼처럼 달려드는 기자단을 몇몇 경호원들이 밀어내고 있는 사이, 아무것도 상관없다는 듯 큰 걸음으로 가로지르고 있는 남자는 최수혁이었다.

11. What matters most 上

　클럽이 와해되었을 때도 그랬다. 수혁이 빼돌린 파일은 인터넷을 타고 휠휠 순식간에 전국으로 퍼져나갔다. 같은 칼이 이번에는 수혁을 치고 있었다. 수혁이 사실 클럽의 회원이었다는 것이 문제의 시발점이었다. 출처를 철저하게 숨겼던 것이 오해를 불러일으키고 있었다. 거기에 더해 진위를 확인할 수 없는 수많은 소문들이 꼬리를 이어 확산되는 중이다.

　"그러니까 애당초 취재 경위도 모두 밝혔어야 했어요. 우리 맘대로 했었어야 한다고요. 괜히 꼰대들, 뭐 우리 정서가 아니네 뭐네……."

　지훈이 오만상을 찌푸린 채 말했다.

　"그랬다고 달라질 일은 아니야. 일이 조금 더 일찍 터지느냐 늦게 터지느냐의 차이지. 내 입으로 말한다고 사람들이 더 너그러워졌을까?"

"자수하면 정상참작을 해주잖습니까."

"정상참작을 해? 누가? 난 지금 법정에 서 있는 게 아니
야."

법정에서는 자수하면 판사가 정상참작을 해준다. 그러나
인터넷에서는 판사가 없다. 아니, 너무 많다. 어떤 한 가지 사
실이 인터넷에서 형성되는 여론에 영향을 미치지 않는다. 과
거에 클럽 관련 여론이 그랬듯이, 혹은 아이돌의 새 음반이 그
렇듯이, 어떤 것이 흥하고 어떤 것이 망할지는 아무도 모른다.
그저 좀 더 자극적이고, 좀 더 퇴폐적일수록 흥할 것이라는 예
측을 할 뿐. 그리고 안타깝게도 수혁의 스캔들 역시 부도덕했
고 자극적이라는 데서 그동안의 흥행 콘텐츠 공식에 꼭 들어
맞았다.

"뭐 곧 진짜 법정에 서게 되겠지만. 그보다…… 터뜨린 사
람이 누구라고?"

이상하리만큼 여유로운 태도로 수혁이 말을 돌렸다. 부루
퉁해서 입을 댓 발은 내밀고 있던 지훈이 이리저리 뒤지는 동
안 성민이 잽싸게 서류를 찾아 수혁에게 넘겼다.

"윤형식. 여당 쪽 인물이라는데 초선 의원이에요. 재선쯤
되는 의원이라면 나서기도 어려울 테니 적절한 인사죠."

"그래, 하지만 용케도 손에 피 묻힐 사람을 찾았군."

수혁의 말에 지훈이 퉁명스럽게 대꾸했다.

"찾기 어렵겠어요? 이름도 없던 양반이 일약 스타가 되었는데……. 재선은 따놓은 당상이라고 봐요. 누구라도 다 나섰을 거예요."

"아니야."

수혁이 현재 선두에서 공격을 지휘하고 있는 의원의 약력을 훑어본 다음 지훈을 향해 의자를 돌렸다. 가볍게 고개를 저으며 등받이에 몸을 기대는 것이 마치 남의 이야기를 하듯 여상했다.

"손에 피를 묻힌 자는 결코 위로 올라가지 못해. 정치의 습성이 그래. 전사는 영원히 전사지, 왕좌에는 못 앉아. 전사가 왕좌에 앉으면 그 왕좌는 피로 물들게 되어 있어. 이 사람은 자신의 정치인생을 희생시키는 대신 뭔가 받았을 거야. 이 일을 주도한 사람은 뒤에 숨어 있겠지."

지훈이 의아한 표정으로 수혁을 보다가 입을 열었다. 그러나 이내 다시 다물고는 생각하는 듯한 표정이 되었다. 잠깐 그런 지훈을 쳐다보던 수혁이 성민 쪽을 바라보고 말했다. 본디 엔지니어인 그는 이 사달이 날 때 하필 지훈이 자리를 비운 덕에 내내 회의에 불려와 앉아 있었다.

"오성민 씨……, 아무래도 엔지니어보다는 다른 쪽이 적성에 맞는 거 같으니 나 좀 도와줘야겠어."

"아? 네. 네. 저야 뭐……."

성민은 머리를 긁적였다. 170센티미터 정도, 세련되기 그
지없는 수혁이나 지훈과는 달리 동글동글한 것이 성격 좋아
보이는 남자로, 지금까지 자신이 지극히 단순무식한 공돌이라
고 생각해온 것과는 달리 수혁의 밑에서 새로운 적성을 발견
해내고 있는 중이었다.

"제가 뭘 하면 될까요?"

"스파이를 찾아줘."

수혁의 말에 성민이 눈을 둥그렇게 떴다.

"스파이요?"

"그래. 내 파일에 접근할 수 있는 사람 중에서…… 평상시
와 비교해서 요 한 달간의 접속이 급격하게 늘어난 사람을 체
크해봐. 엔지니어니까 할 수 있겠지?"

"네, 하지만…… 어째서 그런 생각을 하시는 겁니까? 스파
이라니 무슨 말씀인지 알 수가 없네요."

"저쪽에서도 신경 써서 뿌리고 있긴 하지만 정보 중에 맞
지 않는 말이 있어."

"네?"

"내가 내 파일에 섞어놨던 가짜 정보까지 훔쳐갔다는 이야
기야. 만약 저쪽에서 조사해 들어온 거라면 섞일 리가 없는 소
설이 섞여 있어. 내가 섞어놓은 거짓말들이야. 이건 그 정보들

이 내 방에서 나갔다는 거지."

지훈이 미간을 찡그렸다.

"형? 설마 나도 모르게……."

"이런 일은 모르는 사람이 많을수록 좋으니까."

사람 좋게 웃은 수혁이 일어서서 성민의 어깨를 두드렸다.

"그럼 부탁해."

"예, 알겠습니다."

갑작스럽게 친근해진 사장의 태도에 쩔쩔매면서 성민이 허리를 굽실댔다. 땀을 어찌나 흘리는지 한여름은 다 지나갔는데도 등판이 흥건하게 젖어들었다. 그런 두 사람을 보면서 지훈은 눈을 가늘게 떴다. 민우당은 벌집을 쑤셔 놓은 듯 난리이고, 주가는 연일 하한가를 기록하고 있었으며, 검찰 측에서는 소환장을 오늘 보내느냐 내일 보내느냐 시기를 잡고 있다고 했다. 법적으로 따지고 들자면 정보통신보호법부터 걸리는 것이 한두 가지가 아니었다. 일이 이렇게 만천하에 공개가 되었으니 아무도 수혁을 보호해주지 않을 것이다.

결정적으로 최수혁의 정치생명은 끝이었다. 모두 다 기대하던 차기 대권주자라 해도 오히려 그래서 나락이었다. 이런 더러운 스캔들은 쉽게 사라지는 게 아니다.

그런데 왜 저렇게 여유만만한 것일까? 평소 수혁은 절대로 무던한 사람이 아니었다. 오히려 예민한 쪽에 가까웠다. 차갑고 고집이 세서 대하기 불편할 때가 많았다. 하지만 오히려 모든 것이 무너져 내리고 있는 지금, 마치 기다렸던 일이 일어나는 것처럼 그는 편안해 보였다. 어떻게 보아도 사람 좋은 척하기에는 적당한 시기가 아닌데 그는 미치기라도 한 것처럼 보였다. 그것이 지훈을 불안하게 만들었다. 뭔가가 잘못되고 있다는 느낌이 스멀스멀 온몸을 기어 다녔다.

지훈이 입술을 잘근잘근 깨물고 있는데 수혁이 그의 등을 툭 쳤다.

"왜 그러고 서 있어? 나가지."

"밖에 기자들이 엄청나게 지키고 서 있다고요."

"들어도 왔는데 나가지를 못할까? 이쪽에도 사람 많잖아?"

정말 이상했다. 정말이지 이상했다. 말 한 마디 한 마디가 최수혁 같지 않았다.

"죄송합니다."

바쁘게 장비를 들고 움직이던 방송국 사람 하나가 우현의 어깨를 치고 얼른 사과를 건넸다. 그뿐 발걸음을 재촉하는 그는 정신이 없어 보였다. 그뿐만 아니라 거리를 가득 메우고 있는 사람들 모두 그랬다. 절반은 기자들이었고 남은 절반의 반쯤은 구경 나온 사람들, 또 그 절반의 반의 반쯤은 이 일을 꾸민 사람들이 동원한 아르바이트생들, 남은 절반은 수혁이 고용한 경호원들이었다.

"여긴 안 되겠다. 아직도 전화 안 돼?"

주차장 쪽으로 들어갈 수 있나 보고 오겠다던 희경이 혀를 내두르며 돌아왔다.

"대선 때 양쪽 후보들 집 앞에 사람들 진치고 있던 거 빼고 이런 건 처음 보네. 야아, 최수혁이 대단한 남자이긴 한가 보다."

희경은 클럽을 와해시킨 것이 수혁이라는 사실은 모른다. 지금도, 그저 부유함으로 시선을 끌었던 뉴 페이스가 과거와 연관해 위기를 맞고 있는 것 정도로만 알고 있을 뿐이다. 우현은 희경에게도 아무 말도 하지 않았다.

"일단 돌아가자. 이 기세가 한 번 수그러들어야 할 것 같아."

희경이 우현의 팔을 붙잡았다. 하지만 마음이 급한 우현은 안타깝게 사람들의 어깨 너머를 기웃거렸다. 어쩔 수 없다는 걸 알면서도 조바심이 이는 것이다.

"어? 나오나 봐?"

우글대던 사람들의 시선이 집중되더니 한 무리가 와르르 건물의 현관 쪽으로 내달렸다. 검은 옷을 입은 남자들과 기자들, 그리고 동원된 인력들 사이에서 어깨싸움이 벌어졌다. 우와아아 하는 함성 소리가 거리에 가득 찼다. 그리고 한 템포 느리게 수혁이 나왔다. 목적지는 길가에 세워둔 차까지. 그저 보도 하나 거리일 뿐인 차까지가 그렇게 멀게 느껴질 수 없었다.

언제나 우현이 매만져주던 감색 양복을 입은 수혁은 넥타이는 하지 않은 채였다. 그래서인지 평소의 그답지 않은 느낌이 들었다. 본디도 표정이 풍부하지 않은 남자이긴 하지만 지독히도 무표정해서 포커페이스가 무엇인지 정확히 알 수 있는 그런 얼굴이었다. 몇 주 사이 얼굴이 까칠해져 있었다.

우현은 손으로 입을 막았다. 그를 떠날 때에는 이런 문제가 생길 줄 상상도 못했는데, 이럴 줄 알았으면 그의 곁에 계속 있었어야 했다. 어차피 이렇게 될 거였다면 그녀는 그의 옆에 있었어야 했다. 그녀라도, 옆에 있었어야 했다.

어떤 용감한 기자가 마이크를 들이댔다가 경호원에게 밀려났다. 그 바람에 앞만 보던 수혁의 시선이 약간 흐트러졌다. 정신없는 인파 사이를 무심히 훑던 시선이 한 점에서 우뚝 멈췄다. 순간 귀가 멀어버릴 듯 시끄럽던 거리가 소음차단막이라도 씌운 것처럼 조용해졌다. 수혁과 우현의 주변에서 와글거리는 사람들도 흑백처럼 가라앉았다.

시선이 맞닿은 두 사람 사이의 시간도 멈춘 듯했다. 수혁의 표정은 바뀌지 않았다. 그저 좀 길게, 오래 우현의 얼굴 위에 시선이 머물렀을 뿐, 이내 아무것도 보지 못했다는 듯 시선이 떨어지고 그는 차에 올라탔다.

빵빵, 하고 경적을 울리며 조심스럽게 움직이던 차가 이내 사람들 사이를 벗어나 속도를 높였다.

"괜찮아?"

희경이 우현의 팔을 붙잡으며 걱정스럽게 물었을 때였다.

"저기."

커다란 덩치에 땀을 너무나 뻘뻘 흘리고 있는 순박해 보이는 남자가 말을 걸었다. 남자의 뒤로 경호원임이 분명한 남자 두 명이 서 있다가 우현과 눈이 마주치자 90도 각도로 허리를 숙여 보였다.

"이우현 씨죠? 전 오성민이라고 합니다. 사장님이 뵙자고 하십니다. ……이쪽으로 오시죠."

희경이 우현을 쳐다보았다.

"가자."

조그맣게 희경에게 속삭인 우현은 남자의 인도를 따라 한쪽에 세워놓은 차로 향했다.

이것이, 최수혁이다.

"차 돌려."

차창에 팔을 기대고 손으로 입을 가린 채 창 밖을 지그시 응시하던 수혁이 낮게 말했다. 너무 낮아 식별하기 어려울 정도였지만 온 신경을 수혁에게 집중하고 있던 지훈은 바로 알아들었다.

"한남동으로 가."

"한남동은…… 왜요?"

"가."

더 이상 묻지 말라는 듯 수혁의 목소리는 차가웠다. 방금 전까지 이유를 모르게 여상했던 얼굴은 다시 이유를 모르게 굳어져 있었다.

"하지만 기자들이 기다리고 있을 텐데요."

조심스레 덧붙인 지훈의 물음에 대답은 돌아오지 않았다. 그리고 수혁의 대답 없이도, 운전대를 잡고 있던 기사는 다음 유턴 장소에서 차를 돌렸다. 지훈은 그저 불안할 뿐이었다. 뭐가 어떻게 돌아가고 있는 건지 알 수가 없었다.

우현이 집을 나가고 난 후, 클럽에서 함께 데려왔던 여주 댁의 입장은 애매해졌다. 수혁은 사람 없는 아파트에 그녀를 그냥 두는 대신 한남동의 저택으로 출근하라고 지시했다. 우현이 다시는 돌아오지 않을지도 모른다는 것을 인정하고 싶지 않기도 했고, 또 새 살림을 정돈해야 할 필요도 있었다. 최근 여기저기 흩어져 있던 부동산을 정리하면서 일어난 일이었다.

저택의 주차장으로 진입하자 지훈의 얼굴이 뾰족해진 것이 보였다. 전혀 모르고 있던 장소라 그랬다. 지훈은 회사 일뿐 아니라 어지간한 수혁의 개인적 일도 모두 돌보고 있었다. 오늘 처음 알게 된 거짓 정보에 대한 건도 그렇고, 이 저택도 그렇고……, 지훈의 입장에서는 당황스러울 수밖에 없었다.

"너는 기자회견장으로 가."

차에서 내리며 수혁이 간단히 지시했다.

"간단히 브리핑 하고, 회견 시간은 저녁으로 미뤄."

"형."

"지금 일하는 중이야."

선을 긋는 수혁의 말에 지훈이 입을 다물었다.

"가."

수혁이 차 문을 닫았다. 탁 소리가 났다고 느끼는 순간 그는 벌써 뒤돌아 성큼성큼 정원의 계단을 오르고 있었다.

"사장님."

현관문을 열어 수혁을 맞으며 여주댁은 괜스레 쩔쩔맸다. 우현이 떠났을 때에도 그녀는 그랬다. 꼭 자기 딸의 부부싸움을 정면으로 목격한 사람 같은 난처한 얼굴로 쩔쩔맸다.

"잠깐 나갔다 오세요."

그런 여주댁의 어깨를 두드려 안심시킨 후 나갔다 오라고 지시한 수혁이 거실로 들어섰다. 우현은 소파에 손님처럼 앉아 있었다. 또다시 아무렇지도 않게, 말가니 여상한 얼굴로 고개를 돌리고 앉은 모습에 부아가 치밀어 수혁은 이를 악물었다.

"너……."

온통 시야에 이우현뿐이라 몰랐는데 한 마디 하려는 순간 우현이 혼자가 아니라는 사실을 알아차렸다. 우현의 옆에 앉아 있다가 수혁을 보고 물정 모르는 아이처럼 반색을 한 것은 희경이었다.

"최수혁 씨."

희경이 웃으며 인사했다.

"정희경 씨."

치밀어 오르는 무언가를 꾹 누르면서 수혁이 고개를 가볍게 숙여 인사했다. 피부처럼 몸에 달라붙은 매너가 아니었다면, 아니, 그럼에도 불구하고 힘든 일이었다. 그랬기에 인사는 간단했고, 금세 시선은 여전히 그를 바라보고 있지 않은 우현에게로 돌아갔다.

"그렇게 쳐다보지 마요. 우현이 뚫어지겠어요."

희경이 분위기를 누그러뜨리려 애썼지만 어림도 없는 일이었다. 하지만 우현은 그걸로 됐다고 생각했던 듯하다. 계속 시선을 비스듬히 둔 채 눈을 마주치지 않던 그녀가 고개를 조금 들어 수혁을 바라보았다.

"우리 이야기는 나중에 해요. 그보다 더 급한 일이 있잖아요?"

"더 급한 일이라……. 내가 알기로 없는데, 나야 항상 모르는 게 많은 남자니 알 수 없군."

수혁이 솜씨 좋게 비꼬았다. 하지만 우현은 꼭 쫓기는 사람처럼 저 하고 싶은 이야기를 늘어놓기 시작했다. 아주 잠깐 닿았던 시선은 언제 닿았냐 싶게 수혁을 외면한 채였다.

"희경이가 영감님한테 찾아갔었어요. 지희 언니……, 홍마담 언니한테도 도움을 받았고요……. 우리가 알고 있던 정보들을 놓고 거래를 했어요. 당시 클럽에 드나들던 사람들 중에는 이슈화되지 않았던 사람들, 거물급들이 많거든요. 당신을 포함해서였지만 지금은 당신은 오픈되었으니 이제 우리가 가지고 있는 정보와 명단을 거래하면 그럭저럭 타산이 맞을지도 몰라요. 이 파일에……."

우현이 테이블 위에 올려놓았던 파일을 펼쳤다. 하지만 이내 파일은 다시 덮였다. 수혁이 한 손으로는 파일을 내리누르며 다른 손으로는 우현의 턱을 잡아 그를 보도록 고정시켰다.

"정희경 씨, 잠시 자리 비켜주시겠습니까."

희경 쪽으로는 일별도 하지 않은 채 낮게 울린 수혁의 목소리에 희경이 흘끔 우현의 눈치를 보았다. 우현이 괜찮다는 듯 손짓했다. 표정은 여전히 담담하게 누른 채다. 희경이 어쩌나 하고 손을 들었다 내렸다 망설이다가 문을 열고 나갔다. 정원 구경하고 올게…… 라고 하나마나 한 말을 붙이고선.

12. What matters most 下

　문이 닫히는 소리와 함께 수혁은 붙잡고 있던 우현의 턱을 놓았다. 턱을 놓은 손이 그대로 파일을 쳤다. 파라락 하고 파일이 날아오르며 허공으로 흩어졌다. 팔랑팔랑 느리게 내려앉는 서류들 사이에서 시선이 차갑게 맞부딪쳤다.

　"누가 이런 짓 하라고 했어?"

　수혁이 이를 악물고 우현을 바라보았다.

　"이렇게 들쑤시고 나오면 네가 타깃이 된다는 거 모르지 않을 텐데?"

　"난 별것도 아닌데요. 내가 누군지 알려면 한참 걸릴 거고요. 그리고 어쩌면…… 영감님이 막아준다면…… 괜찮을 수도 있고요."

　"그 영감이? 정희경 일이니 나서기야 했겠지만 자기 마누라 눈치 보느라 전전긍긍인 양반이 퍽이나!"

"그런 식으로 말하지 마요."

"누가 이런 짓을 하라고 했냐고 물었어."

"내가 그러고 싶었어요."

"왜."

"당신이……."

우현이 입술을 깨물었다.

"지금 그런 걸 따질 때예요? 일단 급한 불부터 끄고……."

"넌 날 믿지 않아. 조금도 믿지 않아. 내가 아무 생각도 없이 손을 놓고 있을 줄 알았어?"

수혁이 벌떡 일어나며 언성을 높였다. 그러고는 화가 나서 견딜 수 없다는 듯이 뚜벅뚜벅 걷기 시작했다. 그가 움직이는 대로 시선을 옮기던 우현이 어지러워 눈을 감아야 했을 정도였다.

"하지만 날 걱정하지."

많이 누그러진 목소리가 한숨처럼 들렸을 때에야 우현은 다시 눈을 떴다. 어느새 코앞에 선 수혁이 우현을 내려다보고 있었다. 항상 다소 날카롭게 느껴졌던 눈빛이 뭉근하게 풀려 있었다. 차마 그 눈을 마주볼 수가 없어 우현은 시선을 피했다.

"그래서 돌아온 건가. 날 위해서?"

정부

"그런 건 지금 중요하지 않아요."

"중요해. 나한테는. 너는 날 위해서 떠났지. 그리고 날 위해서 돌아왔어. 맞아?"

"수혁 씨."

"고개 들어."

"이 서류는…… 보면 알 거예요."

"날 봐."

"싫어요."

"이우현."

"나는 그냥 갈게요. 생각해보니 굳이 설명하지 않아도 당신이 알아서 할 수 있을 것 같아요."

"이우현."

"이름 부르지 마요!"

우현이 벌떡 일어나 수혁을 노려보다가 돌아섰다. 하지만 그의 어깨를 스치고 지나가는 순간 수혁은 그녀의 팔을 붙잡아 끌어안았다. 옅은 한숨이 그녀의 귓가를 스치고 흩어졌다.

"놔줘요."

"도대체 어떻게 해야 좋을지 모르겠다. 이름도 부르지 말라고 하고……. 너에게 아무것도 강요하지 않겠다고 생각했는데 난 또 윽박지르고 있어. 어쩌면 나는 이렇게밖에 말할 줄 모르는 인간인지도 모르겠어."

밀어내던 수혁의 손이 멈칫했다.

"하고 싶은 말은, 돌아와서 기쁘다는 거야."

수혁이 어찌나 세게 우현을 끌어안았던지 그녀는 아득해져 산소 결핍을 느꼈다. 항상 짧고 간단하게, 핵심만 파고드는 것에 비해서는 표현력이 부족한 남자라 잘 느껴지지 않지만 끌어안은 팔의 힘이나 등을 감싼 손의 감각이 너무나 절실해서 그 마음이 선명해지는 기분이었다.

"나는 후회 같은 거 안 하는 인간이야. 하나마나 한 건 안 해. 내가 잘못했다는 생각도 같은 종류지. 그런데 널 생각하면……."

수혁이 우현의 어깨에 얼굴을 묻었다. 축축한 호흡과 섞여 희미하게 느껴지는 수혁의 체취에 우현이 눈을 감았다.

"후회되는 일뿐이야. 내가 잘못했던 것만 생각 나. 다시 내 앞에서 사라지지 않겠다고 약속해. 제발……."

"당신이 뭘 잘못했다고 그래요. 나는……."

우현은 더 이상 말 하지 않고 입술을 깨물었다. 할 수 있는 말이 없었다. 사라지지 않겠다고 약속할 수도 없었고, 지금은 일단 일을 해결하라는 말을 할 수도 없었다. 당면한 문제 따위는 아랑곳하지 않는 수혁이 당황스러웠다. 이런 남자라고 생각하지 않았었는데, 언제나 무소의 뿔처럼 직진해 무서울 정도의 남자였는데…… 이렇게 약한 모습을 보일 거라고는 생각도 못했다. 어쩌면 내칠 거라고 생각했었다. 우현의 도움 따위는 받지 않겠다고 밀어낼 거라고도 생각했었다. 말없이 떠나버린 우현을 수혁은 용서하지 않을 수도 있다고 생각했었다. 냉정한 사람이니까, 논리적인 사람이니까……, 평소처럼 젠틀하게 우현의 도움을 받고 그렇게 남남처럼 안녕이라고 말할 수도 있다고 생각했다.

이렇게 우현을 끌어안고 매달릴 거라고는 생각하지도 못했다. 다 팽개치고, 아무것도 소용없다며 머물러주기를 애원할 거라는 사실은 우현의 답지에 없었다. 이럴 줄 알았다면 오지 않았다. 희경만 보냈을 거다. 아니면 서류만 보냈더라도, 어쩌면 수혁은 알아서 해결했을지도 몰랐다.

'아냐……. 여기까지 온 건 마지막으로 한 번 더 보고 싶어서였잖아.'

"다른 이야기는…… 희경이와 하시면 될 거예요. 전 가볼게요."

잠긴 목소리로 수혁을 밀어내며 우현은 이를 악물었다. 바보짓을 했다. 수혁만이 아니라 우현 자신에게도 바보짓을 했다. 수혁이 이렇게 나오면 우현도 힘들어질 뿐이다. 수혁도 괴롭히고 자신도 괴롭히는 바보짓을 했다.

"안 돼."

수혁이 그를 지나쳐 가려는 우현을 붙잡아 두 손을 그러잡고 입을 맞췄다. 사람의 체온이 이렇게 뜨거운 것이었던가? 닿은 입술이 너무나 뜨거워 우현은 아찔했다. 그대로 우현의 손에 입술을 댄 채 수혁이 무릎을 꿇었다.

"수혁 씨!"

우현이 놀라 소리쳤지만 수혁은 꿈쩍도 하지 않았다. 그대로 절실하게 우현을 올려다볼 뿐이다. 그러고는 손에 입을 맞춘다. 손끝 하나하나, 그리고 손바닥, 맥박이 거칠게 뛰고 있는 손목……, 수없이 입을 맞춘다.

"지금은 이럴……."

때가 아니라는 말은 입술 사이로 사라졌다. 우현은 차라리 눈을 감았지만, 손목을 휘어잡은 단단한 손과 맞부딪쳐오는 입술의 감촉까지 막을 수는 없었다. 온몸이 흐물흐물 녹아내리는 것 같았다. 이성적으로 생각하는 것이 불가능했다.

'왜 이렇게까지.'

"왜 이렇게까지……."

"널 사랑해."

순간 우현은 숨을 멈췄다. 온몸도 기능을 멈췄다. 시간도 멈췄다. 그리하여 우현은 겨우겨우, 수혁의 고백을 부정했다.

"아니에요."

"아니라도…… 널 보낼 수는 없어. 가지 마."

수혁이 우현의 허리를 감싸 당겨 안았다. 그리고 배에 얼굴을 파묻고 숨을 들이쉰 다음 일어나 등을 당기고 입술을 포 갰다. 언제나 당당하게 지배하듯 호흡을 들이마시던 입술이 조심스럽게, 너무나 조심스럽게 우현의 호흡을 훔쳤다. 하지 만 팔만은 조심성 따위는 모른다는 듯 그녀를 꽉 끌어안고 있 었다. 절대로 놓아주지 않겠다는 듯.

"결혼하자는 말 따위 안 할게."

"결혼한다면서요."

"아니, 그건……."

수혁이 난감한 듯 입술을 뗐다가 한숨을 쉬고 우현의 이마 에 그의 이마를 갖다 대었다.

"이게 문제지. 네 앞에서 나는…… 바보짓을 해. 그건, 혹 시, 네가, 그러니까……."

딱딱 끊어지던 수혁의 목소리가 이내 완전히 잦아들었다. 제 입으로는 도저히 말 못하겠다는 듯한 그 끝에 우현이 그의 가슴을 밀어내고 눈을 마주쳤다.

"설마……."

"너도 나를 다 아는 건 아니야. 나는 남의 말을 듣는 남자 가 아니야. 아무도 나에게 결혼해야 한다, 말아야 한다, 말할 수 없어."

잠시 사이를 두고 수혁이 우현을 꽉 끌어안았다. 자기가 하는 말을 그녀가 듣지 못하게 하겠다는 듯 귀까지 막았다.

"그리고 난 생각보다 유치해. 네가 질투하고…… 가능하면…… 네가 다른 여자와 결혼 따위는 안 된다고 잘라주길 바랐어. 질투라도 해주면 더욱 좋겠지. 어쩌면 바가지 같은 걸 긁지 않을까도 생각했으니까. ……하지만 됐어. 이제 됐어. 네가 싫어하는 짓은 어떤 일도 하지 않을게."

수혁의 마지막 말에 우현은 웃고 말았다. 하하, 하고 소리 내어 웃었는데 눈물이 주르륵 흘렀다.

"어?"

당황하여 손가락으로 닦아내려고 하는데 눈물이 계속 났다.

"왜 울어?"

우현보다 더 당황하여 수혁이 입술을 깨물었다. 어쩐지 그의 얼굴도 울상이 되어버린 것 같았다.

"미안해. 내가 잘못했어."

"당신이 뭘요."

무턱대고 사과하면서 수혁이 계속 흘러내리는 눈물에 당황한 우현의 눈가에 입을 맞췄다. 그리고 눈물로 얼룩진 뺨에, 부드럽게 턱을 들어 짭조름하게 눈물이 묻어 있는 입술에……. 키스가 천천히 깊어졌다. 부드럽게 서로의 호흡을 삼키고, 혀와 혀를 마주 쓰다듬으며 서로에게 스며든다.

"넌 날 떠날 필요가 없어. 난 이미 대단한 사람이 되긴 글

정부

렀어."

"미쳤군요, 당신."

"원래부터 제정신은 아니었어."

우현은 또다시 웃었다. 울면서 웃었다.

"그러니까 내 옆에 있어."

대답하는 대신 우현은 그의 품에 몸을 기댔다.

사랑할 수 있을까? 현실이 어떠하든, 두 사람이 어떻게 다
르든, 어떻게 만났든, 그 끝이 어떨 것 같든 지금은 사랑하자
고. 서로 눈앞에 있으므로 거기까지만, 오직 거기까지만……,
그렇게 생각할 수 있을까?

"기다려."

입술을 떼고 수혁이 우현의 머리카락을 쓰다듬어 올렸다.
바닥에 나뒹굴고 있는 파일을 집어든 그는 잠깐 서류를 훑어
보고는 그대로 문 쪽으로 갔다. 문 앞에서 어쩔 줄 모르고 서
있던 희경이 눈을 동그랗게 떴다.

"이것도 가지고 가시고, 지금 즉시…… 영감님께 가요."

"네?"

"모두 없었던 일로 하시라고. 다 잊어달라고 그렇게 말해
요."

"하지만 그러면 수혁 씨는 어떻게 하려고요!"

"희경 씨 마음은 고맙지만 도움 받을 정도로 약하지 않아

요. 내 일은 내가 알아서 합니다. 지금 희경 씨가 해줄 수 있는 일은 아무 일도 없었던 것처럼 모든 걸 원상복귀시키는 것뿐입니다. 저 여자가 여기에 관여되었다는 사실을 싹 다 지우세요. ……할 수 있겠어요?"

희경이 수혁의 어깨 너머로 우현을 쳐다보았다. 하지만 이내 그가 그러지 못하도록 시선을 막아섰다. 오직 자신만 보라는 듯 수혁이 희경을 엄한 얼굴로 쳐다보았다. 이런 얼굴을 마주하면 말을 듣고 싶지 않아도 듣지 않을 수가 없다.

"할 수 있어요?"

"알겠어요."

하지만…… 이라고 걱정을 붙이고 싶은 마음을 억누르며 희경이 물러섰다.

"우현이는 여기에 있을 겁니다."

불안이 감돌던 희경의 얼굴이 가라앉았다. 그녀는 눈을 깜빡이며 수혁을 올려다보았다.

"우현이라는 이름, 언제 알았어요?"

희경의 질문의 진의를 파악하지 못한 수혁이 그녀의 얼굴을 빤히 쳐다보았다.

"6개월 전쯤."

느리게 대답하는 그의 목소리에 희경이 눈을 내리깔았다. 지연, 아니, 우현이 희경에게 본명을 이야기해준 것은 최근이

정부

었다. 미울 정도로 깍쟁이 같았던 우현이 마음을 열어준 거라 몹시도 기뻤다. 하지만 우현은 수혁에게는 그보다도 일찍 본명을 이야기했다. 두 사람은 벌써 본연 그대로의 모습으로 서로에게 닿아 있었던 거다. 아니라고 하면서도, 아닐 거라고 의심하면서도.

희경의 본명은 미영이었다. 정미영. 하지만 그녀는 클럽에 들어가면서 정미영이라는 이름을 버렸고, 지금도 다시 돌아갈 생각은 없었다. 그것이 바로 정체성과 관련한 희경의 결론이었다. 그리고 우현은, 진심으로 생각하건대 우현은 우현으로서 최수혁의 옆에 있는 게 어울렸다. 희경이 수혁을 똑바로 쳐다보며 방긋 웃었다.

"우현이에게 언제나 오고 싶으면 와도 된다고 전해주세요."

잠깐 사이를 두고 수혁이 빙그레 웃었다.

"함께 갈게요."

빙그레 웃으며 단정하게 목례하고 수혁이 문을 닫자 희경은 뒤돌아서며 어깨를 으쓱했다.

"뭐야. 여기까지 오려고 얼마나 비장한 각오를 했는데……."

문득 다른 의심도 들었다. 최수혁은 설마 여기까지 생각한 걸까? 우현이 달려올 거라고 알았던 걸까? 설마……. 여자 하나 때문에 자신의 앞길을 틀어버리는 남자는 희경이 알기로 없었다. 괜한 생각이다. 그냥 우연히, 정말이지 우연히 모든 것이 맞아떨어지고 있는 것뿐일 터다.

"잠깐만, 잠깐만, 수혁 씨!"

단정하고 예의 바르게 희경을 내쫓은 후 그는 곧장 다가와 다시 우현의 허리를 부여안고 키스해왔고, 침대로 가 우현의 옷을 벗겼다. 처음에는 갑작스레 흐르기 시작해 도무지 멈추지 않는 눈물 때문에 정신이 없던 우현도 이내 제정신을 차리고 당황한 기색을 드러냈지만 소용없었다. 수혁은 멈추지 않았다. 그에게 있어서 지금 당장 그녀를 안는 것보다 더 급한 일은 없는 것 같았다. 그나마 좋은 일은 수혁의 서슬에 눈물이 멈췄다는 것 정도일까.

"자, 잠깐만요."

브래지어를 밀어올린 수혁이 우현의 가슴을 물고 혀끝으로 도톰한 살점을 굴리다가 고개를 들었다. 마치 잊어버리고 있던 것이 생각난 얼굴이었다.

"싫어? 하지 마?"

"하지만 지금은…… 당신은……."

정신을 차릴 수가 없었다. 우현이 알기로 수혁은 지금 벼랑 끝에 몰린 상황이었다. 이렇게 대책 없는 사람이라는 생각은 안 해봤는데 오늘의 수혁은 당최 알 수가 없었다. 이럴 때, 이런 일이라니…….

"우린 이야기를 먼저 해야 해요."

"하고 싶은 이야기가 있어?"

더 이상 진도를 나가지는 않았지만 그의 손이 닿은 순간부터 뜨겁게 달아오른 피부에 입을 맞추며 수혁이 대답했다.

"당신 문제요. 희경이를 그렇게 보내버리면 어떻게 하려고 그러는 거예요?"

"그건…… 네가 신경 쓸 게 아니야."

피부에 속삭이는 것처럼 수혁이 말했다. 그의 뜨거운 입김이 피부 위로 농염하게 감아들었다. 우현은 점점 머릿속이 텅 비는 듯한 느낌이 되고 있었다.

"내가 망하는 한이 있어도 널 방패로 내세우진 않아."

수혁이 생각이 난 듯 몸을 약간 올려 시선을 똑바로 마주친다.

"너는 다시는 이런 생각을 하면 안 돼. 날 위해 네가 위험할 수도 있는 일은 생각하지 마. 그리고 날 좀 믿어."

수혁이 우현의 이마에 입을 맞추고 그녀가 뭔가 대답하기 전에 입술을 입술로 막았다.

"허락해줘."

숨이 막힐 정도로 길게 키스한 수혁이 입술을 목덜미로 내리며 졸랐다. 마치 지금 중요한 일은 이우현을 갖는 것뿐이라는 투였다.

"아직은 누군가에게 허락을 구하고, 누군가를 배려하는 일이 익숙하지 않아. 그래서 조절할 수 없어. 일단 네가 하지 말라면 하지 않을 생각이야. 그러니까…… 지금 뭔가 문제가 있는 게 아니라면 허락해줘. 널 안고 싶어."

수없이 입을 맞추며 조르는데, 저 최수혁이 이렇게 약하게 구는데 어떻게 거절할 수 있겠는가? 안 된다고 생각했던 마음은 어디로 사라진 건지 흔적 없이 녹아버리고 우현은 이내 달뜬 소리를 내며 수혁의 머리카락을 헝클었다. 그만큼, 혹은 그보다 더 우현은 그를 그리워했다. 그녀가 아는 유일한 남자이자 절대명제, 그녀가 아는 모든 것을 어떻게 그리워하지 않을 수 있겠는가. 머리가 어떻게 되어버린 것만 같았다. 너무나도 그녀를 원하는 남자 앞에서, 우현은 그 남자를 원하는 여자 외에는 아무것도 될 수가 없었다.

"사랑해요."

우현이 중얼거렸다. 또다시 눈물이 날 것 같아서 손으로 얼굴을 가린 채, 언제나 하고 싶었던…… 하지만 단 한 번도 하지 않았던 말을 했다. 쉴 새 없이 우현의 온몸에 키스를 퍼붓던 수혁의 움직임이 멈췄다. 한참을 몸이 겹쳐진 채 가만히 있던 수혁이 부드럽게 우현의 손을 떼어내고 눈물이 줄줄 흐르는 눈 위에 입을 맞췄다.

"알아."

수혁이 우현의 등 뒤로 손을 넣어 브래지어 후크를 풀고 그대로 손을 깍지 낀 다음 그의 몸에 우현의 몸을 붙였다.

"이제 울지 마. 안 좋은 생각은 다 잊어버려. 너는 내 말을 잘 들으니까……, 이번 말도 들어. 지난 일들은 다 잊어버려. 너는 오늘, 내 품에서 다시 태어나는 거니까."

눈물을 모두 삼키려는 듯 입술을 겹쳤던 수혁이 손으로 그녀의 머리카락을 쓸면서 이마로 입술을 옮겼다. 그리고 관자놀이에, 코끝에, 입술에, 뺨에, 턱에…… 반복해서 입을 맞췄다. 몇 번이고 몇 번이고……. 뜨거운 혀가 귀를 핥을 때는 몇 번이고 속삭여주었다. 사랑해. 함께 있자. 같이 가자. 가는 목덜미에 수혁의 입술이 닿고, 쇄골을 손이 쓸고 지나간 자리에 다시 입술이 흘러내렸다. 몹시도 그리웠던, 둥글게 선이 예쁜 가슴과 허리, 엉덩이를 쓰다듬는 손이 애틋했다.

몸과 몸이 겹쳐지면서 체온이 섞였다. 피부 아래 혈관을 타고 흐르는 서로의 생명이 느껴질 정도로 가까이, 더욱 가까이……. 수혁의 손이 우현을 쓰다듬는 동안 우현의 손은 수혁을 쓰다듬었다. 다리를 엇갈려 맞물린 채 수혁은 우현의 온몸에 입술을 눌렀다. 입술이 지나간 하얀 피부 위로 붉은 꽃이 피어났다.

원했다. 강제로 빼앗긴 것처럼 결코 채워지지 않았던 안온
감과 충족감, 오로지 서로의 안에 있을 때만 느낄 수 있는 그
감각을 되찾고 싶었다.

"아······."

우현이 길게 끓는 소리를 냈다. 수혁이 그녀의 안으로 뿌
리 끝까지 진입했을 때였다. 느리게, 은밀하게, 깊게······, 수
혁은 그녀의 안에 자신을 묻은 채로 우현에게 입을 맞췄다. 그
리고 그대로 몸을 포갰다. 수혁의 입술 사이로 뜨거운 숨이 새
어나왔다. 비로소 제자리를 디디고 선 듯한 느낌이 들었다. 그
동안은 숨을 쉬어도 쉬는 것 같지 않았다. 결합한 상태로 몸을
겹친 채 꼼짝도 않고 수혁은 한참이나 우현을 안고 있었다. 그
러다가 먼저 손을 움직여 머리를 쓰다듬고, 다시 입을 맞추고,
눈을 마주쳤다. 마음이 아려왔다.

최수혁은 이우현을 보고 있다.

이우현은 최수혁을 보고 있다.

더 이상 중요한 것은 없었다. 두 사람이 서로를 품에 안고
있었으므로.

13. 유다의 날

어딘가 열린 문으로 불어온 바람이 집 안을 휘감아 돌아 침실로 침입했다. 하얀 면 시트를 감은 채 자고 있던 우현은 무의식 중에 따뜻한 체온을 찾아 몸을 돌렸다. 이내 커다란 손이 그녀의 머리카락을 쓰다듬고 뺨을 건드린다.

눈이 뜨였다. 바로 시야에 들어오는 남자는 최수혁이었다.

잠깐 의아해졌다. 최수혁의 뒤로 보이는 하얀 커튼과 커다란 창, 창 바로 앞에 놓인 콘솔까지…… . 여기는 반포 아파트다. 모든 것은 그대로라 마치 떠난 적이 없었던 것 같은 착각이 든다.

"언제 깼어요?"

"방금."

쿠션에 등을 기대고 우현을 바라보고 있던 수혁이 조용히 대답했다.

"깨우지 그랬어요. 나가야 하는 거 아니에요?"

우현이 시트를 당겨 벗은 몸을 가리며 상체를 일으키자 수혁이 가만히 그녀를 끌어당겨 안았다.

"그러게. 늦었어."

"왜 안 깨웠어요?"

"그러려고 했어. 조금만 더, 조금만 더…… 하고 보다 보니 지금이네."

"뭘 봤는데요?"

"맞혀봐. 내가 뭘 봤을까?"

짓궂은 수혁의 물음에 얼굴을 붉히며 우현이 몸을 비틀었다. 수혁의 품에서 빠져나가고자 한 행동이었지만 그는 그녀를 놔주지 않았다. 오히려 몸을 감은 손에 더 힘을 주고, 시트 아래로 맨살을 쓸며 몸과 몸을 바짝 붙였다. 서로에게 익숙한 몸이 아주 쉽게 관능적으로 얽혀든다.

"놔줘…… 요."

눌린 목소리로 우현이 수혁의 어깨를 밀어냈다. 이제 그녀의 귓가는 잘 익은 홍당무처럼 붉은 빛깔이었다.

"넌 아직도 부끄러움을 타는군."

매우 이상한 일이었다. 온몸을 속속들이 다 알고 있는 사이다. 그것이 일이 년이 아니었다. 그런데도 우현은 가끔 부끄러움을 탔다. 섹시하고 관능적이게 남자를 유혹할 줄도 알면서, 가끔은 대담해져 수혁이 당황할 정도로 반응해오면서, 가장 부끄러운 부분도 모두 수혁에게 보여줘놓고 빨개지는 얼굴은 무엇을 의미하는지 모르겠다.

추측해보자면, 우현은 수혁이 그녀를 사랑한다고 느낄 때 부끄러워했다. 그가 그녀에게 완전히 빠져 있다는 사실을 숨기지 않을 때, 드러내어 고백하고 답지 않은 낯부끄러운 말을 할 때면 우현은 홍당무가 되곤 했다.

"아주 바보야."

수혁이 우현의 어깨를 감싸 꽉 끌어안았다. 그대로 몸을 뱅글 돌려 우현의 위로 몸을 겹친 다음 고개를 돌리는 우현의 턱을 잡아 자신을 보도록 고정시킨다.

"왜요."

아무 말 없이 계속 쳐다만 보고 있는 수혁의 시선이 부담스러워 우현은 자꾸만 빨개졌다.

"왜 아무 말도 안 해요."

어떻게든 도망가고 싶다는 듯 바르작거리던 우현이 종내는 수혁의 어깨를 밀었다.

"왜 자꾸 쳐다봐요. 그만 봐요. 눈 감아요."

"좋아서 그래."

"느끼해!"

참지 못하고 우현이 도리질을 쳤다. 손에는 더 꾸욱 힘을 준다. 어차피 비키지 않을 남자이다 보니 쓸데없이 힘을 쓰는 건 알지만, 뭐라도 해야 할 것 같았다.

"지금 이럴 때가 아니잖아요."

"지금부터."

우현의 말에 수혁이 부드럽게, 하지만 충분한 힘을 실어 말했다.

"'이럴 때'가 아닌 경우는 없어. 항상 이럴 때야."

그리고 몸을 숙여 우현에게 입을 맞췄다. 입술을 앙다물고 끝까지 벌리지 않으려 하는 그녀의 입술 주변을 부드럽게 노크하듯 누르고, 천천히 숨을 들이쉬고 내쉬기를 반복하자 우현의 입술이 천천히 열린다.

"정말……."

불평이 수혁의 입술 사이로 사라졌다. 어쩔 수 없다는 듯 그의 어깨를 끌어안자 그가 좀 더 깊게 키스해온다. 다리와 다리가 엉키고, 배와 배가 맞닿고, 가슴과 가슴이 부딪쳤다. 서로의 심장이 강하게 맥박 치는 것이 피부를 통해 느껴졌다. 그렇게 두 사람은 부둥켜 안고 느리게 서로의 맛을 보았다. 이른 아침의 살 내음을, 따뜻하게 맥동치는 심장과 숨결을.

"갔다올게."

문을 나서던 수혁이 잠깐 멈칫하고는 우현을 바라보았다.

"집에 있을 거지?"

"음, 잠깐 나갔다 올 거예요."

수혁의 얼굴이 흐려졌다.

"어디를 가는데?"

"지희 언니……, 홍 마담 언니 기억해요? 이번 일로 많이 도와줘서, 어쨌든 인사를 해야 해요."

"아아, 그 사람. 잘 지낸다는 이야기는 들었어."

"알고 있군요."

"물론이야."

수혁은 짧은 숨을 토해내더니 말할 수 없이 애잔한 얼굴로 우현을 바라보았다. 그러다 기가 막힌다는 듯 내뱉었다.

"미치겠군. 네가 사라져버릴까 봐 겁내는 꼴이라니."

시니컬하게 내뱉은 수혁이 엄한 표정으로 말했다.

"갔다가 늦지 않게 집에 와 있어. 저녁은 들어와서 먹을 거니까. 그 전에 전화할게."

"알겠어요."

잔잔하게 웃으며 대답하는 우현의 얼굴을 바라보던 수혁이 다시 한 번 짧은 숨을 토해냈다.

"기사 붙여줄까?"

"아니에요. 혼자 갈 수 있어요."

"말을 잘못했군. 기사 붙여 가."

우현이 작게 웃었다.

"그러지 마요."

"웃음이 나와?"

수혁이 손을 뻗어 우현의 양 뺨을 감싸 쥐었다. 그리고 어떻게 해야 할지 모르는 사람처럼 주물주물 우현의 얼굴을 멋대로 가지고 논다.

"뭐 하는 거예요!"

웃음을 터뜨리며 우현이 고개를 빼려 했지만 수혁은 놓아주지 않고 꽉 잡고서 눈을 마주친다.

"전화할 거야."

"그래요."

"못 받으면 쫓아올 거야."

"일은 어떻게 하고요?"

"일하던 중이라도. 뭘 하던 중이라도. 다 내팽개치고 쫓아올 거야."

그제야 안심이 되는지 허리를 세운 수혁이 우현을 놓아주었다.

"나는 경고했으니까 이제 다 네 책임이야. 얼른 나갔다 와. 오후에는 여주댁 이쪽으로 출근하라고 했어. 내가 확인할 거야."

"네에."

우현은 여전히 잔잔하니 흐트러짐이 없었다. 처음부터 그랬던 것처럼 정돈되어 있는 표정으로 담담히 수혁을 배웅할 뿐이다.

"다녀오세요."

마뜩찮은 얼굴로 돌아섰던 수혁이 열었던 문을 도로 닫고 돌아왔다. 빠른 걸음으로 뛰다시피 달려온 그는 아직도 문간에 서 있던 우현의 허리를 붙잡아 끌어당겨 입을 맞췄다. 깊게. 허리가 꺾이도록.

"하아……!"

길게 이어지던 키스가 끝난 후 우현이 뜨거운 숨을 토해냈다. 간신히 정신을 차린 그녀가 뭔가 한 마디를 하기도 전에 수혁은 문을 열고 나갔다. 붉게 달아오른 얼굴을 제대로 수습하지도 못한 채였다.

놀랍게도, 홍지희가 차린 것은 서점이었다.

클럽 휴(休), 속칭 아방궁의 마담으로서의 홍지희를 알고 있는 사람이라면 그 누구라도 놀랄 수밖에 없는 결정이었다. 홍지희가 한때는 문학소녀였다든지 하는 것은 중요하지 않았다. 중요한 건 결국 그녀가 뭘 이뤄냈냐였다. 어쨌든 그녀는 지금 원하던 삶을 살고 있었다. 가족과 함께 조용히.

"그런 거 있잖아요. 옛날에 더 록(the rock)이었나? 무슨 영화인데, 마지막 장면에 주인공이 영국 스파이의 말에 따라 성당에 가서 마이크로필름을 훔쳐 와요. 그게 당시 미국의 모든 비밀이 다 담겨 있나 했던 건데……. 이 서점이 그런 느낌이 든다고 하면 웃으실 거예요?"

"아니. 내가 웃는 시점은 네가 결국 최수혁에게 돌아갔다는 부분이지."

민망한지 더듬더듬 말을 돌리려던 우현의 얼굴이 빨개졌다.

"숨만 쉬어도 매력이 뚝뚝 떨어지는 그 섹시한 남자와 헤어지겠다고 단단히 마음먹었다던 여자가 말이야. 도와달라고 찾아와서도 끝끝내 우겼지. 돌아가려는 건 아니라고, 그저 사람도리를 하고 싶은 거라며. ……왜, 사람 도리를 하려다 보니 못 떨어지겠디?"

"그만 놀리세요."

"왜? 요즘 재미있는 건 남 놀리는 것밖에 없어."

가족들 몰래 피운다던 전자 담배에서 수증기를 뱉어내며 지희가 눈웃음을 쳤다. 그녀는 여전히 아름다웠다. 한때 대한민국 정계의 가장 큰 그림자를 운영했던 여자치고는 과하게 수수해 보이는 옷차림으로 그녀는 서점 카운터 뒤에 서 있었다.

"고마웠어요, 정말."

"뭐……."

전자 담배를 꺼서 서랍에 넣은 지희가 설핏 눈썹을 치켜 올렸다가 내렸다.

"결국엔 한 것도 없잖아. 도대체 최수혁 씨는 무슨 생각이 라니? 그 남자 생각은 옛날부터 잘 모르겠어."

여전히 서 있는 우현에게 다시 한 번 의자를 권한 지희가 천천히 엉덩이를 흔들며 서점 문 앞으로 가더니 닫힘 팻말을 걸었다.

"손님은 별로 없지만. 혹시나 해서."

웃으며 돌아보는 얼굴이 귀엽다. 클럽에서 마주쳤을 때에 는 못 느꼈던 사실이었다. 예전의 홍지희는 항상 날이 서 있는 얼굴을 하고 있었다. 독기를 품은 것처럼 단단한 표정을 짓고 서 짙은 화장으로 얼굴을 가리고 살았다.

"하고 싶은 말은 내가 한 건 없다는 거야."

우현의 앞으로 등받이가 없는 동그란 의자를 끌어다 앉은 지희가 한숨을 내쉬었다.

"나는 그냥 널 만나서 반가웠고, 네가 잘 살고 있어서 더욱 반가웠어."

지희가 우현을 똑바로 바라보았다.

"그거 알아? 그때 함께 있던 애들 중에서 잘 살고 있는 건

너랑 희경이 정도야. 아! 뭐, 잘 산다는 기준은 사람마다 다른 거지만 그러니까 내 생각에, 다시 평범하게 살고 있는 건 너희 둘 정도라는 거야."

지희의 얼굴은 씁쓸해 보이기도 했고, 그럴 줄 알았다는 체념이 묻어 있는 것 같기도 했다.

"쉽지 않은 일이지. 사람이 한 번 잘못된 길로 접어들면 다시 새로 시작하기란 너무 힘들어."

"언니도 하셨잖아요."

"나…….."

지희가 온 얼굴을 찡그려 웃었다.

"그런가? 나도 잘 사는 거 같니?"

"네."

"다행이다."

잠깐 생각하는 것처럼 지희는 고개를 돌려 서점 바깥쪽을 바라보았다.

한낮의 햇살이 강렬하게 거리 위로 쏟아지는 시각이었다. 불을 켜놓았는데도 통유리창 바깥의 빛이 훨씬 더 강해 서점 안쪽으로는 '참고서'라든지 '중고등학생교과서' '문학' 등의 창에 새겨진 글자에 비스듬히 그림자가 져 있었다.

"수혁 씨랑 잘 살아. 쉽지 않겠지만."

"고마워요, 언니."

"우리 같은 애들은 몇 배나 더 열심히 살아야 해. 왜냐면 언제 어디서 우리를 알아볼지 모르기 때문에……. 설혹 누군가가 알아보더라도, 그래도 지금은 열심히 살고 있었다고 이야기할 수준은 돼야 하거든."

지희가 우현을 바라보았다.

"넌 잘됐으면 좋겠어. 처음 널 보았을 때부터 그런 마음이 들었어. ……우현아, 잘 살아."

"언니."

"잘 살 수 있을 거야."

몇 번이나 중얼거리던 지희가 웃으면서 일어섰다.

"맞다! 내 정신 좀 봐! 손님 받아놓고 커피 한 잔 안 주지."

"내가 무슨 손님이에요……. 커피 괜찮아요. 아침에 한 잔 마셨어요."

"안 돼. 홍 마담 아직 안 죽었어. 내 가게에 찾아온 손님한테 차 한 잔 안 주는 건 내 자존심에 먹칠을 하는 행위야. 기다려. 내가 이번에 머신 하나를 샀거든? 커피 맛이 끝내줘!"

수혁은 눈살을 찌푸렸다. 여주댁에게 벌써 다섯 번이나 전화를 넣었다. 오후 중에 반포 아파트로 건너가기로 했던 여주댁은 수혁의 등쌀에 못 이겨 12시가 되기 전에 아파트에 도착했다. 우현은 벌써 외출하고 없다는 대답을 받고도 수혁은 세

번이나 더 전화를 했다.

아직도 안 들어왔어요?

아직도?

아직도?

여주댁은 귀찮아하는 기색보다는 웃음을 참는 기색으로 곧 들어오겠죠…… 라고 능을 쳤지만 수혁의 마음은 영 편하지 않았다. 안 돌아올까 봐 그런 건 아니었다. 다시 우현이 도망갈 거라는 생각은 하지 않았다. 하지만 이성적 판단과는 별개로 무언가 마음에 걸리는 것이 사실이었다.

그것이 무엇인지 보이지 않아 수혁은 하루 종일 안절부절 못하고 있었다. 그것을 깨달은 것은 여의도에서 날아온 국회 윤리특위의 특사가 사무실에 도착했을 때였다. 현재 수혁과 연관된 것으로 물망에 오르고 있는 의원들 문제로 애가 탄 특사가 사무실의 문을 열고 들어왔을 때, 그를 안내해 온 오성민에게 수혁이 물은 것은 엉뚱한 것이었다.

"윤지훈은?"

"네?"

"윤 비서는 지금 어디 있죠?"

"아, 그게……."

잠시 당황한 표정으로 오성민이 머뭇거렸다. 두리번거리며 윤지훈을 찾는 눈치인데 별로 크지도 않은 사무실에서 보

정부

이지 않을 이유는 간단했다. 윤지훈은 지금 사무실에 없는 거다.

"어디 갔는지 행선지 확인해봐요."

특사를 싹 무시한 채 사무실을 나서자 재선 의원인 박홍준의 얼굴이 단박에 불쾌해졌다. 급해서 오긴 했으나 무례하다 여기는 것이다. 언제나 대우 받던 사람이라 더욱 황망한 것이 분명했다.

"이봐요."

"잠깐만 들어가서 기다리십시오. 일단 이쪽 일이 먼저."

칼같이 자르는 수혁의 눈에는 제법 힘이 들어가 있어 이쪽에서도 움찔하지 않은 것은 아니나 뒤에 수행원까지 달고 온 참이었다. 체면이 있지, 이대로 시키는 대로 얌전히 돌아서는 것은 불가능했다.

"이런 무례한 일이 어디 있나! 아무리 근본 없는 자라 해도 손님을 초대해놓고 이러는 법이 없지."

수혁이 싸늘해진 얼굴로 박홍준 의원에게 돌아섰다.

"첫째, 저는 박 의원님을 초대한 적이 없습니다. 분명 지금은 시기가 좋지 않다 말씀드렸는데, 누굴 내치고 누구에게 붙을지 결정하느라 마음이 급해 시간을 내라 주장하셨지요? 둘째, 예의는 아쉬운 사람이 좀 더 지키는 게 원칙이겠죠. 이쪽이 한발 물러나 시간을 내드렸으면 점잖게 기다리실 줄 아는 것도 예의입니다. 어디서나 호통으로 예의를 받아내시는 감각은 좋지 않아요. 지금이야 의원직이라도 달고 있지 그마저 날아가면 누가 의원님 말을 들어주겠습니까?"

숨도 쉬지 않고 몰아붙이는 수혁의 말에 박홍준 의원의 안색이 창백해졌다.

"셋째, 들어가서 앉아 계시겠습니까, 아니면 돌아서 나가시겠습니까?"

가차 없이 쏘아진 마지막 화살이 박홍준 의원의 심장에 힘차게 꽂히는 순간 오성민이 뛰어와 수혁의 앞에 섰다. 그리고 고개를 돌려 이쪽을 바라본 수혁에게 난감한 듯 말했다.

"전화기가 꺼져 있습니다."

수혁이 잠깐 시선을 위로 올렸다. 크게 숨을 들이쉬자 남자다운 가슴이 부풀었다 느리게 가라앉았다.

"지금 당장 서울경찰청에 협조 요청해."

바람처럼 걸어 나가면서 수혁이 지시했다.

"찾는 건 두 사람. 둘 중 아무나 찾으면 바로 알려달라고. 윤지훈하고 이우현. 사진 넘겨줘."

박홍준 의원은 눈 깜짝할 사이에 수혁이 사라진 방향을 멍하니 보고 있었다. 잠깐 사무실 내부에는 웅성거리는 소음이 지나갔다. 그리고 이내 어마어마한 소음과 함께 모두가 전화를 들고 통화를 시작했다. 마치 폭풍이 쓸고 지나가는 것 같

정부

은, 그런 감각이었다.

"타요."

지희의 서점에서 나온 것은 오후의 햇살이 기울어지기 시작할 무렵이었다. 오래 수다를 떨어버려 생각보다 늦어 서둘러 거리를 따라 올라가고 있을 때였다. 까만 세단이 바로 옆에 서는가 했더니 차창이 내려가고 아는 얼굴이 튀어나왔다.

"나 알지요? 타요."

윤지훈이었다.

항상 수혁의 뒤를 따라다니는 사람이라 몇 번 목례 정도만 한 사이이긴 하지만 말을 섞은 적은 한 번도 없었다. 언제나 눈빛이 무섭다고만 생각했다. 수혁을 보며 웃을 때는 소년 같은 구석도 있었는데 우현을 볼 때면 늘 무서운 인상이 되어 아마도 그녀를 싫어하는가 보다고 생각했었다.

"무슨 일이시지요?"

그러나 약간 경계를 하며 물러난 것은 단지 그래서만은 아니었다.

그냥 여자의 감이라고밖에 할 수 없는 느낌이었다. 이 남자가 수혁의 사람이라는 걸 아는데도 차창 너머에서 그녀를 올려다보는 눈빛이나 목소리에 묻어나는 기색에서 위험한 것이 느껴졌다.

"사장님이 데려오라고 하셨어요. 타요."

"아뇨. 그냥 알아서 갈게요."

"타요!"

버럭 소리를 지르는 기색에 우현이 주춤 뒤로 물러났다. 그러자 짜증스럽다는 듯 차 문을 열고 내린 지훈이 협박을 한다.

"강제라도 끌고 가야 해요. 시끄럽게 만들지 말고 타요."

"정말 수혁 씨가 날 데려오라고 했다고요?"

"그럼 내가 왜 여기까지 왔을 것 같은데요?"

지훈의 말은 옳았다. 그런데도 무언가 머릿속에서 경고등을 켜고 있었다. 우현은 입술을 앙다문 채 지훈을 쏘아보았다.

"지금 아파트로 가는 길이에요. 따라와도 좋아요. 하지만 차에 타지는 않을래요."

돌아서서 걷기 시작했는데 등 뒤로 성큼성큼 다가오는 기색이 덮쳐오더니 몸이 획 돌아갔다.

"이 술집 년이 고고한 척 말을 더럽게 안 처들어!"

날아오는 욕설에 당황해서 우현이 비틀거렸다. 우악스럽게 우현의 팔을 그러쥔 지훈이 그녀를 질질 끌고 가기 시작했다.

"쌍년! 열불을 돋게 만들어도 유분수지. 별 더러운 술집 년이 일을 망쳐! 네년 때문에 형이, 형이 날 밀어내고! 네깟 년이 뭐라고!"

입에 담지 못할 욕이 이어졌다. 무언가 상당히 잘못되었다는 것을 느끼며 우현은 필사적으로 누군가의 도움을 바라고 두리번거렸다. 지나가는 사람들이 놀라 눈을 동그랗게 뜨고 있긴 했지만 다가오진 않았다. 윤지훈의 기세가 너무나 흉흉한데다 그가 자꾸만 되뇌고 있는 '술집 년'이라는 단어가 문제였다.

"도, 도와주세요. 도와주세요!"

아무도 다가오지 않았다. 무슨 생각을 하는지 보였다. 무언가 그들의 세상에서 일어나는 일과는 다른 일이 일어나고 있다고 생각하는 것일 게다. 술집 년이라는 단어가 주는 느낌이 그러했다.

"왜 이러는 거예요!"

소리를 지르는 순간 눈앞이 번쩍 하더니 고개가 획 돌아갔다. 가차 없이 우현의 뺨을 내려친 지훈이 이어 다시 한 번 반대편 뺨을 후려갈겼다. 정신이 아찔해졌다. 입 안에서 비릿한 피 맛이 났다.

완전히 공포에 질린 우현을 차에 쑤셔 넣은 지훈은 용의주도하게도 그녀가 도망치지 못하게 그녀의 몸을 타넘어 운전석으로 갔다. 그리고 즉시 문을 잠근다.

"뛰어내려 뒈져버릴 거면 말해. 그땐 열어줄 테니까."

제대로 숨을 쉴 수가 없어 짧게 들썩이는 가슴을 움켜쥐고 할딱이는 우현을 혐오스럽게 흘끗 본 지훈이 거칠게 차를 출발시켰다.

지훈에게 있어 수혁의 첫인상은 은수저를 물고 태어난 팔자 좋은 한량이었다. 미국 국적을 선택할 수 있었음에도 포기하고 한국 대학교로 진학한 최수혁은 학교의 스타였다. 거의 매일매일 최수혁이 어떤 레저 스포츠를 즐겼고, 어디로 놀러가 어떤 파티를 열었고, 어떤 학회를 조직해 어떤 대화를 나눴는지가 들려왔다.

지훈으로 말하자면, 당시 아무것도 모르고 공부만 했던 순진무구한 스무 살로 첫사랑을 앓고 있던 중이었다.

돌이켜 생각하건대 운이 나빴던 것 같다. 소개팅 한 번을 하기도 전에, 미팅이니 과팅이니 하는 대학생들이 할 법한 이성교제를 맛보기도 전에 고향 선배들과 함께 하우스라는 곳을 들락거렸다. 도박에는 취미가 없었기 때문에 빠져들진 않았지만, 그 후에 선배들과 몰려 간 룸살롱이라는 곳이 문제였다.

얼핏 TV를 통해 향락과 퇴폐의 온상지라고 막연히 상상하고 있던 그 공간은…… 막상 경험하자 천국이었다.

TV에서나 볼 법한 예쁜 여자들이 지훈의 비위를 맞춰주고 어떤 바보 같은 짓을 해도 환하게 웃어주었다. 화려한 조명과

정부

짧은 치마 아래 드러난 하얀 허벅지들……, 보름달 같던 가슴을 한번 만져보라며 그의 손을 끌어당겼다.

그리고 여자를 만났다. 인간 윤지훈의 영혼을 뒤흔드는 그런 여자였다.

중2병이라고 해도 좋을 정도로 술집 여자에게 빠져 인생 망치는 남자들을 비웃었는데 정신을 차렸을 때에는 자신이 바로 그 남자였다. 등록금을 몽땅 여자에게 갖다 바치고 나중에는 집에 가서 어머니의 패물을 몰래 훔쳐 와 팔았으며 급기야는 부모님 몰래 집을 담보 잡혀 대출까지 받았다. 평생 지방의 작은 읍사무소 직원이었던 아버지의 전 재산이라는 걸 알면서도 그랬다. 아무것도 보이지 않았다. 아무것도 들리지 않았다. 오직 그 여자만 보였다.

하지만 이윽고 윤지훈에게서 더 얻어낼 수 있는 게 없다는 걸 안 여자는 그를 잔인하게 차버렸다. 꺼지라며 비웃던 빨간 입술과 그 입술이 뱉어내던 하얀 담배 연기가 마치 악몽처럼 지훈의 뇌리에 진득하게 남아 있었다.

자살하는 방법밖에 없다고 절망했을 때 손을 내밀어준 것이 수혁이었다.

수혁은 지훈에게 함께 미국에 가자고 제의했다. 당장 어려움에 빠진 지훈의 부모님도 구제해주마 약속했다. 원하는 건 역사를 바꾸는 일뿐이라고, 함께 하자고 그렇게 말했었다.

수혁이 좋았다. 수혁을 존경했다.

그 여유와 야망, 그 높은 긍지와 거침없는 추진력을 담고 싶었다.

한 여자에게 바쳐졌던 순정이 방향을 바꿔 수혁에게로 향했다. 어느새 윤지훈에게 수혁은 종교였다. 그를 믿고 따르는 일만이 그의 일상이 되었다.

그러던 수혁이 바뀌었다. 대업을 위해 어쩔 수 없이 만나던 여자를 구제해준 것까지야 최수혁이라는 인간이 워낙 그러하므로 이해했었다. 하지만 점차 여자를 생각할 때마다 수혁의 눈이 따뜻해지는 것을, 예민하던 사람이 놀랍도록 안정되어가는 것을 보고 두려워졌다. 심지어 여자를 못마땅해하는 지훈을 꺼리는 느낌마저 있었다. 최수혁은 마치 한때의 윤지훈 같았다.

사랑에 빠졌을 때 윤지훈은 얼마나 행복했던가? 미친 짓을 하면서도 여자의 미소 하나에 모든 괴로움이 녹아 없어지는 느낌이었다.

허망하다. 무의미하다. 그럴 가치가 없다.

수혁이 마치 추진제를 잃은 것처럼 표류하기 시작했을 때, 지훈은 결심했다. 그는 지금 민우당의 제의를 받아들여야만 하는 때였다. 결혼을 하고 정치인으로서의 확고한 뒷받침을 마련하여 앞으로 치고 나가야 할 때였다. 최수혁이 결혼을 미적거리는 이유는 단 하나인 것이 분명했다.

아주 약간 수혁의 등을 떠밀어줄 필요가 있다고 생각했다. 최수혁은 그 자신을 과신하고 있었다. 윤지훈이 한때 그랬던 것처럼. 그러니까 그에게 민우당의 제의를 받아들여야 한다는 것을, 그의 날개를 잃으면 안 된다는 것을 보여줘야만 했다. 수혁은 천하의 바보 멍텅구리가 아니므로 문제가 생기면 수습하기 위해 해야 하는 일을 할 거라고, 그렇게 생각했다. 특히 한몫 챙길 대로 챙겼는지 여자가 떠난 참이었으므로 모든 일은 술술 풀릴 거라 낙관했었다.

하지만 현실은 달랐다. 수혁은 망가지기로 작정한 마리오네트처럼 수수방관했고, 별 관심 없는 사람처럼 무책임하게 굴었다. 그것만으로도 실망스러워 피가 다 거꾸로 솟는 느낌이었는데 여자가 돌아왔다. 뭐 더 얻어먹을 게 있다고 찾아왔는지는 모르겠지만, 수혁의 실족이 걱정스러워 왔다는 듯 말하는 입술은 가증스러웠다.

숨을 몰아쉬던 지훈은 바닥에 널브러져 숨도 쉬지 않는 것 같은 여자에게 다가가 발로 툭 밀어보았다. 차에서 내려 빌라로 끌고 올라오는데 다시 반항을 하는 통에 몇 대 때린 것이 안 좋았다. 마구 몸부림치다 제풀에 머리를 탁자에 박은 것이므로 지훈의 탓은 아니었다. 사나워질 생각은 없었는데 이 여자가 자초한 일이다.

신경질적으로 손톱을 물어뜯으며 지훈은 서성거렸다. 어떻게 해야 할까? 어떻게 해야 할까? 어떻게 해야 할까?

　일단은 이 여자를 수혁에게서 떼어놓아야 했다. 이 여자의 위험성을 알려줘야만 했다. 이 여자를 위해 모든 것을 버릴 가치가 없노라고 깨우쳐줘야 했다. 그러고 나서는 수혁을 박승지와 결혼시키는 거다. 박승지는 마음에 들지 않지만 그녀의 아버지는 썩 괜찮은 인물이었다. 박유권 교수라면 지금 이 상황을 효과적으로 타개할 수 있을 것이다. 물론 먼저 국회를 싹 쓸어버린 다음이다. 무엇 때문에 수혁이 망설이고 있는지 모르겠지만 아직 남은 클럽의 잔당들을 모조리 얽어맨 후에, 로맨스를 터뜨리면 센세이션을 일으키며 최수혁의 붐이 일 것이다. 아하, 어쩌면 이 여자 때문에 수혁이 클럽에 드나들었다고 포장하는 게 좋을지도 모르겠다. 금지된 로맨스란 항상 먹히는 키워드다. 부도덕하지만 그것이 사랑 때문이라면, 특히 다 가진 남자가 속아서 모든 것을 걸며 한 사랑이라면 사람들을 감동시키는 법이다.

　스스로가 해낸 생각에 감동하며 지훈은 여자를 향해 몸을 숙였다.

　문제는 단 하나다. 여자가 제 발로 수혁에게서 떨어져나갈 것 같지 않다는 것. 이런 여자들은 지독했다. 지훈의 영혼을 송두리째 앗아갔던 그 여자도 그가 완전히 빈털터리가 될 때까지는 떨어지지 않았다.

"난 네가 떠났다고 했을 때 믿지 않았어. 주워 먹을 게 있는 이상 넌 반드시 돌아온다고, 그렇게 생각했지. 그리고 봐. 좌우간 술집 년들은……."

지훈이 우현의 머리채를 휘어잡아 쳐들었을 때다. 죽은 듯이 엎드려 있던 우현이 갑자기 머리를 확 치켜들어 지훈의 얼굴을 가격했다. 그녀의 뒤통수에 코를 정면으로 받힌 지훈이 뒤로 쿵 소리를 내며 넘어졌다.

그대로 우현은 뒤돌아 문으로 달리기 시작했지만 절뚝이고 있었다. 빌라로 끌려 들어오지 않기 위해 반항하다가 오른 다리의 인대가 상해버린 것 같았다. 머리도 아팠고 정신도 없었다. 하지만 우현은 필사적으로 문으로 뛰었다. 여기서 도망가야 한다는 생각밖에 나지 않았다.

'윤지훈이었어. 윤지훈이 최수혁을 다치게 했어.'

알려줘야만 했다. 수혁에게 윤지훈이 위험인물이라고 말해줘야만 했다. 수혁은 까맣게 모르고, 지훈을 가장 아끼는 후배라고 그렇게 말했었다. 속고 있는 것이다.

"이 쌍년이!"

머리가 뽑혀 나갈 것 같은 힘이 머리채를 휘어잡는 것과 동시에 고개가 뒤로 벌렁 넘어갔다. 수혁과 함께 다니던 젠틀한 모습은 간데없는 지훈이 우현의 뺨을 때리고는 그녀를 질질 끌고 들어와 거실에 내팽개쳤다.

"하여튼 믿지 못할 년들! 죽은 체하더니만!"

우악스러운 힘이 우현의 턱을 움켜쥐었다. 차가운 눈동자가 우현의 얼굴을 찬찬히 살피더니 눈살을 찌푸렸다.

"입술이 부었군. 곤란해. 얻어맞은 티를 내는 건."

지훈이 우현의 옷을 확 찢어냈다.

"뭐, 뭐 하는 거야!"

소리를 지르며 우현이 필사적으로 몸을 손으로 가렸다. 경악하여 몸을 떠는 그녀를 보고 지훈은 마치 사냥감을 눈앞에 둔 사냥꾼처럼 흥분했다.

"몸조심해줘. 네가 날 유혹했다고 해야 하니까!"

우현을 눕히고 타고 오른 지훈이 잔혹하게 웃으며 그녀의 옷을 벗겨냈다. 우현은 필사적으로 반항했지만 역부족이었다.

"하아……, 그래. 그년도 꼭 너처럼 좋은 냄새가 났지. 피부도 하얬어."

흥분한 지훈의 아랫도리가 부풀어 올라 우현을 찔러댔다. 그 끔찍한 감각에 우현의 숨이 넘어갈 듯 가빠졌다. 기절하지 않은 것은 오직 단 하나, 어떻게든 이 상황에서 벗어나야 한다는 생각 때문이었다. 도대체 이게 무슨 일인가도 생각하지 않았다. 어떻게든 이 상황에서 벗어나야만 했다.

"지, 지훈 씨, 제발 정신 차려요. 내가 누군지 알잖아요."

정부

필사적인 우현의 말에 기가 막힌다는 듯 그녀를 내려다보
던 지훈의 눈빛이 거칠어졌다. 그는 손을 확 치켜들었다.

"악!"

지훈에게 양손을 속박당했기 때문에 우현이 할 수 있는 일
이라곤 눈을 질끈 감는 것뿐이었다. 하지만 당장이라도 내려
칠 것 같았던 커다란 손은 그대로 우현의 뺨을 그러쥐었을 뿐
이다.

"더 얼굴이 망가지는 건 곤란하겠어."

속삭인 지훈이 우현의 머리카락을 쥐었다. 그리고 통째로
뽑아버릴 듯 당기며 이로 그녀의 뺨을 긁어내린다.

"난 물론 네가 누군지 알고 있어. 술집 년이지. 남자를 홀
려 등골을 빼먹는. 닥치고 있어. 네 본분에 맞는 대우를 해줄
테니까."

지훈이 우현의 셔츠 앞자락을 벌리고 드러난 가슴을 보며
뜨거운 숨을 토했다. 혐오감이라고 하기에는 부적절한 뜨거운
호흡이 그의 날숨을 채우고 있었다. 하반신은 더 이상 팽창할
수 없을 정도로 꼿꼿이 서서 아플 정도였다.

"흥! 더러워!"

눈에 드러난 감정과는 다른 욕설을 내뱉은 지훈이 고개를
숙여 입술을 갖다 댔을 때였다.

쾅! 하고 현관문이 부서지는 소리와 함께, 실제로 부서져

떨어졌다. 놀란 지훈이 고개를 돌리기도 전에 달려 들어온 수혁이 그의 멱살을 잡아 일으켰다.

"어억!"

한 주먹에 거칠게 내팽개쳐져 나뒹구는 윤지훈을 경호팀이 붙잡았다.

"우현아!"

가슴이 미어지는 목소리…… 라는 것이 실제로 존재한다는 것을 우현은 깨달았다. 그녀를 안아 올리는 다정한 손길에 눈물이 쏟아졌다.

"울지 마. 울지 마. 미안해."

옷깃을 여며주고, 자신의 재킷을 벗어 어깨를 감싸주는 손이 약하게 떨리고 있었다.

"이제 괜찮아. 미안해. 미안해."

무엇이 그렇게 미안한지 수혁이 우현의 머리를 자신의 가슴에 기대게 하며 반복해서 사과했다. 귀를 댄 그의 왼쪽 가슴 속에서 심장이 전에 없이 빠르게 뛰고 있었다.

"이제 괜찮아. 정말 다 끝났어."

지희가 말했다.

「우리 같은 애들은 몇 배나 더 열심히 살아야 해. 왜냐면 언제 어디서 우리를 알아볼지 모르기 때문에…… 설혹 누군가 알아보더라도, 그래도 지금은 열심히 살고 있었다고 이야기할 수준은 돼야 하거든.」

괜찮다. 열심히 살 것이다. 왜냐하면 결코 꿔서는 안 되는 달콤한 꿈을 이루었으므로. 이 정도는 괜찮다. 버텨나갈 것이다. 그리고 새로 시작하는 삶도 있다는 것을……. 누군가 지금 나락에 떨어져 더 이상은 안 되겠다고 끝이라고 절망하는 사람이 있다면, 새로 시작하는 삶도 있다는 것을 보여주고 싶다. 끝은 없다고. 절대로 끝은 없다고. 있어서는 안 된다고.

어느 깊은 가을 밤, 공자는 제자가 울고 있는 것을 보았다.

공자가 묻기를 왜 그리 슬피 울고 있느냐.

제자가 대답하기를 달콤한 꿈을 꾸었습니다.

공자가 재차 묻기를 그런데 왜 그리 슬피 우느냐.

제자가 재차 대답하기를……, 그 꿈을 계속 꾸는 일은 몹시도 힘이 든다는 것을 아는데도 저는 그 꿈을 꾸어나갈 것이기 때문입니다.

14. Kingmaker

　스캔들의 시작은 최수혁의 클럽 연관이었다. 잘생기고 돈 많은 남자의 뒷이야기는 무척이나 흥미롭고 자극적이어서 인터넷을 달궜다. 하지만 어찌 된 일인지 최수혁을 파면 팔수록 굴비처럼 다른 사회 저명인사들이 딸려 나왔다. 주객이 전도된다는 말이 딱 맞아떨어지는 상황이었다. 수혁의 인터넷 방송국은 침묵했지만 다른 방송국들은 침묵할 이유가 없었다. 수혁의 기사보다 더 자극적이고 더 노골적인 스캔들이 속속들이 터지기 시작했다.

　뒤늦게 공중파와 각종 케이블 TV, 해외 언론들이 취재 경쟁에 나섰다. 여당의 비리가 터져 나왔다. 다들 알고도 어쩔 수 없다 쉬쉬하던 일이 섹스 스캔들과 겹쳐지며 국제적인 이슈가 되어버렸다. 철벽같이 움직이지 않던 60대 이상의 여당

지지층들이 나라망신이라며 슬그머니 뒤로 빼기 시작했다. 여당 쪽의 반격인지, 아니면 훑다보니 걸린 건지 상당수의 야당 의원들도 레이더망에 걸렸다.

2차 정국 혼란이 이어졌다. 첫 번째 스캔들의 열기가 채 식기도 전이었다. 어느새 최수혁의 이야기는 사라지고 없었다. 수혁이 아무런 반격도 하지 않는데다가 그보다 더 재미있는 이슈들이 끊임없이 터져 나왔던 탓이다. 편 가를 것도 없이 권력을 잡고 있던 사람들, 재력을 자랑하던 사람들 중 뒤가 구린 사람들은 걸려들고 만 천하에 치부를 드러내게 되었다. 아직 심판대에 세워지지 않은 사람들 중 문제가 있는 사람들은 알아서 은퇴를 선언하고 잠적했다. 난리법석이었다. 타깃이 전방위적이라 더욱 치명적인. 그리하여 길고 지루한 공방전 끝에 남은 것은 쑥대밭이 된 국정과…… 허 교수였다.

허 교수는 잘 알려진 오피니언 리더이긴 했으나 점잖은 축으로 여권도, 야권도 전혀 경계하지 않는 인물이었다. 예지력이 있는 몇몇은 그를 경계하기도 했지만 주류는 아니었다. 본인도 그다지 욕심을 드러내지 않았다. 그러던 것이 수혁의 스캔들에서 시작한 정국의 난리통을 정확히 짚어내면서 정치에 별 관심이 없던 사람들까지 끌어들이기 시작했다. 때맞춰 시작한 케이블 방송과 인터넷 방송의 합작품인 예능형 토론에서 재치 넘치는 모습과 박학다식한 면모를 선보이면서 호감도가

끓어올랐다. 여권으로서도, 야권으로서도 당황스러운 인물의
부상이었다.

"설마 처음부터 이걸 생각했던 거예요?"

미친 사람처럼 들이닥친 지훈이 쥐고 있던 신문을 내던지
며 항의했을 때, 사무실 사람들은 아무도 경호팀을 부를 생각
을 하지 못했다. 성폭행 미수에 폭행, 납치까지 알뜰하게 챙
겨 구속당했지만 초범이라 집행유예를 받은 윤지훈이었다. 소
식은 모두 들었으되 그 모습을 막상 마주했을 때의 위화감은
상당했다. 항상 댄디하고 말쑥했던 윤지훈 아닌가? 사람이 이
렇게 한순간에 변할 수도 있는 걸까? 최수혁 주니어라는 평을
들을 정도로 반듯했던 모습은 어디로 사라졌는지 헝클어진 머
리카락, 핏발선 눈, 턱을 덮고 있는 거칠한 수염까지, 폐인도
이런 폐인이 없을 얼굴을 하고 있었다.

이를 악문 채 씨근덕거리는 지훈에게 시선을 두고 있던 수
혁의 눈짓에 성민과 몇몇 엔지니어들이 말없이 사무실 문을
닫고 나갔다.

"이게 형의 계획이었냐고요!"

문이 닫히자마자 화를 못 이긴 지훈이 거세게 항의했다.

"그래."

"처음부터?"

"처음부터."

정부

"왜요? 왜? 도대체 왜? 형은……, 나는 형이…….."

"말했잖아. 피를 묻힌 사람은 위로 올라갈 수 없어. 그게 옳든 그르든, 가장 앞에 서서 이끄는 사람은 순결해야 해. 설혹 그게 완벽한 가식이더라도, 가증스러운 거짓이더라도, 뒤따라가는 사람이 안심할 수 있도록, 이 사람을 따라가면 반드시 더 나은 곳으로 갈 수 있다고 믿을 수 있어야 해. 피 냄새가 나는 사람은 안 돼."

이 판에서 최수혁은 손에 피를 묻힌 사람이었다. 직접 클럽에 침투했고, 여야의 권력자들과 직접 담판을 지었다. 그 자신을 숨긴다는 것은 무의미했다. 태양 아래 비밀은 없으며, 어떠한 가면을 뒤집어쓰더라도 태양 가까이에 갈수록 가면이 녹아내릴 테니 처음부터 판을 엎는 사람과 새로 판을 재건하는 사람은 달라야만 했다.

지훈이 몰랐던 것뿐이다. 몰랐기에 불안했고, 불안했기에 배신했다. 그 격정이 문제였다. 수혁이 처음부터 경계했던 그 젊은 격정. 어쩌면 수혁에게도 있었던 그 격정이 지훈에게는 독이었다. 안타까운 일이지만 용서할 수는 없었다. 만약 지훈이 우현을 건드리지 않았다면 어쩌면 수혁은 그럭저럭 너그러웠을 수도 있다. 배신자가 누구인지는 벌써 짐작하고 있었고 성민의 조사로 확정지었지만 아무 말도 하지 않은 것은 그래서였다. 그가 잘못된 것을 깨닫고 정신을 차리길 바랐다.

하지만 윤지훈은 너무 멀리 갔다.

"그렇다면 왜 애초부터 나에게……!"

높아졌던 언성이 수돗물을 잠근 것처럼 뚝 그쳤다. 지훈의 눈에 천천히 경악이 어렸다.

"나는…….."

지훈의 목울대가 불안하게 떨렸다.

"내가 한 거 알고 있었어요? 언제부터?"

"넌 속을 완전히 감출 수 있는 스타일은 아니야."

수혁이 읽을 수 없는 목소리로 말했다. 말하는 문장 그대로의 뜻, 그것 외에는 아무것도 느껴지지 않았다. 믿었던 동생의 배신에 대한 분노도, 그 배신을 통쾌하게 갚아준 쾌감도, 아무것도 없었다.

"그래서 날 밀어낸 거였어? 그…… 여자 때문이 아니라?"

혼란 속에서 지훈이 머리를 감싸 쥐며 털썩 주저앉았다. 그런 그를 잠시 지켜보던 수혁이 눈길을 떼고 시트에 몸을 기댔다. 거의 다 왔다. 굉장히 길었다. 길의 어디쯤에서는 과연 어디를 향해 가고 있는 건지, 왜 이렇게까지 해야 하는지 회의도 일었지만 결국 그 길을 끝까지 걸었고, 이제 곧 끝날 일이었다.

"그 여자 때문이 아니었어."

넋이 나간 듯 중얼거리는 지훈의 목소리가 수혁의 의식 사이로 파고들었다. 그는 마지막으로 조금 더 힘을 내기로 하고 일어나 지훈의 앞으로 가 시선을 마주칠 수 있도록 몸을 숙였다. 그의 손이 지훈의 멱살을 잡았을 때에야 지훈은 수혁을 마주보았다.

천천히 치켜 올라간 손이 철썩! 하는 소리와 함께 지훈의 뺨 위로 떨어졌다. 그리고 한 번 더, 다시 한 번, 또다시 한 번. 사정없이 내려치는 손에 금세 지훈의 뺨이 불긋하게 부어올랐다.

"정신 차려, 윤지훈."

"형……."

수혁이 고개를 저었다. 그의 멱살을 놓고 손을 털어낸 수혁의 얼굴에는 심지어 혐오감마저 어려 있었다.

"너와 나는 끝이야. 나는 이제 네 형이 될 수 없어."

"형! 하지만!"

"꺼지라고 말해야 꺼질 건가?"

혹독하리만큼 냉랭한 목소리에 주저앉아 있던 지훈이 몸을 일으켰다. 다리가 후들거려 몇 번이나 도로 주저앉을 뻔하면서 일어선 그가 비틀거리다 책장을 잡고 간신히 중심을 잡았다.

"내가 어떻게……, 이제 어떻게 해야 하죠?"

정말 모른다는 얼굴로 지훈이 수혁을 바라보았다. 윤지훈은 스물셋 이후로는 최수혁만 따라왔다. 그가 법이요 종교요 전부였다. 그런데 이제 와서 이렇게 내쳐지면 살 수가 없었다.

"앞으로는 함께하는 사람을 믿어."

수혁의 말에 지훈이 희망을 품은 것처럼 그를 바라보았다.

"나는 아니야."

하지만 수혁은 끝끝내 마지막 남은 희망마저 잘근잘근 밟고 그저 냉랭할 뿐인 얼굴로 지훈을 바라보았다. 금방이라도 다시 꺼지라고 할 것만 같아 지훈이 비척비척 걸음을 옮겼다.

그런 지훈을 보던 수혁은 자리에서 일어나 수표책을 꺼내 들었다. 잠깐 생각하고 액수를 기입한 그는 뚜벅뚜벅 지훈에게 다가가 그의 셔츠 앞주머니에 수표를 찔러넣었다. 수혁이 손을 쳐들자 다시 맞는 줄 알고 눈을 질끈 감았던 지훈이 허망하게 눈을 치켜 올렸다. 그런 지훈을 보는 수혁의 표정은 어두웠다.

오랜 시간 지훈과 함께했었다. 그를 믿었었다. 하지만 온전히 믿었냐 하면…… 아니었다. 지훈을 의심하기 전부터도 함정을 파놓은 것부터가 그 증거였다. 서류에 섞인 소설은 지훈을 겨냥한 것은 아니었다. 처음부터, 기억도 나지 않을 정도로 옛날부터 수혁은 늘 치밀했다.

최수혁은 아무도 믿지 않는 남자였다. 지훈에게서 불안의 징조를 발견하는 순간, 성민이라는 대타를 만들어 수족처럼 부렸다. 지훈은 알지 못했지만, 아니, 아무도 몰랐지만 성민이 수혁과 정보를 교환한 것은 꽤 오래된 이야기였다. 다들 느닷없는 인사라 생각했지만 최수혁은 그런 사람이 아니었다. 소 잃고 외양간을 고치는 취미는 없었다. 소가 문을 부수기 전에 그는 다른 외양간을 지어놓는 타입이었다.

성민의 도움을 받아 서류에 섞어놓았던 소설들을 재정비했다. 오픈된 정보를 보면 정보 출처를 알 수 있도록. 그리고 수혁이 예견한 그대로 지훈은 움직였다. 처음부터 수혁은 시종일관 지훈의 머리꼭대기 위에 서 있었다.

우현에게도 그랬다. 강제로 붙잡아두는 것은 일도 아니었지만 수혁은 그러지 않았다. 기다렸다. 돌아오길 기다렸다. 그리고 이우현은 돌아왔다. 그를 위해서. 의외였던 것은 그 시험이 수혁 자신의 목을 졸랐다는 사실로, 다시는 이런 일을 만들지 않겠다고 결심하는 계기가 되었다. 수혁은 다시는 그녀를 놓아주지 않을 생각이었다. 그녀 없이는 살 수 없다는 것을 확인했으므로. 이우현 없이는 숨을 쉴 수가 없다.

주머니에 찔러넣어진 수표를 확인할 생각도 못하고 숨을 헐떡이던 지훈이 수혁을 똑바로 쳐다보았다.

"처음부터 그래서 그 여자와 함께할 수 있다고 생각한 거지요?"

지훈은 묻고 있었다. 모두가 찜찜해했던 사실 하나…….

만약 최수혁이 정말 대권을 노리고 있었다면 우현은 언감생심 그의 파트너가 될 수 없었다. 결혼은커녕 곁에 두는 것조차 되지 않는다. 수혁의 성격상 그런데도 불구하고 우현을 잡아둘 리가 없었다. 그녀를 잡고 있었던 것은 그가 대권을 생각하고 있지 않았기 때문이었다.

어떻게 이렇게 바보 같을 수가 있을까? 그 누구도 최수혁을 몰랐던 거다. 거꾸로 생각했어야 했다. 대권을 노리고 있는 최수혁이 되지 않게 여자를 선택한 게 아니라, 대권을 노리지 않았기 때문에 여자를 계속 곁에 두었던 것이다. 그것을 몰라 박승지도, 윤지훈도 애가 탈 대로 타서 삽질을 했다. 처음부터 모든 것을 알고 있었던 것은 이제 그 누구보다 유력한 차기 대권 주자로 떠오른 허 교수와 최수혁 둘뿐이었을 것이다.

"전에 네가 이야기한 적이 있지? 보이는 게 뭐가 중요하냐고. 넌 그러지 않을 거라고. 하지만 넌 우현에 관해서 그랬어. 보이는 것만 보고 판단했어. 내가 아직도 너에게 충고할 수 있는 사람이라면…… 네 일을 잘하기 위해서는 보이는 것 이상을 봐야 할 거야. 사람들이 보는 것, 그 이상."

수혁의 말에 문득, 지훈은 처음부터 모든 게 잘못되었을지도 모른다는 것을 깨달았다.

설마…… 그 여자를 잡아야만 했기 때문에 대권을 포기한 걸까? 마지막까지 끈덕지게 들러붙는 의문, 미련. 최수혁이라면 어떤 과거든 덮어버리고 아무 일도 없었다는 듯 대중 앞에 서는 것이 그렇게 어렵지만은 않았을 터다. 하지만 덮을 수 없는 단 하나의 약점, 이우현을 위해 모든 것을 포기한 걸까? 닭이 먼저일까, 달걀이 먼저일까?

수혁은 대답해주지 않았다. 그저 완고하게 생긴 턱을 단단히 굳히며 시선을 먼 곳으로 던질 뿐이다.

사무실을 나서는데 일단의 무리들이 회의실을 채우고 있었다. 자리에서 벌떡 일어난 성민이 다가와 쪽지를 쥐여주었다. 쪽지에는 최수혁을 만나고 싶어 하는 사람들의 이름과 출신, 기다린 시간이 빼곡하게 적혀 있었다. 수혁이 심어놓았던 마지막 폭탄이 터진 것이다.

조사 기간까지 포함해 지난 10년간 여기까지 오기 위해 수혁이 했던 모든 일들이 서적과 인터넷 게시물, 찌라시를 포함한 전 매체에 뿌려졌다. 모자이크 없이, 가감 없이, 당황스러울 정도로 적나라한 사실들이었다. 포털 사이트의 검색어에는 일제히 최수혁과 관련된 연관검색어가 떠오르고 있었다.

[최수혁, 그는 누구인가? 독립투사 최일환의 후손인 그는…….]

[베일에 감춰져 있던 인터넷 재벌의 정체?]

[애국? 혹은……?]

게다가 친절하게도 수혁은 대한민국이 앞으로 나아가야 할 방향과 더불어 비전까지 제시해주었다. 특히 친일 후손들과 부정부패의 온상들에게는 금과옥조가 될 만한 처신 지침까지 쉽고 자세하게 내려준 것이다. 재산을 처분하고 명예롭게 이 땅을 떠나라는 것. 대한민국의 역사의 한 페이지가 넘어가고 새로운 역사가 열리고 있었다. 하지만 모두가 흥분한 이 순간에 정작 당사자는 시큰둥하기까지 했다.

"오늘은 중요한 약속이 있어."

수혁은 미련 없이 쪽지를 도로 접어 성민의 슈트 포켓에 쑤셔 넣었다. 발 빠른 사람들이긴 하나 타이밍이 좋지 않았다.

"나중에."

최수혁을 만나고 싶어 하는 사람은 많다. 하지만 누가 그를 원하는지 지금 당장은 관심이 없었다. 최수혁은 판에 밀려 일을 하는 사람이 아니므로. 판은, 최수혁이 만든다. 최수혁이 원하는 시기에, 원하는 방법으로. 지금 수혁에게는 무엇보다도 급한 일이 있었다. 무엇보다도 원하는 일.

밤이 내려앉은 고요한 정원을 지나 집에 들어서자 고소한 냄새가 났다. 들깨 미역국이었다. 우현은 뛰어나오지 않았다.

언제나 문소리만 나면 쫓아 나와 반겨주는 우현이었기에, 수혁은 왜인지 짐작할 수 있었다. 아니나 다를까……, 주방으로 들어가자 폭죽이 터졌다. 매캐한 연기 사이로 하늘을 나는 색색가지의 종잇조각들에 수혁의 입가에 미소가 감돌았다.

"안 놀랐어요?"

시시하다는 듯이 우현이 투덜거렸다. 식탁 위에는 근사한 저녁상과 함께 생크림 케이크가 놓여 있었다.

"자기 생일상을 잘도 이렇게 뻑적지근하게 차렸군."

수혁의 말에 우현이 눈을 깜빡였다.

"알았…… 어요?"

"언제나 알았어. 너만 몰랐어."

매해, 수혁은 생일 축하한다고는 말하지 않았지만 선물을 주었다. 그것을 그저 여상한 날들의 선물로 받아들인 건 우현이 둔한 탓이었다.

"난 생일이라고 말한 적 없는데."

"언제 말해주나 노심초사했지. 이제 너에 대해서도 알려주는 건가."

수혁이 우현의 허리를 당겨 안고 코를 비볐다. 달콤한 냄새가 났다.

"우리 둘 다 겨울에 태어났군."

"그러게요."

"내 생일은 미역국 못 끓여줄 거야."

"네?"

"내일부터 장기휴가야. 우리 둘 다. 아무 생각 없이 노는 거야."

"끝난 거예요?"

수혁이 얼굴을 조금 떼어 그를 올려다보는 앙증맞은 눈동자를 응시했다. 까만 눈동자에 그의 얼굴이 오롯이 담겨 있었다. 가까이서 누군가의 눈동자 속에 비춘 자신의 모습을 들여다본다는 건 신기한 경험이었다. 마치 우현의 안에 수혁이 있는 것만 같다.

"아니, 이제 시작이지."

수혁이 우현의 머리통을 잡아 당겨 가슴에 꼭 눌러 끌어안았다. 그 폭력적인 포옹에 우현이 놀라 바둥댔다. 수혁이 청량하게 웃었다.

"생일 축하해."

속삭이며 우현을 놓아준 수혁이 헝클어진 머리카락을 쓰다듬으며 뒤로 도망가려는 우현을 다시 한 번 잡아 깊게 입을 맞췄다. 다시 한 번, 달콤한 냄새가 났다. 달콤한 꿈처럼, 그렇게 달콤한 냄새가.

정부

15. 그들이 사는 세상

몰디브, 리시라 리조트.

넉 달째 장기 체류 중인 한국인 부부는 조용했다. 처음부터 워터빌라에 묵은 그들이 원한 것은 완벽한 고립뿐이었다. 버틀러가 방을 정리하는 것 외에는, 아침을 룸서비스로 받는 것 외에는 두 부부는 대부분의 시간을 빌라, 혹은 근처의 바다에서 보냈다.

한두 달도 아닌 넉 달째에 접어들자 리시라 리조트의 직원들은 슬슬 남자가 누군가 궁금해지기 시작했다. 남자도, 여자도 말 그대로 훈남훈녀의 대단히 보기 좋은 사람들이었으나 연예인은 아닌 게 분명했다. 가끔 연예인들도 몰래 연애를 위해 세계 각국에서 날아와 묵곤 했지만 그런 경우 다른 사람은 몰라도 리조트 식구들은 키보드를 조금 두드려보는 것으로 그들이 누구인지 알아내 저녁식사의 안주거리로 삼을 수 있었다. 재벌들도 마찬가지, 정치계의 유력인사들도 마찬가지…… 하지만 조용하게 웃는 여자와 무뚝뚝한 남자는 도무지 출신을 짐작할 수가 없었다.

"너무 오래 있는 거 아니에요? 벌써 넉 달째예요. 이렇게 오래 있을 줄 몰랐는데……"

비치베드에 길게 누운 채 졸고 있는 수혁의 등에 오일을 발라주며 우현이 걱정스레 물었다. 타는 것을 전혀 신경 쓰지 않는 수혁의 피부는 이미 동양인이라고 보기 어려울 정도로 구릿빛으로 그을어 있었다.

"나하고 있는 게 지루해?"

잠이 나른하게 묻은 목소리로 수혁이 우현을 끌어당겨 품 안에 가두며 말했다. 같은 음식을 먹고 같은 햇살을 쬔 두 사람에게서는 같은 냄새가 나고 있었다.

"그런 게 아니라…… 너무 오래 한국을 비우니까요."

"내가 없다고 나라가 망할 것도 아니고……"

수혁이 비스듬히 웃고는 그녀의 어깨 위에 머리를 기댔다. 그러고는 금세 그대로 잠이 들어버릴 것처럼 숨결이 가지런해진다. 길어버린 그의 머리카락이 우현의 피부를 간질였다.

"수면모기에 물린 사람 같은 것도 걱정돼요. 이렇게 자도 되는 건가? 리조트 닥터한테 진단이라도 한번 받아볼래요?"

그런 수혁의 맨살이 비키니를 입고 있는 우현의 맨살 위에 덮이는 것을 민감하게 느끼며 우현이 종알거렸다. 햇빛에 바짝 말라 파삭거리는 머리카락을 손으로 넘겨주자 반들거리는 반듯한 이마가 드러났다. 무심코 입을 맞추고 싶어 그 이마를 만지작거리자 귀찮다는 듯 수혁이 미간에 주름을 잡았다.

"봐줘. 나는 10년간…… 진짜 숨 쉬는 것 빼고는 매일 머리를 쓰면서 살았어."

몸을 뒤척인 수혁은 우현을 안은 채 취할 수 있는 가장 편안한 자세로 자세를 바꿨다.

"네가 없었으면 난 버티지 못했을지도 몰라."

어리광을 부리고 있었다. 그런 수혁의 모습이 너무나 낯설어 우현은 그의 머리카락을 가만히 쓰다듬었다. 늘 숨차게 달렸던 그는 몰디브에서 마치 그동안 자지 못한 잠을 몰아서 자기라도 하는 것처럼 풀어져 있었다. 놀랍게도, 그렇게 오랜 시간 함께했는데 지구를 반 바퀴 돌아서 찾아온 이곳 몰디브에서 우현은 매순간 수혁의 새로운 면들을 발견하고 있었다. 언제나 바늘 하나 들어갈 틈도 없는 남자라고 생각했는데 이곳에서의 수혁은 장난스럽고, 조금 더 노골적으로 감정을 표현하는 남자였다. 늘 절제되어 있는 모습만 보다가 다 내려놓은 모습을 보니 생경했다. 우현은 몰디브의 수혁이 마음에 들었다.

"이대로 여기서 살까요?"

"여기 비싸……."

수혁의 대꾸에 우현이 까르르 웃었다.

"여기 말고, 다른 섬에다 우리가 집을 짓는 거예요. 좀 오래 걸리겠지만……, 뭐 어떻게든 되지 않을까요?"

"집이라……. 그 집을 누가 짓는데? 네가?"

놀리는 수혁의 눈빛이 점차 초롱초롱해졌다. 손이 우현의 매끈한 살결을 쓰다듬기 시작한 걸로 봐서는 확실했다. 수혁만큼은 아니지만 우현 역시 평생 처음 보는 피부색을 하고 있었다. 몰디브의 햇빛이 함빡 담긴.

"내가 짓죠, 뭐. 못도 박고, 톱질도 하고."

"이상해."

우현을 확 당겨 아래에 깔고 도드라진 어깨뼈에 입을 맞추면서 수혁이 중얼거렸다.

"뭐가요?"

"넌 한국을 떠나면 좋아할 거라고 생각했는데…… 돌아가고 싶어 하는 거 같아. 나 때문이야?"

"생각…… 안 해봤어요."

우현이 고개를 갸우뚱했다. 그랬나? 돌아가고 싶었나?

"정말 생각보다 너무 오래 쉬는 거 같아서 하는 말이에요. 다른 생각이 있었던 건 아니야. ……내가 돌아가고 싶은 건지

정부

는, 모르겠어요."

"날 믿어. 넌 날 좋아한다고 하면서 왜 이렇게 안 믿지? 여자들은 그런 건가? 사랑하는 남자는 믿지 않아? 지금까지 걱정한 게 다 소용없었다는 걸 알면서도 이러는군."

나른한 듯 아무렇지도 않게 핵심을 찌르고 들어오는 수혁의 말에 우현이 조그맣게 한숨을 내쉬었다.

그랬다. 사랑하니까…… 믿지 않는다. 사랑하니까…… 믿을 수가 없다. 언제나 걱정되고 언제나 조마조마했다. 그냥 어떻게든 잘해낼 거라는 생각은 들지 않는다. 혹여나 우현이 수혁의 앞길을 가로막을까 봐, 뭔가 놓치는 것을 챙겨주지 못할까 봐 안달복달하고 마는 것이다.

"여자들은 사랑하는 남자를 믿지 못하는 건지도 모르겠어요."

"그렇다면 좋아. 계속 믿지 마. 평생 믿지 마."

희미하게 웃고 수혁이 우현의 비키니를 벗겼다. 어깨끈을 내리고, 그 자리에 입을 맞추고, 둥그런 가슴 선을 감싸고 있는 천을 아래로 당긴 다음 도톰하게 올라와 있는 살점을 혀로 건드렸다.

"이건 벗고 있어도 되잖아."

"돼요."

시원한 우현의 허락에 수혁이 비키니 상의를 걷어버렸다.

그리고 마음껏 입술과 손가락으로 가슴을 희롱한다. 아주 자연스럽게, 마치 그의 일부분을 다루듯.

"있잖아요."

우현의 가슴을 입술로 유린하다 천천히 배 쪽으로 손을 내리는 수혁의 손을 잡으며 우현이 그와 눈을 마주쳤다.

"나 한국으로 돌아가고 싶은 게 맞는 거 같아요."

"왜?"

"할아버지가…… 걱정돼요."

헤어졌다가 다시 만난 이후로 한 번도 하지 않았던 이야기가 나왔다. 천사의 집. 수혁은 놀라울 정도로 천사의 집에 대해서 아무 말도 하지 않았다. 우현이 돌아왔으면 그걸로 되었다는 듯, 앞으로 어떻게 할 것이라든지, 어떻게 하고 싶은지, 아무것도 묻지 않았다.

"어떻게 하고 싶은데?"

"사실 더 이상은 신경 쓰고 싶지 않다고 생각했는데……."

완전히 벼랑 끝에 몰려 있을 때, 그녀 자신 하나 외에는 아무것도 생각하고 싶지 않았을 때에는 그랬다. 할 만큼 했다고, 앞으로는 모르겠다고 외면하려고 했었던 적도 있었다. 하지만 역시 되지 않는다. 열아홉 살 때, 도망치려고 했지만 도망칠 수 없었는데 스물일곱 살이 되었다고 해서 도망칠 수 있을 리가 없었다.

정부

"모르겠어요. 아직 할아버지 얼굴을 볼 자신은 없지만 어떻게든…… 일단 서울로 돌아가야 할 것 같아요."

"흠……."

낮은 콧소리를 내며 수혁이 우현의 배 부근을 둥글게 쓸었다. 문득 몸을 약간 움직여 우현의 다리 사이에 하체를 바짝 대는 그의 움직임을 통해 우현은 그의 분신이 굳건하게 서 있다는 것을 깨달았다.

"중요한 이야기 하는데!"

원망하듯 우현이 찰싹 수혁의 어깨를 두드렸다. 하루 종일 잔다 싶더니 간신히 깨서 하고 싶은 말을 고심해서 했건만 이 지경이라니……. 이 남자, 진짜 못 말린다.

과거는 까맣게 잊어버린 한국의 인터넷 여론들은 최근, 그래도 최수혁 같은 남자는 없었다며 그를 찾고 있었다. 착각이다. 최수혁 같은 남자가 흔하지 않은 것은 사실이겠지만, 이 남자는 그렇게 멋진 남자만은 아닌 것이다. 하기야 여론이 호도된 것에 물밑 공작이 있었다는 것을 우현도 이제는 안다. 그가 대권에 욕심이 없다는 걸 알자 공격은 방향을 틀었다. 직접 나서지 않고 킹메이커를 자처한 최수혁은 매력적이었다. 그는 'the 인터넷'의 대표 자리를 사임하고 전문 경영인 체제로 회사를 돌렸지만 여전히 최대 주주였고, 외국계 언론은 흔들린 적도 없는 그의 편이었으며, 무엇보다 최근 대한민국을 두

번 뒤집은 두뇌인 것이다. 세 번째 변혁은 반드시 그의 손끝에서 이루어질 것이라며 사람들은 떠들어댔다. 그러니까…… 중요한 건 이 남자가 꼭 그렇게 피도 눈물도 없이 철저하기만 한 남자는 아니라는 사실이지만.

우현의 비키니 하의를 내린 수혁이 천천히 삽입을 시도했다. 그가 그녀의 귓불을 혀끝으로 말아 입 안으로 삼켰다. 아주 느리게 끝까지 결합된 남성의 감각이 배를 치고 올라와 수혁의 입술이 닿아 있는 귀끝까지 번졌다. 뭉근한 열기가 감각을 따라 전율했다.

"으응……."

다리를 흔들어 걸려 있던 비키니 팬티를 벗어 던진 우현이 우아하게 긴 다리를 움직여 수혁의 등을 감았다. 수혁이 그녀의 목덜미를 핥아내려, 움푹 들어간 쇄골에 입을 맞추고 예민해진 유두를 깨물었다.

"아얏!"

우현이 설핏 이마를 찡그렸다.

"믿지 말라는 말은 취소야."

"네?"

"날 좀 믿어. 제발."

수혁이 허리를 뺐다가 단숨에 찔러 넣었다. 꽉 차오는 감각에 우현이 흡 하고 숨을 들이마셨다. 뜨겁고 축축한 것이 그녀의 안을 꽉 채우는 것이 느껴졌다. 숨을 쉬지 못할 정도로 깊이.

"제발."

분명 하는 말은 애원인데……. 제발, 이라고 참 많이도 말하는데 그것이 오만하고 당당하게 느껴지는 것은 이상한 일이었다.

'아아, 그렇구나.'

우현은 이미 수혁이 천사의 집에 조치를 취했다는 것을 깨달았다. 무얼 했는지, 어떻게 했는지는 궁금하지 않았다. 그저 어깨를 꽉 누르고 있던 무거운 짐 하나를 최수혁이라는 남자가 너무나 쉽게 걷어 갔다는 것만 알 뿐……. 그래도 되는 건가 하는 작은 의구심, 불안감이 그녀의 안에서 자글자글 끓고 있지만 어쨌든 남자는 그녀의 곁에 있었다.

수혁이 투덜거리며 우현의 엉덩이를 붙잡아 당겼다. 몸이 훅 하고 비치베드 위에서 미끄러졌다. 아래에 깔려 있던 타월을 그녀의 얼굴에 뒤집어씌우고, 수혁이 그녀와 결합한 채로 몸을 굴렸다.

"꺄악!"

타월이 비명을 삼킨 사이, 몸이 푸른 인도양을 가르며 첨벙 소리를 냈다. 하얀 포말이 일어나며 차갑고 시원한 감각이 온몸을 두드렸다.

깨어질 것처럼 맑은 바닷물 속에서 수혁은 우현에게 키스했다. 숨이 고팠던 우현은 수혁이 불어넣어주는 산소를 사양 않고 들이마신 다음, 그의 배를 뻥 차고 위로 부상했다. 불의의 습격에 꼼짝없이 당하고 만 수혁이 이내 그녀의 뒤를 따라 물결을 박찼다. 깊고 푸른 물살을 가르고 두 나신이 부상한다.

"갑자기 이러기 있어요?"

푸하, 하고 공기를 들이마신 우현은 수혁이 수면을 가르고 올라오자마자 물을 뿌리며 공격했다. 마주 공격하는 대신 팔을 몇 번 휘저어 물살을 가르고 다가온 그가 그녀를 보듬어 안았다. 맨몸이 맞닿자, 혼자서는 몰랐던……, 발이 닿지 않는, 어디가 끝인지 알 수 없는 대양을 맨몸으로 유영하고 있다는 것이 실감났다. 둘이 되어서야 겨우 깨닫는 것이다. 우현의 허리를 붙잡아 자신의 몸에 붙인 채 수혁이 지그시 그녀의 눈을 들여다보았다.

"내가 왜 이렇게 너한테 약한지 모르겠다."

괘씸하다는 듯이 우현에게 입을 맞춘 수혁이 그대로 물속으로 자맥질해 들어갔다. 꼬르륵 짠물을 먹고 만 우현이 그의 어깨를 두드렸지만 바다 속이라 그렇게 힘이 들어가진 않았다. 물방울이 파르르 그들을 감싸고 날아올랐다. 수면 아래까지 내리꽂히는 햇살이 하얗게 부서졌다. 그렇게 엎치락뒤치락 장난을 치는 커플들이 세상을 잊고 있는 동안에도, 빌라의 전화벨은 계속 울렸다.

때르르릉. 때르르릉. 때르르르릉.

받지 않는 전화에 아무렇게나 내팽개쳐둔 수혁의 휴대전화가 울리기 시작했다. 메시지가 쌓이고 쌓여도 듣는 사람은 없건만 꾸준히 메시지를 남기는 사람들도, 그들의 용건도 언제나 비슷했다. 휴가는 제발 끝내달라고, 일에 치여 죽겠다고 징징대는 엔지니어 오성민의 전화, 제발 복귀해달라고 애원하는 민우당, 그리고 허 교수…….

— 음음, 자네 없이 나는 아무것도 아니야. 알지? 밀월은 그만 즐기고 제발 돌아오게. 바둑 한 판 둬야지.

세상 사람들은 애가 타는데, 여기 세상의 규칙과 다른 곳에서 연인들은 세상 모르고 서로에게 몰두해 있었다.

수혁의 우현. 그리고 우현의 수혁. 그 외에는 아무것도 아닌 사람들이.

부부는 밤을 팔고 있었다. 가로수 아래 의자 두 개를 놓고, 할아버지는 앉아서 손님들을 부르고 할머니는 칼로 밤을 깎았다. 하지만 더운 날씨 탓인지, 아침부터 나와 있었는데 점심나절이 지나도록 단 한 명도 밤을 사 가지 않았다. 하기야 서로 부채질을 해주어도 해는 지나치게 쨍하고 지나가는 바람조차 없는 그런 날씨였다. 갈수록 여름이 길어지고 있었다. 이러다 나와 사 먹은 밥 값도 못 챙기겠다며 발을 동동 구르고 있을 때였다.

"할아버지, 이거 얼마예요?"

청바지에 셔츠 차림으로 지나갔던 아가씨 하나가 뒷걸음질로 다가왔다. 예쁜 아가씨였다. 하얀 셔츠 아래 드러난 팔이 하얗고 가늘었다. 쪼그리고 앉아 밤을 들여다보는 말가니 깨

정부

끗한 이마 위로 약간 갈색이 도는 결이 가는 머리카락이 흘러
내려 있었다.

"깐 건 삼천 원, 안 깐 건 오천 원이에요."

할아버지가 성급하게 말을 꺼냈다가 고개를 갸우뚱하고 정
정했다.

"안 깐 게 삼천 원, 깐 건 오천 원……."

혹여 비싸 오랜만에 잡은 손님을 놓칠까 싶어 할아버지가
눈치를 보다 덧붙였다.

"아가씨는 예쁘니까 천 원씩 깎아줄게."

가까이서 보니 더욱 티 하나 없이 예쁘장한 아가씨가 까르
르 높은 목소리로 웃었다.

"이 더운데 나와서 일하시면서 막 깎아주시면 어떻게 해
요? 안 깐 걸로 두 무더기 주세요."

깐 건 아직 두 무더기가 되지 않는 걸 보고 여자는 까지 않
은 밤을 샀다. 그리고 지갑을 꺼내 만 원짜리를 할아버지에게
내밀었다.

"어, 어쩌나……."

당황스러워 할아버지가 바지춤에 손을 문질렀다. 마수걸
이도 못했던 터라 천 원 한 장조차 주머니에 없었던 거다. 안
깐 밤의 가격을 삼천 원으로 따지든, 이천 원으로 따지든 거슬
러줘야 할 돈이 필요했다.

"음, 그러면요. 깐 거 요거가 한 무더기지요? 요거 한 무더기랑, 안 깐 밤 다섯 무더기랑 사면 이만 원 맞지요?"

"그렇게 많이 사 가게?"

"네. 식구가 많아요."

여자가 환하게 웃었다.

"참 고운 처자네."

아가씨가 지나간 후 한 방에 밤을 거의 다 판 할아버지와 할머니가 속닥였다. 운수 좋은 날이었다. 하지만 좋은 운수는 아직 끝나지 않았다. 아가씨가 지나가고 얼마나 지났을까? 검은 양복을 입고 선글라스를 낀 사내 둘이 다가왔다. 귀에는 스프링처럼 생긴 하얀 이어폰을 끼고 있는 남자들은 둘 다 입매가 단단히 굳어 있었다.

"아이고, 여기서 이러면 안 되는 거 아네."

지레 겁을 먹은 할아버지가 먼저 나서 손사래를 치고 판을 걷으려는 시늉을 했다. 나라에 세금을 내는 것도 아니고, 나쁜 놈들은 자릿세니 뭐니 주장하지만 그걸 낼 판도 아니었다. 그저 두 노인네 집에서 키우는 밤나무에 밤이 열리면 용돈벌이 삼아 나오는 거니 눈 흘기는 사람이라도 만나면 가슴이 철렁 내려앉았다.

"그래요. 이러시면 안 됩니다."

정부

남자 중 하나가 무뚝뚝하게 말하더니 정장 안주머니에서 지갑을 꺼내 만 원짜리 한 장을 내밀었다.

"남은 건 이 정도면 되겠습니까?"

"으응?"

영문을 모르고 할아버지가 남자의 얼굴을 쳐다보았다.

"우리 상관한테서 배운 겁니다. 그래도 담부터 여기서 이러시면 안 돼요. 다른 데라고 된다는 뜻은 아니라……, 그러니까…….."

할아버지의 시선이 멋쩍은지 남자가 횡설수설했다. 무뚝뚝해 보이는데 또 따뜻하기도 한 느낌이었다. 선글라스가 걸려 있는 귀가 벌겠다.

"더워요. 이러다 진 빠지시면 사고 나요. 얼른 들어가세요."

옆에 있던 남자가 조용히 말하고 주섬주섬 판을 챙겼다. 그렇게 할아버지와 할머니를 보낸 두 남자는 까다 만 밤 하나를 입 안에 넣었다. 햇밤이라 그런지 아직 이르다는 느낌인데도 그럭저럭 맛이 들어 있었다.

"분홍여우를 경호하는 일이 자꾸 힘들어지는 거 같아."

우적우적 밤을 씹으면서 경호원 하나가 투덜거렸다. 분홍여우는 우현의 경호명이었다. 그러지 말라고 아무리 말을 해도 재래식 시장을 헤매고 다니고, 사방이 탁 트여 경호체계를 구축하기에도 힘든 곳만 찾아다니며 봉사하는 그녀 때문에 경호팀은 죽을 맛이었다. 게다가 스케줄대로 움직이는 법도 없다. 오늘만 해도 차를 타고 멀쩡히 지나가다가 할아버지와 할머니를 보고 갑자기 차를 세우라 해서 200미터도 넘는 거리를 걸었다. 그 정도면 누가 칼을 들고 덤벼들어도 열 번은 덤빌 수 있는 거리다.

"괜찮아. 북극곰은 더해."

북극곰은 수혁의 경호명이었다. 밤을 씹어 먹는 남자를 위로한 남자는 처음에는 수혁의 경호팀에 소속되어 있었는데 하루에 지구 반 바퀴 날아다니는 일이 대수롭지 않은 수혁의 스케줄에 처음으로 자신에게 비행공포증이 있다는 사실을 알게 되어 우현의 경호팀으로 자리를 옮긴 참이었다.

"그런데 말이야."

분홍여우가 무사히 차로 복귀해 공항으로 이동하고 있다는 무전 내용을 확인한 남자가 동료에게 물었다.

"북극곰이 하는 일이 정확히 뭐야?"

그나마 북극곰은 얼굴이 팔린 편이라 경호원들도 그가 과거에 정치 스캔들에 휘말린 적이 있는 유명인사라는 것 정도는 알았다. 알 수 없는 건 지금 무얼 하느냐였다. 어떻게 보면 그냥 돈이 많은 한량인 것 같기도 한데 그러기에는 지나치게 경호가 삼엄하고 위기의 순간이 많았다. 게다가 가족한테까지

정부

철통같은 경호를 붙인 걸 보면, 절대로 흔들려서는 안 되는 인물이라는 거다.

"모르지."

수혁을 경호한 적도 있으면서 대답은 시크했다.

"그래서 경호팀 명이 노바디(NOBODY)잖아. 알려고 할 필요가 없어."

그렇기는 했다. 일을 하는 데 있어서 경호 대상이 정확히 무슨 일을 해야 하는지까지는 알 필요가 없었다. 그저 궁금했을 뿐이다. 과거에 국회의원들의 경호를 할 때에는 이 사람들이 이런 일을 해야 할 것 같은데도 안 하기에 이상했는데, 지금은 이 사람이 무슨 일을 하는지는 정확히 알 수 없는데 배울 것이 많다는 사실이 이상할 뿐.

"가자. 출국 40분 전이야."

두 사람은 길가에 대기하고 있던 경호 차량에 올라탔다. 가는 내내 밤을 까 먹으려면 손이 좀 아플 것 같았다.

공항.

광활하게 펼쳐진 넓은 활주로 위를 리무진 한 대가 가로질렀다. 달려온 리무진은 전용기 앞에 주차되어 있는 같은 모양, 같은 색의 리무진 옆에 나란히 섰다. 기다렸다는 듯 차 문이 열리고 남자가 내려 옆의 리무진에 탔다. 차 문이 닫히기도 전에 수혁은 손을 뻗어 우현의 머리통을 당겨 입부터 맞췄다.

"급하다면서요."

길어지는 키스에 우현이 수혁의 어깨를 밀어내고 물었다. 오늘 미국으로 출국한다고 했던 수혁은 갑자기 급한 볼일이 있다며 우현을 불렀다. 덕분에 봉사 활동 스케줄을 하나 취소하고 달려온 차였다.

"이런 차림 좋아. 오늘 유난히 더 예쁘군."

수혁은 머리부터 발끝까지 포멀한 슈트 차림인데 우현은 티셔츠에 청바지였다. 수혁은 언제나 우현이 꾸민 모습보다는 자연스럽게 입고 있는 것을 좋아했다.

"별일 아니었던 거죠?"

우현이 살짝 눈을 흘기며 사랑스럽게 웃었다.

"별일이었어."

"뭔데요?"

"방금 볼일은 다 봤어."

우현이 입술을 앙다물었다. 엄한 표정을 지으려 했지만 될 리가 없었다. 급한 키스가 용건이었다는 남자에게 어떻게 엄할 수 있겠는가? 심지어 그는 지금 미합중국 대통령을 만나러 가는 길인 것이다. 그런데도 긴장은커녕 키스는 해야겠다는데…….

"나도 그럴 줄 알고……."

우현이 주섬주섬 밤을 꺼내 들었다.

"밤 사 왔어요."

"밤? 밤이 벌써 나왔어?"

"네. 깐 것만 따로 챙겼으니까 가면서 좀 먹어요. 안 깐 밤도 줄까요? 오 비서님이 밤 까느라 고생하는 거 아니에요?"

"대강 넣어봐. 다들 나눠 먹으면 되니까."

별로 관심 없다는 듯이 수혁이 우현을 끌어안았다. 밤 봉지를 이리저리 챙기느라 우현의 손은 부산스러운데 수혁은 그건 우현이 알아서 할 일이라는 듯 그녀의 관자놀이에, 귀에, 뺨에, 머리카락에 입을 맞추느라 정신이 없다.

"아이 참! 진짜!"

귀찮다는 듯 우현이 수혁을 획 밀어내자 운전석에서 쿨럭하는 기침소리가 나더니 기사가 내렸다. 또 창을 닫는 걸 잊어버렸다. 리무진의 운전석과 뒷자리 사이를 차단할 수 있는 창이 있는데 수혁도, 우현도 매일 그 창을 닫는 걸 잊어버린다. 덕분에 모쏠이라는 기사만 안타깝다.

"못 말려."

"괜찮아. 천하의 최수혁이 꼼짝 못하는 사람이 있다는 걸 다른 사람도 좀 알아야지."

"어머."

우현이 눈을 흘겼다. 우현을 띄워주는 듯한 말이지만 결국 자기 자랑이다. 천하의 최수혁이라니……. 인정하긴 하지만, 이 잘난 남자.

"잘 챙겨 먹고 있고, 잠도 잘 자고, 날이 너무 더우니까 햇빛에 오래 나가 있지 말고……."

"내일 모레 온다면서 뭐 이렇게 걱정이 많아요? 오래 비행해야 하는 당신이 걱정이지, 나야."

"네 걱정을 하는 게 아니라 내 걱정을 하는 거야. 네가 아프면 나한테 문제가 생기니까……."

수혁이 다시 우현을 끌어안고 입을 맞췄다. 이번에 우현은 곱게 그 품에서 키스를 당해주었다. 수혁이 만족하고 태평양을 건너야 우현도 마음이 편할 것이므로.

"다녀오세요."

우현이 수혁의 두 뺨을 잡고 눈을 마주치다가 조심스레 입술을 포갰다.

"여우."

그 청순한 입맞춤이 마음에 들지 않는지 수혁이 우현을 와락 잡아 혀를 집어넣었다. 목이 꺾일 정도로 강하게 오랫동안 입을 맞추고 나서야 그는 아쉽게 그녀를 놓아주었다.

"주머니에 넣어가지고 다녔으면 좋겠다. 보고 싶을 때마다 펴 보게."

"그럼 난 죽어요."

"그래서 못해. 그러니까 잘 챙겨 먹고, 잠도 잘 자고…….."

"햇빛에 오래 나가 있지 않을게요."

수혁의 말을 가로채 우현이 완성했다. 그러자 수혁이 세상에서 가장 사랑스러운 것을 본 것처럼 눈꼬리를 길게 늘이고 웃다가 그녀의 손등에 입을 맞췄다. 수혁이 차에서 내린 것은 우현의 손가락 하나하나에 모두 입을 맞춘 다음이었다. 우현의 손가락이 열 개뿐이라 다행이라고, 노심초사 기다리고 있던 비서진들은 생각했다.

14시간 후, 미국, 워싱턴 DC.

한국 대통령의 방미 일정 3일차였다. 4박6일 일정이 거의 끝나가고 있었다. 역사상 가장 우호적인 정상회담이라며 언론은 방미 성과에 대해 찬양 일색이었지만 관련자들은 모두 가장 중요한 핵심 사안들은 아직 결정되지 않았다는 것을 알고 있었다.

워싱턴 DC의 싱크탱크인 전략국제문제연구소와 미국외교협회의 전문가들이 백악관으로 향한 것도 이즈음이었다. 한 걸음 늦은 게 아닌가 고개를 갸웃거릴 만한 시점이었지만 아는 사람들은 아는 진짜 교섭은 이제부터 시작이었다.

백악관 웨스트 윙, 접견실.

누군가가 틀어놓은 TV에서는 대한민국 헌정사상 가장 혁신적이면서도 가장 사랑받는 대통령으로 평가받고 있는 허익상 대통령의 상하의원 합동연설이 중계되고 있었다.

　　여러모로 큰 의미를 지니고 있는 연설로 평가받고 있었다. 전쟁으로 폐허가 되었던 나라가 100년도 채 지나지 않아 세계 경제 규모 5위의 나라로 성장했다는 사실과 최근 10년간 부정부패를 일소하고 동아시아 국가 중 그 누구도 해내지 못한 역사 청산의 길을 걷고 있다는 데서 세계는 깊이 감명 받았다.

　　[대한민국은 전쟁의 아픔을 겪은 적도 있습니다. 대한민국은 대비되지 않은 인재로서의 재해를 겪은 적도 있고, 그것을 이겨낸 적도 있습니다. 대한민국은 다른 나라의 발 아래 짓밟혀 국권을 유린당한 적도, 그것을 이겨낸 적도 있습니다. 그리고 이제 작지만 작지 않은 나라로서, 대한민국은 우리가 이겨낸 모든 아픔을 겪고 있는 나라들과 함께 나아가기 위한 길을 모색하고자 합니다…….]

　　"저 연설문은 누가 쓴 거야?"

　　소파 팔걸이에 걸터앉아 오독오독 생밤을 씹어 먹으며 TV를 보고 있던 수혁이 등 뒤에 서 있는 비서 중 하나에게 물었다.

"소지웅 국장님이 쓰셨을걸요."

쯧쯔, 하고 수혁이 혀를 찼다.

"진부해. 전쟁은 언제까지 써먹을 생각이야."

"언제나 먹히는 키워드니까요. 특히 미국에서는 고난 극복의 이야기를 좋아하지 않습니까?"

비서가 슬그머니 미소를 지었다.

"그래, 이제 조금 있으면 '한강의 기적' 나온다."

시니컬한 수혁의 말이 떨어지자마자 대통령이 TV에서 '한강의 기적이라 불리는 우리의 힘을…….'이라고 말을 이었다. 수혁과 비서진들이 동시에 양팔을 쳐들면서 고개를 설레설레 저었다. 으으, 하고 몸서리를 치는 것이 어지간히 낯부끄러운 모양이었다.

"하지만 역시 먹히는 이야기니까요."

비서는 그래도 공보국장의 편을 든다.

"알아. 나였어도 저기에 어마어마한 악센트를 주라고 했을 거야. 우리가 거의 지옥문을 뚫고 올라온 것처럼 각색해서 말이야. 우리는 언제쯤 신선한 이야기를 할 수 있을까?"

"지금 하실 거잖습니까."

그러는데 문이 열리면서 미합중국 대통령 마틴 헤이스팅스가 들어왔다. 키가 작고 통통한 그는 뿌리 깊은 정치인 가문 출신으로 실질적인 쇼는 무대 위가 아닌 무대 밖에서 이루어진다는 것을 잘 이해하고 있는 사람이었다. 석사 논문 주제가 'backstage: 세상을 실제로 움직이는 사람들'이었을 정도로 전문가다. 그는 단박에 이 게임에서의 실력자가 누군지 알아보았다.

『안녕하십니까?』

활기차게 손을 내미는 미합중국의 대통령을 향해 수혁이 미소 지었다.

"안녕하십니까?"

한국어로 인사한 수혁의 등 뒤로, 그리고 대통령의 등 뒤로 통역이 따라 붙었다. 이것은 게임이다. 두 사람 모두 수혁이 영어를 구사할 수 있다는 것을 알고 있지만 두 사람 모두 그 사실을 모르는 척하고 있다.

"밤 드시겠습니까?"

수혁의 말에 뒤에 서 있던 비서가 깐 밤을 담은 비닐봉지를 그에게 건네주었다.

『밤이요?』

밤 봉지를 가운데 놓고 마주앉은 후 헤이스팅스 대통령이 고개를 갸우뚱했다. 그런 그의 손에 밤을 하나 올려놔주면서 수혁이 웃었다.

"밤샘 때 오독오독 씹어 먹으면 잠을 깨는 데 좋습니다. 당분도 충분하고. 한국 밤이죠."

정부

수혁의 의도를 눈치 챈 헤이스팅스가 껄껄 웃었다.

『밤새 놔주지 않겠다는 뜻입니까? 이 밤은…… 센스 있군요.』

"제 여자가 챙겨준 겁니다."

『아내입니까? 아니면 여자친구?』

"우리가 지금 마주 앉아 있는 것과 같은 여자입니다."

이해가 가지 않는 표정으로 헤이스팅스가 수혁을 바라보았다. 수혁이 천천히 손을 들어 손가락으로 TV 화면을 가리켰다.

"대통령님은 저기 계시고 우리는 여기 있죠. 제 여자는, 이쪽입니다."

진짜라는 이야기다. 보이기 위한 것이 아니라, 진짜.

헤이스팅스는 눈앞에 앉은 남자를 새삼 바라보았다. 그는 자신의 여자를 아끼는 남자를 좋아했다. 어떤 이유에도 불문하고 한 여자를 존중해줄 수 있는 남자만큼 제대로 된 남자는 없다는 것이 헤이스팅스의 지론이었다.

『어쩐지 무서워지는데요. 공부를 좀 더 해 올 걸 그랬습니다.』

"다음이 있는데요. 이번에는 그냥 우리가 원하시는 걸 다 주시면 됩니다."

헤이스팅스의 입에서 다시 한 번 기분 좋은 웃음이 터졌다.

서류가 열리고, 이야기가 시작되었다. 진짜 이야기.

— fin.

작가 후기

　이 이야기는 수퍼맨, 아이언맨, 스파이더맨, 배트맨 같은 수퍼 히어로물입니다. 정확히 말하자면 히어로물에서 히어로가 어떻게 싸우는지 어떤 고뇌를 하여 승리를 쟁취하는지 어떤 악당에게 도전 받는지 같은 부분은 줄이고 로맨틱한 부분에만 집중하려 노력한 글이죠.

　요 근래 현실을 히어로가 나타나 해결해주었으면 좋겠다는 저의 바람에서 시작된 글이에요. 이왕 수퍼 히어로일 바에는 얼굴도 잘 생기고, 집안도 정당하고, 성질도 좀 있지만 내 여자에게는 따뜻하고……. =)

　이 글에 나오는 최수혁의 집안에는 모델이 있습니다. 대한민국의 진정한 노블레스 오블리제를 실천한 집안이에요. 오성과 한음으로 많이 알고 계시는 이항복 선생님의 가문으로 정승만도 수없이 배출해낸 조선의 명문가였다고 해요. 하지만 당시 일본이 제의한 귀족지위를 거절하고 전재산을 모두 독립운동에 바치면서 가문이 산산조각 난 거죠. 총 여섯 명의 형제가 모두 독립운동을 하다 돌아가시고 광복을 본 것은 다섯째인 이시영 선생님뿐이었지요. 그리고 나서는 뭐 우리가 다 아는 대로 대한민국 역사는 흘러왔고요.

우리 역사에도 이런 가문이 있으니 지금 우리가 대한민국이라는 이름 아래 살고 있는 거겠죠? 자꾸 애국심이 사그라지는 이야기만 들리는 요즘, 그래도 많은 분들의 은혜를 입고 살고 있다는 걸 잊지 않으려고 노력합니다. 그리고 다른 건 잘 모르겠지만, 언젠가 역사청산은 꼭 되었으면 좋겠다고 생각해요. =)

작업을 하면서 항상 음악을 듣습니다. 첫 작 'A와 B의 사정'을 쓸 때를 제외하고는 항상 그랬어요. ('A와 B의 사정'은 혈액형 시리즈로 'A와 O의 사정', 'B와 B의 사정' 등이 예정되어 있는데 과연 이 아이들이 빛을 볼 날이 올까요.)

'이상한 나라의 가정부'를 작업하면서는 리쌍의 '나란 놈은 답은 너다.'와 '웃는 게 아니야'를 들었고, '가정부와 나'를 쓸 때에는 비포 선라이즈의 ost 중 'come here'를 듣고 또 들었지요. eBook으로 출간한 단편 '문을 열고 들어서다―여름' 같

정부

은 경우에는 김종국의 '제자리걸음'과 '한 남자'였고요. '정부'
를 쓰면서는 머라이어 캐리의 'My all'이었습니다. 대개는 소
재를 떠올리고 그 다음에 음악을 쭉 듣다가 하나에 꽂혀서 끝
까지 달리는데 이 경우에는 거꾸로였어요. 옛날 음악들이 듣
고 싶어 무심코 MP3를 뒤적이다가 'My all'을 듣기 시작했고,
이야기가 떠올랐으니까요. 핵심 단어는 리스크(risk)였습니다.
이 단어만큼 치명적으로 섹시한 단어가 있을까요

완전히 빠져버려 헤어 나올 수 없는, 단 하루라도 상대의
옆에 있고 싶어 인생을 거는 사람이 수혁인지 우현인지에 대
해서는 읽어주시는 독자 분들에게 맡기고 싶습니다. 분명히
저는 알고 글을 쓰기 시작했는데 쓰다 보니 알 수 없어져버렸
거든요.

그러니 저는 그저 머라이어 캐리의 'My All'을 추천 드립니
다. 예전 노래지만, 언제 들어도 가슴 찡한 노래지요.

추워서 못살겠다고 패딩 점퍼를 구입한 것이 엊그제 같은
데 몇 번 입지도 않았건만 벌써 봄! 새로 산 트렌치코트를 입
을 기회만 노리다보니 날 풀리는 속도가 너무 빨라 발을 동동
구르고 있습니다.

새 봄, 따뜻한 날씨에 손도 좀 풀려 더 재미있는 이야기로
찾아뵙고 싶습니다.

항상 좋은 기회 주시는 가하의 편집팀, 그리고 함께해주시는 독자님께 감사드려요. 다음에 또 봬요. =) 꼭이요~

2014년 봄,

하정우

정부